Die (un)Geliebte Genossin

Freundschaft fließt aus vielen Quellen,
am reinsten aus dem Respekt.
Daniel Defoe

Marleen Powell

Peter Knauth

Die (un)Geliebte Genossin

FSC
www.fsc.org
MIX
Papier aus verantwortungsvollen Quellen
Paper from responsible sources
FSC® C105338

Bibliografische Information der Deutschen Nationalbibliothek
Die Deutsche Nationalbibliothek verzeichnet diese Publikation in der Deutschen Nationalbibliografie; detaillierte bibliografische Daten sind im Internet über http://dnb.d-nb.de abrufbar.

Umschlagdesign, Satz, Herstellung und Verlag:
Books on Demand GmbH, Norderstedt

ISBN 978-3-8448-7746-5

Gewidmet
allen Opfern der deutsch-deutschen Teilung aus Ost und West, den Flüchtlingen und Grenzsoldaten der DDR, die ihr Leben an einer Systemgrenze lassen mussten, die nicht nur Deutschland, sondern zwei Militärblöcke voneinander trennte, als die Schwerter des Kalten Krieges aufeinander schlugen.

Inhaltsverzeichnis

Kapitel I

Robert, Republikflüchtiger der Deutschen Demokratischen Republik, 1964

Die sogenannten Alliierten, die bereits 1945 längst keine mehr waren, zumindest was Sowjetunion anbelangte, hatten Deutschland aufgeteilt wie ein Stück Kuchen und besetzten weiterhin die zwei daraus resultierenden deutschen Staaten BRD und DDR. Eine Strafe für das Deutsche Volk, das die Schmach und Bestrafung der Hitler-Aera auf sich nehmen musste in allen Belangen. Die Demarkationslinie zwischen diesen Staaten wird auf DDR Seite zum anti-faschistischen Schutzwall erklärt. Kein leichtes Unterfangen für den Staat der neuernannten DDR, eine Trennungslinie, die von der Ostsee bis in den tiefen Süden des Landes reicht, so abzusichern, dass einerseits kaum noch eine Maus in den Westen kommt und andererseits das Ausbluten der DDR gegenüber dem Westen verhindert wird. Die deutsche Trennung ist nicht nur eine Aufteilung der beiden deutschen Staaten. Seit 1945 bestand diese Systemlinie zwischen der Sowjetunion und der USA, wobei die NATO-Staaten von den Warschauer Pakt-Staaten abgeriegelt waren. Die faktische Errichtung des sogenannten Iron Curtains, des eisernen Vorhangs, zwischen den beiden deutschen Staaten, brachte den 1945 bereits angelaufenen Wettlauf einer Aufrüstung mit sich, der bis heute seinesgleichen sucht. Der Kalte Krieg war geboren, als bereits 1948 die ehemaligen Alliierten, USA und Sowjetunion, sich als Feinde in der geteilten Stadt Berlin mit Panzern gegenüberstanden. Die Welt hielt den Atem an, als die Schwerter aufeinanderschlugen und aus ehemaligen Mitstreitern gegen den Faschismus Feinde wurden. Im geteilten und besetzten Deutschland nahm die endgültige Trennung 1961 mit einer physischen Grenze ihren Verlauf. Diese Grenze, die BRD und DDR trennte, wurde der Mittelpunkt um die Auseinandersetzungen der beiden großen Militärblöcke.

Der antifaschistische Schutzwall ist 1964 noch nicht auf dem Höhepunk der Stabilität als der jugendliche Robert, wohnhaft in Leipzig, sich entschließt, „einfach mal an die Grenze zu gelangen'" um zu sehen was ‚drüben' im Westen wirklich los ist. Richtige Gedanken, die Heimat zu verlassen hat er noch nicht, obwohl seine Neugierde auf den Goldenen Westen groß ist.

Die Grenzanlagen zwischen der BRD und der DDR stehen seit drei Jahren. Ich, Robert, lebe in der DDR. Auch wenn gerade den Kinderschuhen entwachsen, bin ich doch ein recht vernünftiger junger Mann, das brachte das Leben so mit sich. Ich habe eine Lehre als Bäckergeselle in Naunhof und Leipzig erfolgreich abgeschlossen, der Beruf machte mir Spaß. Eine LPG-Lehre bei der landwirtschaftlichen Produktionsgenossenschaft, die für mich von der Kinderheimverwaltung in Lindhardt vorgesehen war, habe ich mit Eigeninitiative umgehen können. Ich ging einfach zum Dorfbäcker und bekam sofort eine Lehrstelle. Von meiner Mutter bekam ich die erforderliche Unterschrift, sie hatte an mir einiges wieder gutzumachen, und das tat sie mit ihrer Einverständniserklärung. Somit konnte ich dann der Kinderheimverwaltung den gültigen

Lehrvertrag für die Ausbildung als Bäckereilehrling vorlegen. Ich hatte meinen eigenen Kopf durchgesetzt, so wurde nichts mit der LPG, der landwirtschaftlichen Produktionsgenossenschaft.

Auch wenn ich unerfahren bin mit meinen gerade achtzehn Lenzen weiß ich, was ich will, habe immer schon einen eigenen Kopf gehabt. Ich fühle bereits stark, dass ich auf ewig Schwierigkeiten haben werde mit dem Zwang, dem ich überall ausgesetzt bin. Mich interessiert die Freiheit im Westen. Lange ist in mir die Vorstellung, dass ich nicht in diesem Land bleiben will, ich will diese Freiheit suchen, die sich scheinbar im anderen Deutschland und anderswo in der Welt abspielt. Auf keinen Fall will ich dieses erzwungene Leben. Will ich gänzlich der DDR entsagen? Im Grunde nicht, die DDR ist meine Heimat, hier bin ich mit meiner Familie, das wenige, das ich an Hab und Gut besitze, ist hier. Dass ich meine jüngere Schwester und meinen kleinen Bruder verlassen muss, mit denen ich ein gutes Verhältnis habe, darüber mache ich mir die meisten Gedanken. Ich kann sie nicht mitnehmen, sie nicht in Gefahr bringen. Das würde ich mir nie verzeihen. Auch im Kinderheim war es mir immer ein Anliegen, diese einzige Schwester und diesen kleinen Bruder zu beschützen. Es ist jedoch eine Unruhe in mir, ich weiß es gibt etwas anderes, ein freies Leben, und das Leben will ich suchen. Die Gespräche der älteren Leute in meinem Umkreis haben mich seit der Kindheit aufhorchen lassen. Trotz der vielen Gedanken habe ich mir zu diesem Zeitpunkt noch nicht alles richtig überlegt, ich verstehe nur, dass es illegal ist, sich unseren DDR-Grenzen und Sperrgebieten zu nähern. Es ist mir auch vollkommen bewusst, dass es gefährlich ist, überhaupt daran nur zu denken in die Sperrgebiete zu gehen. Aber eine andere Möglichkeit als einen illegalen Übertritt in den Westen gibt es für mich nicht, jedenfalls keine die ich kenne.

1964 – Gutenfürst, Sperrgebiet der Deutschen Demokratischen Republik

Ich will es wissen. Meine Unerfahrenheit wird mir zum Verhängnis, werde schnell festgenommen, ohne dass ich die Grenze überhaupt zu Gesicht bekomme. Bei Gutenfürst im Sperrgebiet kommen mir zwei Männer in zivil entgegen. „Zeigen Sie mal ihren Ausweis" höre ich, und bevor ich mich versehe, wird dieser mir aus der Hand gerissen. Ich armer Tropf habe keine Chance, weder die Flucht nach vorne anzutreten, noch mich in anderer Form zu verteidigen. Einer ist sofort hinter mir, reißt meine Hände nach hinten. „Sie sind vorläufig festgenommen, bei Widerstand schießen wir." Die beiden sehen sportlich aus. Auch wenn ich keine Angst habe, wie soll ich mich schmächtiger achtzehnjähriger gegen zwei Bewaffnete verteidigen, die mir bereits die Handschellen angelegt haben. Es fällt mir in meiner jugendlichen Leichtfertigkeit absolut nichts weiter ein. Allerdings ist mir sofort klar, dass ich erst einmal für längere Zeit von der Bildfläche verschwinden werde. Nichts wird es mit dem Ausflug in den Westen.

Schnell und unbürokratisch werde ich verurteilt. Passvergehen nach §8 des DDR Strafgesetzbuchs. Ich werde außerdem der ‚Erziehung' zugewiesen im Arbeiter- und Bauernstaat. Achtzehn Monate Zuchthaus stehen mir bevor, die ich voll absitzen muss. Nach Haftentlassung und schweren erzieherischen Maßnahmen bin ich weitaus mehr davon überzeugt, dass ich meinen Traum, in den Westen zu gehen, verwirklichen muss. Bestanden diese Gedanken bereits vorher, nach dieser Erziehung ist es vorbei, habe nur noch einen Gedanken: ich will die DDR verlassen. Die Überlegungen, wegen der Mutter und der jüngeren Geschwister zu bleiben, sind nicht mehr vorhanden. Ich sage mir, dass ich mich später um sie kümmern werde, zunächst muss ich mein eigenes Leben in andere Bahnen lenken. Meine Liebe, die ich zur DDR hatte, und die hatte ich mit Gewissheit, ist mir restlos genommen worden. Trotzdem ich mich weiter beim Abschnittsbevollmächtigten der Volkspolizei melden muss, plane ich sofort einen erneuten Fluchtversuch. Ich verhalte mich ruhig, nehme die mir zugewiesene Arbeitsstelle an, jedoch habe ich nur noch einen Gedanken: Ich will in den Westen. Mit dem mir ausgehändigten vorläufigem Personalausweis, kann ich auf keinen Fall ohne Weiteres Richtung Grenze fahren. Es geht mir schlechter in dieser Hinsicht als vor meiner Haft. Außerhalb des Leipziger Bezirkes würde ich sofort auffallen und meine Aufseher würden mich wieder am Arsch haben, da bin ich mir sicher. Ich arbeite, beweise meine Standhaftigkeit, auch wenn mir die Fluchtgedanken in den nachfolgenden vier Jahren nicht mehr aus dem Kopf gehen.

1968. Leipziger Messe. Ein Zufall kommt mir zur Hilfe. Ich lerne ein Mädchen aus der Uckermark kennen, die auf der Messe arbeitet. Genauer gesagt kommt diese aus Boizenburg. Ich weiß wo Boizenburg liegt. Wir freunden uns an, wie es sich eben so ergibt bei jungen Leuten. Nur will bei diesem Mädel, Irene heißt sie, nachhaltig ein schrilles Klingeln in meinem Kopf nicht mehr verstummen. Das unbedarfte Mädchen lebt in Boizenburg, an der innerdeutschen Grenze bei Zweedorf, nur wenige Kilometer weiter liegt Dalldorf. Herrliche deutsche Uckermark! Ich werde geradezu versessen auf diese Gegend. Es ist jedoch weder die Landschaft, noch das hübsche Kind, das meine Aufmerksamkeit erregt. Das besondere liegt darin, dass Dalldorf im Westen der geteilten Republik liegt. Etwas Liebe kann nicht schaden in Boizenburg denke ich mir, ja Boizenburg, dieses Städtchen geht mir nicht mehr aus dem Kopf. Sofort fange ich an, Liebesbriefe an das Irenchen zu schreiben, regelmäßig schreibe ich diese Briefe – und mit wachsender Begeisterung. Mit wachsender Begeisterung für Boizenburg versteht sich, noch mehr für die nahe Grenze. Wenn man mich dort schnappt, werde ich meine unbändige Liebe zu dem Mädchen bekunden, eine Liebe, das mich dermaßen übermannt hat, dass ich nur noch dieses schöne Frauenzimmer im Sinn habe und keinesfalls Gedanken hege, die DDR zu verlassen. Das sind meine Gedankengänge. Mein Vorhaben, die DDR zu verlassen, überragt alles andere in meinem Leben, bestimmt mein ganzes Tun und Denken. Das arme Mädchen freut sich, schreibt mir sofort zurück, hat keine Ahnung von dem was ich vorhabe. Es gibt Dinge im Leben die muss man tun, andere die will man tun, und andere Dinge gibt es, die sich so ergeben. So hat sich das eben mit dem Mädchen in Boizenburg ergeben. Die erste Einladung kommt, sie schreibt, dass ihre Mutter sich auch freut, dass ich zu Besuch komme. Ich schreibe zurück und sage, dass ich am Sonntag gegen Mittag da sein werde. Habe jedoch vor, bereits am Freitag mit dem Zug nach Hagenow zu fahren, um alle Komplikationen auszuschließen. Weiß nicht, wie sie sich verhalten wird, wenn ich am Sonntag nicht einigermaßen pünktlich erscheine. Unter Umständen würde ich die gesamte Meute wieder in kurzer Zeit hinter mir her haben. Es bleibt dabei, mein Plan steht fest – nach meiner Meldung am Freitagmorgen beim Abschnittsbevollmächtigten der Volkspolizei geht es bereits eine Stunde später los. Ich wage sekundenlang zu träumen: Am kommenden Sonntag sollte ich längst das andere Ufer erreicht haben.

Am Donnerstag vor meiner ‚Abreise' besuche ich meine Familie, ohne ein Wort zu sagen oder es mir anmerken zu lassen. Seitdem ich erwachsen bin hat sich die Beziehung zu meiner Mutter gebessert, sie hat es nicht leicht gehabt, wie viele Mütter der Nachkriegsgeneration, die in einem Nichts für ihre drei Kinder sorgen musste, und die selbst eine Kindheit während des Krieges genossen hat, die jeder Beschreibung spottet. Ich habe ihr längst verziehen, dass meine Geschwister und ich getrennt wurden und ins Kinderheim mussten, weil wir verwahrlost waren. Sie war so jung und ohne Hilfe in diesen schwierigen Nachkriegszeiten. Vor meiner Flucht denke ich besonders an diese jüngere Schwester, habe immer versucht sie vor sexuellem Missbrauch zu schützen. Lauterten doch die Gefahren einfach überall. Nun befindet sie sich in der Pubertät. Auch wenn meine Mutter sich große Mühe gibt inzwischen, kann sie ihr kaum einen Halt geben in ihrem jungen Leben. Und ich kann nur hoffen, dass mein kleiner Bruder ein starker Mensch wird. Ich nehme mir vor, mich später um diese Geschwister und auch um meine Mutter zu kümmern, mehr kann ich zurzeit nicht tun, ich muss zunächst meinen eigenen Weg gehen. Ich wirke gelassen, obwohl die Spannung in mir wächst.

Leipzig. Freitag am frühen Morgen frühstücke ich wie immer, ich habe frei bekommen. Es ist eine unwirkliche Ruhe in mir vorhanden. Ich schaue aus dem Fenster. Es nieselt leicht, die Sonne versucht immer wieder durch die Wolken zu brechen. Es wird die gleiche Sonne sein auf der anderen Seite sage ich mir. Wehmut habe ich nur weil ich dazu gezwungen werde, diese Flucht anzutreten. Warum kann ich nicht in die Welt gehen und dann in meine Heimat DDR zurückkehren? – diese Frage stellt sich mir immer wieder. Selbstverständlich würde ich wiederkommen, gleichgültig was mich da draußen in der großen Welt erwartet. Davon bin ich fest überzeugt. Doch diese Möglichkeit gibt es nicht. Ich blicke mich noch einmal um, nichts kann ich mitnehmen, keine Fotos, nichts meiner persönlichen Habseligkeiten, nur meine Dokumente stecke ich ein, um mich in der Freiheit ausweisen zu können, denn im Westen wird es sicherlich auch nicht ohne Bürokratie ablaufen. Ich schaue mir die Fotos ein letztes Mal an, will diese Gesichter in Erinnerung behalten. Die Fotos meiner Mutter, meiner Schwester, des kleinen Bruders, meiner Grosseltern. Ich selbst als kleiner Junge, verloren sah ich bereits damals aus, verschrien als Ami-Kind in der Menge der lachenden Kindergesichter in der ersten Klasse. Blasse Schwarz-Weiß-Fotos sind es. Ich präge mir diese Gesichter ein, diese Erinnerungen werde ich behalten können, und nicht alles war schlecht in der DDR, sicher beileibe aber auch nicht alles gut. Das Aufwachsen, vor allem die Zeit im Kinderheim in der Nachkriegszeit – diese Zeit hat mich geprägt, die Vorhaltungen und das konstante Gefühl des Eingesperrtseins gaben mir den Rest.

Als ich wie immer auf die Strasse trete ist es doch anders als sonst. Beim ABV läuft alles wie gewohnt ab, schnell und in deutsch- bürokratischer Manier, auch der Abschnittsbevollmächtigte will ins Wochenende.

Ob meine Flucht gelingt oder nicht, eines ist mir klar: ich werde lange nicht mehr nach Hause kommen können. Nein, ob mir diese Flucht gelingt oder nicht, das ist einzig und allein sicher an diesem trüben Morgen. Ich versuche nicht an diese Tatsache zu denken, muss meine Gedanken beisammen behalten und gehe forschen Schrittes weiter. Und doch ist es anders diesmal: Ich bin auf dem Wege, diesem Leben in der Deutschen Demokratischen Republik zu entkommen und mein lang ersehntes Vorhaben in die Tat umzusetzen, und das raubt mir fast den Verstand.

Ohne kontrolliert zu werden fahre ich am Freitagmittag mit dem Zug von Leipzig nach Hagenow. Habe mein Fahrrad dabei. Fahre weiter mit dem alten Klappergestell auf Nebenstrassen nach Boizenburg, falle kaum auf. Grüsse jeden freundlich der mir entgegen kommt und radele weiter was die Hacken bringen. Ich kenne die Adresse, habe aber bei allem Schreiben nicht einmal nachgeschaut, oder richtig zur Kenntnis genommen, wo das Mädchen wirklich wohnt in Boizenburg, die am Sonntag Nachmittag den Kaffee und den selbstgebackenen Kuchen auf dem Tisch stehen haben wird. Habe bis heute, fast vierzig Jahre später, noch ein schlechtes Gewissen diesem Mädchen gegenüber. Nur damals nicht, damals hatte ich nur diesen Plan im Kopf, unversehrt zunächst nahe an die Grenze zu gelangen, so nahe wie möglich an diese verfluchte

Grenze. Pläne der Grenze, die kaum korrekt in Landkarten eingetragen sind, habe ich nicht zur Verfügung. Ich weiß nur, dass ich mich verstecken muss wenn ich in die fünf Kilometer des Sperrgebiets komme und mich sehr vorsichtig bewegen muss. Nach einem ziemlichen Fußmarsch habe ich keine Ahnung wo ich wirklich bin, nur dass ich zwischen Zweedorf und Boizenburg bin und ich weiß, dass ich keinen Fehler machen darf, die Richtung muss stimmen. Ich halte mich in dichtem Gebüsch auf. Erst bei Dunkelheit mache ich mich auf die Socken. Der Marsch Richtung Westen beginnt. Ich haste nicht, achte auf jedes Erdloch, damit ich mir nicht womöglich noch den Fuß verstauche. Ich horche konstant, die Ohren gespitzt, bleibe oftmals stehen. Sobald sich etwas bewegt oder ich Stimmen höre, hocke ich mich hin. Um jeden kleinen Ort mache ich einen Bogen, immer mit gehörigem Abstand vorbei! Wenn ich etwas Verdächtiges höre, gehe ich sofort auf Tauchstation. Wie ein Stück Felsen kauere ich in der Dunkelheit, unbeweglich, der kalte Schweiß rinnt mir von der Stirn. Die Nackenhaare, die zeitweise zu Berge stehen, sind das einzige was sich an meinem Körper bewegt. Scheinwerfer in einiger Entfernung, es müssen so um die einhundert Meter sein, sagen mir, dass ich mich der Grenze nähere – sofort ab in den Graben an dem ich entlang laufe. Ich kann nicht auf der Landstrasse laufen, kein Lied auf den Lippen haben ... „Wozu ist die Strasse da zum Marschieren ... „ dieses Lied fällt mir allerdings paradoxerweise ein, so viele wirren Gedanken fallen mir ein. Auch wenn ich händeringend versuche mich zu konzentrieren, es gelingt mir nicht völlig. Die Nacht ist schnell vorbei, es geht nur langsam voran. Der neue Tag dämmert bereits, nicht vorteilhaft. Ich habe keine Ahnung wo ich bin und stelle einige Zeit später entsetzt fest, dass ich mich verlaufen habe. Ich ändere sofort die Richtung, verstecke mich zunächst in einem Graben. Wieder von hohem Buschwerk umgeben, liege ich flach in der feucht-schlammigen Erde unten. Dann entscheide ich mich kurz vor Tagesanbruch den Tag in einem Waldstück zu überdauern, und krieche zum Waldrand zurück, wieder gen Osten, was mir überhaupt nicht behagt. Die Angst steht mir wieder im Nacken. Achtzehn Monate beim ersten Versuch, was wird mir im Falle einer erneuten Festnahme bevorstehen? Ich mag nicht daran denken. Und wenn ich verletzt werde? Ich versuche nicht daran zu denken, dass ich für den Rest meines Lebens behindert sein könnte. Hunger habe ich, aber der Durst ist schlimmer. Als ich das Waldstück erreiche, falle ich keuchend vor einem alten Baumstumpf und bleibe für Momente auf dem Bauch liegen. Dann suche ich mir eine Stelle im Dickicht aus, wo ich stundenlang regungslos liegen bleibe. Jedes Knistern, verursacht durch Waldtierchen oder Vögel, lässt mich zusammen zucken. Einen Fuchs der stehenbleibt und die Ohren spitzt sehe ich, höre etwas weiter entfernt einige Wildschweine, die sich grunzend suhlen. Stelle mir die Frage, ob dies auch Towarishi sein könnten, die in der Nähe wieder Übungen im Kampf gegen den Imperialismus durchführen. In meinem Kopf spielen sich kurz turbulente Szenen ab, aber nichts dergleichen kommt auf mich zu aus dem unwegsamen dichten Wald. Ich bete, dass der Tag endlich zur Neige geht, es wird ein langer Tag. Kurz vor Einbruch der Dunkelheit wage ich von meinem Versteck aus, das Areal erneut zu überblicken und meinen Weg neu abzustecken. Dabei stelle ich fest, dass ich nur wenig vom Weg Richtung Westen abgekommen bin; trotzdem ist mir klar, es darf nicht wieder passieren. Noch eine Nacht in der Wildnis wird schwierig werden, zumal ich schon ausgelaugt bin, der Durst wird immer schlimmer. In der endlich einsetzenden Dunkelheit wage ich, immer noch auf dem Bauch liegend, langsam weiter bis zum Rand des Wäldchens zurückzukriechen Weiterhin kann ich im Schutz der Büsche über den letzten Hügel die eigentlichen Grenzanlagen überblicken. Plötzlich sehe ich dahinter in der Ferne bereits die Lichter der Freiheit. Ist es wahr? Ich reibe meine Augen, die von Schweiß und Erde zugekleistert sind. Es ist wahr! Wie kleine Sternchen leuchten diese Lichter eines kleinen Dorfes, eingebettet jenseits in westlichen Hügeln. Das kann nur Dalldorf sein! Der Westen! Mein Herz klopft wie wild. Das gute liegt so nah und doch so fern. Ich habe keine Zeit an die nahe Freiheit zu denken. Ich richte mich nach dem Wachturm. Habe dazu gelernt. Den ganzen Nachmittag still im Wald liegend, hörte ich die Fußstreifen der Grenzer, die sich teilweise lachend und scherzend unterhielten, nichtsahnend, Gewehre über die Schultern gehängt. Eine ruhige Lage, die nicht viel abforderte aufgrund des unzugänglichen Geländes im Vorfeld der Grenzanlagen. Der Grenzturm aus hartem Stein, ein Ausguck auf die Umgebung in alle Richtungen und zum nahen Wald. Es gehen mir verschiedene Gedanken wieder durch den Kopf, meinen Plan zu ändern. Auf den frühen Morgennebel warten oder noch in der jetzt einsetzenden Dunkelheit versuchen über die Grenzanlagen zu kommen. Schnelle Entscheidung. Auf den Morgennebel warten bedeutet eine weitere

Nacht hier draußen. Blitzschnell entscheide ich, die einbrechende Nacht auszunutzen, weil ich verhältnismäßig schnell an den ersten Anlagen sein könnte. Es befindet sich ein breiter geharkter Kontrollstreifen aus Sand vor dem ersten Signalzaun, der ca. zweieinhalb Meter hoch ist. Der Schwachstrom wird mir nichts anhaben können, wird nur unangenehm sein. Als Kinder hielten wir uns bei Mutproben an den Kuhdrähten fest. Hinter dem Signalzaun sehe ich ein etwa fünfhundert Meter breites Feldstück. Ich präge mir alles genau ein, in der Dunkelheit sind alle Katzen grau – und Zeit für große Überlegungen wird es dann nicht mehr geben. Ich beobachte den Kolonnenweg für Fahrzeuge und Wachtürme, die im Abstand von einem Kilometer stehen, dort spielt sich nicht viel ab. Dazwischen marschieren die Grenzposten zu bestimmten Zeiten. Ich vermute ein Minenfeld hinter dem ersten Zaun, nichts weist darauf hin, ich kann nur hoffen, dass meine Vermutung nicht den Tatsachen entspricht. Ein zweiter Kontrollstreifen nach dem freien Feld fällt vor dem zweiten Stacheldrahtzaun auf, auch hier ist der Sand fein säuberlich geharkt vor einem etwa drei Meter hohen letzten Stacheldrahtzaun. Noch ein kleines Stück DDR Feld gilt es nach diesem Zaun zu überqueren – dahinter ist erst der ersehnte Westen!

Die Angst vor Verletzung schnürt mir trotzdem die Kehle zu. Mein Adrenalinspiegel erreicht astronomische Höhen als der Augenblick der eigentlichen Flucht näher heranrückt und ich dabei alle anderen Gedanken beiseite schiebe. Ich muss noch warten, versuche mich zu beruhigen. Ich muss geduldig sein, nicke kurz ein, erschrecke als ich wieder die sich nähernden Stimmen der Posten höre.

Ich bin mir sicher, hier gibt es keine Grenzhunde, die mich sofort aufspüren würden. Es scheint, als würde die einsetzende Dunkelheit Späße mit mir treiben, die sich wie eine Unendlichkeit nach dem langen Tag hinzieht. Letzte Vorbereitungen, ich muss mich zusammenreißen sage ich mir immer wieder. Ich bewege mich kurz zum Pinkeln und das auch kaum. Zeit wird dafür nicht mehr sein wenn es los geht. Nachdem die Nacht vollständig hereingebrochen ist bin ich ausgemergelt, mein Körper fühlt sich elendig an. Meine Gliedmassen interessieren nicht sage ich mir, es ist mir alles scheißegal, nur mein Gehirn muss weiter funktionieren, alles anderes kommt von selbst. Als ich mich endlich aufraffe bin ich total abgestumpft. Es gibt nur noch eine Richtung und in diese werde ich gehen, gen Westen, jetzt sofort. Nichts kann mich mehr aufhalten. Ich bin kein religiöser Mensch, aber ich rede mit Gott, bitte ihn händeringend, mir niemand in den Weg zu stellen. Ich will keinem etwas tun, ich werde mich aber nicht aufhalten lassen. Auch diese Gedanken verwerfe ich als ich meinen steifen und ausgemergelten Körper aufrichte. Vorrangig stellt sich mir die Frage, werde ich es überhaupt schaffen an die Anlagen zu kommen? Die ersten dieser befestigten Grenzanlagen, eben diese schwer erreichbaren, aber noch durchlässigen, sehe ich vor mir. Ich wage nicht auf meine Schritte zu blicken, die sich tief im fein geharkten Sand abzeichnen und bin schon beim ersten Stacheldraht, kaum erkennbar auf den grünen Wiesen im Halbdunkel der einbrechenden Nacht. Wenn die Pfähle aus Beton nicht wären, würde man dieses verdammte Zeug nicht sehen. Nur nicht hängenbleiben hämmere ich mir ein. Ich zwänge mich durch die unteren beiden Drähte. Bemerke kaum den Schwachstrom als ich den Zaun auseinanderdrücke. Bin vorsichtig, aber immer verletzt man sich am Stacheldraht, gerade als ich so denke, bleibt prompt meine Hose hängen. Keuchend bleibe ich liegen, befreie mich, reiße die Hose ab, mein Bein und meine Hände bluten. Zwänge mich durch die zweite Lage, mehr zur Mitte, um nicht die Spannung am Pfosten zu haben. Ein Denkfehler, ich bleibe wieder hängen, und wieder ziehe ich das lose Zeug hinterher. Ich höre nur das Ratschen als meine Jacke am Rücken zerreißt. Ich renne wie wahnsinnig über das dahinterliegende Feldstück. Keuchend erreiche ich den zweiten Zaun nachdem ich mich buchstäblich in den davorliegenden etwa sechs Meter breiten gelben, fein geharkten Sandstreifen werfe. Stoße wie von Sinnen mit den Füßen, um durch den Stacheldraht zu kommen. Diesmal bin ich näher am Pfosten. Tatsächlich besser, wenn auch der Durchschlupf enger ist. Ich kann am stramm befestigten Stacheldraht mit einem Ruck meine Hose losreißen, die nur noch in Fetzen am Bein hängt. Verletzte mich wieder dabei, diesmal an den Armen und Beinen, fühle kaum noch etwas, es scheint als hätte mein Gehirn alle Empfindungen ausgeschaltet. Bei dieser letzten Aktion verliere ich meinen linken Schuh, greife sofort im Affekt zurück am Boden und hebe diesen auf. Reiße mir den zweiten Schuh vom anderen Fuß und laufe mit beiden Schuhen in der Hand dann in der Dunkelheit weiter auf meinen alten durchnässten Socken, immer den schwachen Lichtern am Horizont entgegen. Diese scheinen inzwischen viel weiter entfernt zu sein als vorher, was mir nichts ausmacht, ich laufe weiter. Nur ein: „Ich werde es schaffen" kommt mir in den Sinn. Ungefähr zwanzig Minuten laufe ich schnellen Schrittes ohne Pause, ohne mich umzublicken. Stacheldraht und Sandstreifen lasse ich hinter mir, es kommen keine weiteren, obwohl ich auf der Hut bleibe. Gedanken schwirren durch meinen Kopf, dass diese Hindernisse nicht die einzigen Anlagen vielleicht waren, die ich zu überwinden hatte. Es ist mir gleichgültig was noch kommt, auch die nächsten werde ich schaffen, rede ich mir ein. Außer Atem gehe ich kurz in die Knie und lasse mich auf den Rücken fallen. Mein dickes klatschnasses Haar hängt mir im Gesicht. Ich bin völlig außer Atem, muss nach Luft schnappen. Als ich die Augen aufmache leuchten am Himmelszelt die Sterne über mir, ich habe keine Augen für den herrlichen Anblick dieser, die über das geteilte Land leuchten. Mein Herz schlägt wie wild, mein Kopf hämmert. Mein Körper ist völlig ausgetrocknet und ich habe keine Ahnung wo ich bin, rappele mich auf und laufe keuchend weiter, immer weiter, als wenn ich aufgezogen bin. Gedanken habe ich kaum noch. Nur weiter. Kein weiterer Zaun, entweder ich habe mich wieder verlaufen oder ich wage erstmalig zu denken, dass es keine weiteren Grenzanlagen gibt. Es wird mir zu keiner Zeit bewusst, wie weit ich bereits gelaufen bin. Fast fünfzehn Kilometer waren es vor den Grenzanlagen. Aufgeregt, freudig erregt und gleichzeitig mit Trauer im Herzen komme ich an eine schmale Landstrasse, die zu einem kleinen Dorf führt, von dem ich zwischen den Bäumen einige der Dächer sehen kann im Morgengrauen. Ausgelaugt, kaputt und schlammverschmiert habe ich keine Ahnung, wo ich bin, als ich plötzlich etwas vor mir auf dem grauen Asphalt der Strasse liegen sehe. Es ist eine leere Zigarettenschachtel. Zögernd blicke ich mich um, dann bücke ich mich und hebe diese mit meinen schmutzigen, zitternden Händen auf und lese, schaue mir die Schachtel immer wieder an. Westzigaretten. Habe mich nie wieder im Leben so sehr über eine leere Zigarettenschachtel gefreut. Ich wusste in diesem Augenblick, dass ich es geschafft habe. Ich bin aus der DDR geflüchtet, ich bin im freien Westen. „Ich bin im Westen“ höre ich mich sagen. Wenige Minuten später bricht meine vermeintliche Abgestumpftheit von mir ab und ich fange am ganzen Körper an zu zittern, lasse mich für einige Minuten erschöpft an Leib und Seele auf den Boden fallen. Da ich nicht genau weiß, zu welcher Zeit ich losgelaufen bin, habe ich keine Ahnung wie lange ich tatsächlich insgesamt unterwegs bin. Es muss zwischen vier und fünf Uhr morgens sein. Ein Hahn kräht in der Ferne. Albern komme ich mir vor als ich mir sage, es ist das erste Mal, dass ich einen Westhahn krähen höre! Mein Herz klopft als ich mich aufrappele und weiter gehe. Ich falle nach ca. einem Kilometer sofort einem Autofahrer auf, der zur Arbeit will. Westkennzeichen. Alles in meinen Gedanken dreht sich. Westzigaretten, Westhahn, Westauto, Westkennzeichen, und nun mein erster Westler im Westen. Dieser Westler hält an, kurbelt sein Fenster herunter, spricht mich an, sagt mir, es wäre ungewöhnlich, dass jemand hier so ramponiert ausschaut. Was ich auch immer für ein Bild abgebe, es ist mir so völlig gleichgültig. Weder vorher, noch später in meinem ganzen Leben ist mir jemals meine Einstellung so gleichgültig gewesen wie in diesem Augenblick. Ich bin so erschöpft allerdings, dass ich meine Freude kaum noch genießen kann. Der nette ältere Herr bittet mich einzusteigen, dreht und bringt mich zu seinem Haus, weckt seine Frau auf. Diese kocht sofort einen starken Kaffee. Nein, deshalb habe ich nicht meine Heimat verlassen, obwohl der Kaffee schmeckt. Nein, deshalb habe ich nicht meine Heimat DDR, meine Familie, meinen Besitz verlassen.

Weder bei meinem ersten gescheiterten Fluchtversuch, noch bei meinem gelungenen zweiten Versuch die DDR zu verlassen hatte ich vor, Menschen zu verletzen oder ihnen Schaden zuzufügen. Allerdings wollte ich mich nicht aufhalten lassen, und ich bin mehr als froh und dankbar, wem auch immer dafür, dass mir kein Grenzer entgegenkam in dieser Nacht.

Deutschland, zwei Staaten. In der BRD habe ich die Bezeichnung: DDR-Flüchtling, in der DDR bin ich ein Republikflüchtiger.

Die Frau des freundlichen Autofahrers verbindet meine Wunden, die ich mir am Stacheldraht zugezogen habe. Beamte vom Bundesgrenzschutz holen mich wenig später ab, bringen mich nach Lauenburg. Feststellung der Personalien, weiter nach Büchen. Vom DRK bekomme ich Klamotten aus der Kleiderkammer, meine waren total zerschlissen und nicht mehr brauchbar. Von einem der BGS Beamten bekam ich eine Fahrkarte nach Giessen in das Notaufnahmelager. Beim ersten Bummel durch die Geschäfte konnte ich mich nicht beruhigen, so viel Auswahl, schön anzusehen. Aber ich stellte mir da schon die Frage, warum so viel von einer Sorte, so viele Kaffeesorten, so viele Wurstsorten. Alles war anders, die Gerüche, die Autos, die Häuser – diese waren nicht einfach grau oder unverputzt. Im Lager wurde ich am nächsten Tag wieder überprüft. Aus der Kleiderkammer bekam ich dann mehr Wäsche. Ich erhielt einen einmaligen Betrag von 150.00 DM von der Bundesregierung. Danach erhielt ich die Aufenthaltserlaubnis für die BRD. Wenige Tage später musste ich nach Düsseldorf, wo ich vernommen wurde, sowohl von Deutschen, als auch von amerikanischen Behörden. Das nannte sich ‚Amt für Befragungswesen'. Dann wurde das Bundesland bestimmt, NRW, Köln, dort kam ich in ein Männerwohnheim. Der Zustand in diesem Wohnheim war nicht auszuhalten. Ich war so sehr schockiert und enttäuscht, als ich erstmalig in meinem Leben Obdachlose in diesem Heim sah. Trotzdem hatte ich auch da keine Zweifel, das Richtige getan zu haben. Ich bekam sofort Arbeitslosengeld, wollte allerdings nicht vom Staat ausgehalten werden. Voller Tatendrang haute ich wenige Tage später ab aus dem Heim, mit Ziel Hamburg. Dort bewarb ich mich bei der Reederei Hamburg-Süd, bekam Gesundheitspass und Seefahrtsbuch ausgestellt, bezahlte alles vom Vorschuss der Reederei. Die Reederei bezahlte auch die Unterkunft im Seemannsheim. Angemustert habe ich als Bäcker/Kochsmaat auf der MS Libanon. Mein erstes Fahrgebiet war das Mittelmeer, der erste Hafen Bengasi in Libyen. Beeindruckt war ich von den ersten Palmen und dem fremden Leben.

Die Beweggründe von Robert werden ihn Zeit seines Lebens begleiten, auch im Hinblick auf die Verluste, die er bei seiner Flucht in Richtung BRD erleiden musste. Die Narben vom Stacheldraht sind schnell verheilt. Die Narben der unseligen Trennung zweier deutscher Staaten, die den Lebensweg von Robert bestimmten, heilen niemals.

Kapitel II

Kyra, Genossin, Systemgrenze bei Büchen – Schwanheide

März 1988

Das Blut, das zwischen meinen Zähnen rinnt, und langsam aus dem Mund tropft fühlt sich für Sekunden angenehm warm an. Meine Stirn ist vereist, aber ich fühle die feuchten und teilweise eisbedeckten Haare. Wie Tränen rinnen die kleinen Tröpfchen vom feuchten Haar auf mein Gesicht, um nach kurzer Reise auf meinen Wangen und am Hals zu vereisen. Richtige Tränen habe ich lange schon nicht mehr, bin seelisch und körperlich erschöpft, endgültig ausgebrannt und leer ist mein Körper nach einer achtzehnstündigen Flucht in Richtung Osten an die ‚innerdeutsche Grenze' des Landes. Ich will in die Deutsche Demokratische Republik zu den Genossen flüchten und von dort aus nach Moskau gehen, mein sicherer Hafen. Ich will und ich muss fluechten. Das Spiel ist aus.

Wer bin ich heute Nacht? Nehme ich meinen richtigen Namen, und nicht einen dieser vielen Decknamen, die man mir auferlegt hat in den letzten Jahren, bin ich nur Kyra oder habe ich mein Dasein völlig verwirkt wie mir scheint? Über die Jahre habe ich mich gesehnt nach Sturm und Wogen in meiner Abenteuerlust. Das Tier in mir wuchs zu einer Bestie, das mich schützen sollte, so hoffte ich. Ein Tier, das seit frühester Jugend meinen Charakter formte. Schutz, ein großes aber bedeutungsloses

Wort, wenn man diesen nicht hat. Was mir widerfahren war, machte es mir unbesehen möglich, den Schutz anzunehmen, den ich nach langem Suchen dann auf einem besonderen Spielplatz fand. Meine Herren, die mich vorantrieben im großen Spiel, wussten welche Knöpfe sie drücken mussten als ich mich im Labyrinth der Geheimdienste eines deutsch-deutschen Kampfes innerhalb des Kalten Krieges verlor. Am Ende stelle ich fest, dass dieses Biest zwar überlebt hatte, aber man mir, der Frau, der man es übel nahm so agiert zu haben, nach dem Leben trachtet. Seit kurzer Zeit stelle ich mich den Tatsachen, musste ich mich den Tatsachen stellen, die sich fuer mich auf beiden Seiten dieser Grenze ergaben. Jedoch erfolglos, mein Schiff ist nicht mehr zu retten, hat dem Sturm lange standgehalten, ist heute Nacht endgültig auf die Klippen geschlagen in deutsch-deutscher Dunkelheit im Niemandsland an der Systemgrenze, der Trennlinie zwischen der Nato und den Warschauer Pakt Staaten. Und wie sollte es am Ende auch anders sein? Wieder stehe ich zwischen den Fronten eines über Dekaden währenden Kampfes. Eines Kampfes mit meinem eigenen Ich und diesem Blutwurst-Deutschland auf beiden Seiten dieser deutsch-deutschen Grenze.

Meine Gedanken gleiten zeitweise ab, zurück ins warme Haus der guten Erinnerungen. Kleine Füßchen, die stolpernd über den Teppichboden laufen sehe ich verschwommen auf mich zukommen. Lachende Kinderstimmen und warmes Licht erhellen für Momente mein halberfrorenes Dasein, um mich nach einem kurzen Moment in der Dunkelheit und Kälte wieder der Einsamkeit zu überlassen. Verzweifelt versuche ich, das Bild dieser warmen kleinen Leiber zurückzuholen, die mir einst alles bedeuteten. Fortgerissen von Männerhand, die mich nicht zur Besinnung kommen ließen, die ihre Macht demonstrierten gegenüber einer jungen unbedarften Frau. Kein Gesetz der Welt stand mir bei in der frauenfeindlichen Welt der frühen sechziger Jahre. Fürwahr keine Frauenwelt, auch wenn einige starke Frauen Jahrhunderte zuvor zeigten, was in ihnen steckte. Verzweifelt versuche ich immer wieder dieses Bild der schönen Erinnerungen zurückzuholen. Erinnerungen sind es, die mehrere Leben zurückliegen. Es gelingt mir nicht, diese Bilder, diese Erinnerungen, festzuhalten. Diese entschwinden genauso schnell wie sie kommen. Diese Bilder wollen nicht bleiben in einem Kopf, dass schon seit langem überlastet ist. Nur für Augenblicke sehe ich diese anderen Leben vorbeiziehen. So gerne würde ich diese festhalten, nur etwas länger mich laben an dem was einst mir gehörte, aber zu müde ist mein zermartertes Hirn. Ich schlafe wieder ein, sage mir noch, ich darf nicht aufgeben. Durch die dichten Schneeflocken, die sich Schlag auf Schlag vereinen und mich bedecken, erkenne ich weder Himmel noch Erde. Im Dunkel der Nacht stelle ich mir die Frage, ob ich schon in der Hölle bin. Eine eisige Hölle. Mein Oberschenkel blutet, fühlt sich merkwürdig wund an, wund jedoch ohne Schmerzen, ich merke nicht, wie das Blut den Schnee durch meine Hose rot färbt. Verfluchter Stacheldraht. Ich kann keinen vernünftigen Gedanken fassen. Nur noch ein bisschen schlafen sagt mir die eine Stimme wieder, der anderen Stimme folgend jedoch, versuche ich mich aufzuraffen. Ich will nicht auf diesem Feld sterben, in einem Niemandsland von Menschen erkoren und meterweise in deutsch-gründlicher Manier aufgeteilt. Auf allen Vieren taste ich mich weiter, habe keine Ahnung, ob ich mich auf DDR oder BRD -Gebiet befinde, und ob das Bellen, das ich klar und deutlich vernehmen kann, von DDR oder BRD -Hunden kommt. Die verfrorenen Gliedmassen lassen keine Empfindungen zu, haben aber auch kaum mehr die Kraft meiner inneren Stimme zu gehorchen. Das Hundegebell höre ich plötzlich nicht mehr, ein Umstand der mich wachsam in die Dunkelheit horchen lässt, halbtot wie ich bin. Auf allen Vieren schaffe es bis zu einer vor mir schemenhaft stehenden BGS-Hütte, die ich zunächst nicht als solche erkenne, stoße mich an der harten Holzkante am Fundament. Ich fluche in russischer oder englischer Sprache stets, höre nicht auf zu wettern, während ich trotz der Kälte eine Beule auf der Stirn fühle. Auf einer weiteren Beule kommt es nicht mehr an. Eigenartigerweise tut nichts mehr weh. Übelkeit erfasst mich, mein Körper wehrt sich seit Stunden schon gegen die Austrocknung. Ich versuche mit zitternden Haenden mir Schnee in den Mund zu stopfen, muss husten, würgen, mein Magen dreht sich. Stockdunkel ist es im Niemandsland. Ein winziger Lichtkranz in einiger Entfernung, kaum zu erkennen durch den Schneesturm, kommt vom Wachturm, das müssen die Genossen sein. Wo bleiben diese Genossen? Warum kommen diese nicht endlich? Fast 28 Jahre deutschen-deutsche Geschichte liegen jenseits und diesseits vor mir, nur erkenne ich nicht, wo jenseits und diesseits liegen in dieser Nacht. Pfosten, Stacheldraht, Wachtürme, in denen ein Volk getrennt voneinander in verschiedenen Systemen geboren, aufgewachsen und gestorben ist, ein Volk, dass sich gefreut, das gefeiert, das gelitten und gelebt hat, und für die Sünden der Väter als gemeinsames Volk der Deutschen hart bestraft und gebrandmarkt in der Welt ist. Ich befinde mich in einem Niemandsland, jedoch heute Nacht vielmehr mit dem Arsch am antifaschistischen Schutzwall zurueckgedraengt, meine Verfolger kommen aus Richtung Westen. Das Hundegebell wird wieder hörbar, kommt näher, mahnt mich zu entscheiden, nur fehlt die Kraft nicht nur für eine Entscheidung, sondern mit Sicherheit für die Durchführung, so sehr ich auch versuche zu reagieren. Passiv-aggressiv kommt mir in den Sinn. Eine aufgestaute Wut lässt mich nicht aufgeben, ich habe keine Gewalt mehr über meine Gliedmassen mit einem halberfrorenen Gehirn, das einfach nicht mehr funktionieren will, aber dieses Resthirn will weitermachen. Dieses Frauenzimmer funktioniert schon lange nicht mehr sagten meine Kameraden im Westen, die glauben ich habe dieses Gehirn in der russischen Taiga oder auf dem Roten Platz verloren. Blut läuft mir wieder aus den Mund, als ich zombiegleich schmunzele über diese Selbsterkenntnis, ich bin hier an der deutschdeutschen Grenze, mein Gehirn in Russland – dann habe ich den richtigen Weg gewählt, auf nach Russland! Wieder Hundegebell, das deutlich näher kommt. Sind es die Verfassungsschützer, meine ehemaligen Kameraden die mich hassen, die mich gerne beseitigen wollen? Ich kann es ihnen nicht verdenken. Haben die sich doch alle Mühe mit mir gegeben, nur, West-Agentin wollte ich partout nicht sein, und das haben die Herren nicht begriffen, auch, dass ich längst den anderen Herren diente. So sehr habe ich ihnen auf der Nase herumgetanzt. Dieses nahm man mir Abtrünnige im Nachhinein sehr übel. Die Angst im

Nacken wieder, mein Zustand ist erbärmlich. Ich darf nicht gen Westen gehen, nur keinen Fehler machen. Russland über alles, bedingungslos. Immer war es Russland über alles für mich. Von Russland mit Hass, so habe ich sie belogen und betrogen meine westlichen Kameraden und diese am Ende gedemütigt mit meinen Aktionen. Nun bin ich dran. Das Katz- und Maus-Spiel ist in der letzten Phase, die ehemalige Kameraden sind mir dicht auf den Fersen. Wie leicht wäre es für mich gewesen, praktisch alles zu umgehen und das Sektglas zu akzeptieren. Praktisch wäre es einfach gewesen, die harte Realität sah anders aus. Ich hatte mich einer anderen Ideologie verschrieben, bereits lange Jahre zuvor. Gewissenlos bin ich über alles hinweggegangen, habe Enttäuschung und Verbitterung verursacht, habe dabei nicht nur mein eigenes Ich, sondern mein Privatleben, mein westliches, und wie es aussieht auch mein östliches Leben verloren, und alles was ich liebte. Die Westler werden mich nicht schonen, werden es zu ihren Gunsten verdrehen. „Ostagentin bei der Flucht gestellt!“ Wahrscheinlicher: „Ostagentin umgekommen!“ Ihr gutes Recht, ein Spiel ohne Moral in den Geheimdiensten der Welt. Ich habe alles im großen Spiel verschachert, die einst so wichtigen Menschen in meinem Leben verpfändet oder beiseite geschoben, unwiederbringlich. Habe mich sicher gefühlt, habe mich stets oben auf der Mauer gewähnt. Aber von jeder Mauer kann man fallen, schneller als man glaubt. Dafür hatte ich die großen und kleinen Freuden und Siege hinter und vor dem eisernen Vorhang. Die Schmerzen über die Verluste auf beiden Seiten dieses deutsch-deutschen Lebens übermannen mich trotz der einsetzenden Erfrierungen und der

Gefühllosigkeit an meinen Gliedmassen. Meine geliebte englische Heimat kommt mir kurz in den Sinn, nur kurz verweile ich im Schoss der harten aber doch auch manchmal warmen Kindertage – so weit habe ich mich entfernt von der Insel, in der meine Wiege stand, und wo auch meine nicht immer unbehelligte Jugendzeit stattfand. Ein dumpfer Schmerz zu allen Verlusten kommt in mir hoch, der nicht versiegen will, übernimmt den Rest meiner Gefühle. Dieser Schmerz schwebte mir kurzweilig schon länger vor Augen, ich ahnte, dass es einmal so enden würde. Ohne Rücksicht auf Verluste schob ich diese Tatsachen immer wieder vor mich her, wie ein Schiff die Wellen mit dem Bug bricht und weiter stampft. Hinter mir schlug die aufgestaute Flutwelle zurück und überspülte oftmals die rechten Gedanken. Wie immer stehe ich alleine auf weitem Feld, im wahrsten Sinne des Wortes in dieser Nacht. Wie immer einsam, die Männer an meiner Seite ahnen entweder nichts von meinem Schicksal oder sind nicht abkömmlich, und in dieser Nacht gewiss nicht rechtzeitig zur Stelle. Wie sollte es auch anders sein als alle anderen elenden Stunden die ich durchlebt habe. Nix Neues im Westen, nix Neues im Osten. Nichts war wie es sein sollte, die ‚Notprogramme' nicht eingeschaltet, die ich erst kurz vor meiner Flucht aus Bremen vorher mobilisieren konnte. So liege ich hier im Niemandsland. Wie sagte noch mein Führungsoffizier? „Schaue Dir keine Bond Filme an, völliger Unsinn, alles einer Hollywood Welt entstammend, die nicht existiert." Recht muss ich ihm im Nachhinein geben, allerdings geht mir durch den Kopf, dass ich sterben werde, ohne jemals einen Bond Film gesehen zu haben. Traurigkeit kommt wegen dieser Feststellung nicht auf.

„Wir bekämpfen nicht das amerikanische Volk, nur die aggressive US Politik – aber wir kämpfen für eine gerechtere Welt“ diese Aussage aus meiner systematischen Schulung verhallt ebenfalls im Rest meines Gehirns, das ich nicht in der Sowjetunion gelassen habe. Alles verschwimmt wieder und der Schmerz um den Verlust meiner Kinder übermannt mich mit den letzten Empfindungen, die mein ausgemergelter Körper gerade noch zulässt. Mein Blutwurst-Deutschland erteilt mir den letzten hässlichen Schlag, nachdem ich mich weder für die eine, noch für die andere deutsche Seite entscheiden konnte und mich dem Mutterland der Sowjetunion mit Haut und Haaren hingab. Dennoch bleibt es eine Tatsache, ich blieb dem östlichen Deutschland treu und stieß die westliche Republik weit von mir. Die Tortur dieser Flucht ist kaum noch zu ertragen. Fast achtzehn Stunden habe ich überlebt, den Rest werde ich auch noch bewältigen sage ich mir, bin am Ende meiner Kräfte, will nur den richtigen Kameraden in die Hände fallen, den Genossen. Diese Genossen sind so nah, nur ein breites Feld entfernt bin ich vom schützenden Heim. In meinem augenblicklichen Zustand, verletzt und ausgelaugt, kann ich keinen Versuch wagen, dieser wird mir niemals gelingen. Ich kenne diese Umgebung. Um an den ersten Zaun der Genossen zu kommen, muss ich das Feld überwinden. Ein gezielter Schuss aus westlicher Richtung von meinen Verfolgern – und es würde den Genossen an den Kragen gehen. Die Stimme in mir sagt ganz deutlich, nicht aufstehen, nicht über das Feld laufen. Wenn sich doch etwas am entfernten Zaun abzeichnen würde, ein Genosse, ein Zeichen, Licht. Nichts. In russischer Sprache stelle ich mir selbst

Fragen, kurz und knapp, in englischer Sprache antworte ich. Diese wirren Gedanken werden schwer. Ein letztes Aufbäumen. Ich muss warten, will nicht auf freiem Feld wie ein Kaninchen abgeknallt werden, oder an irgendwelchen Hindernissen hängenbleiben.

Ich habe es zu weit getrieben und mein Schicksal ist nicht abhängig von den Grenzern auf beiden Seiten, die mich schützend in Empfang nehmen würden. Ich bin auf einem ganz anderen Spielplatz, der grenzenlos ist in der Ausführung und Abtrünnige nicht duldet. Ich entscheide, in der nahen stillgelegten BGS-Hütte zu warten. Klettere mit letzter Kraft außen an der Hütte zu einem Fenster hoch, das sich links der verschlossenen Hüttentür befindet. Habe kurz vorher mit letzter Kraft und einem dicken Felsstein die Scheibe eingeschlagen. Schneide mich am zerbrochenen Glas und falle kopfüber hinein. Schimpfe wie ein Rohrspatz. „Ich muss nach Hause", sind meine letzten Gedanken bevor ich der Kälte zwischen den Fronten in einer erlösenden Bewusstseinstrübung entschwinde. Vier Stunden später und zweiundzwanzig Stunden nachdem ich die Flucht Richtung Osten antrat, werde ich halberfroren aufgefunden. „London ist weit fort, und Moskau ebenfalls, nun geht's in ein westdeutsches Gefängnis junge Frau" ist das Letzte was ich höre, von einem ganz schlauen Jungen in Uniform ausgesprochen, der keine Ahnung davon hat, was sich abgespielt hat in meinem Leben. Wie kann er auch, ich laste ihm seine Aussage nicht an. Und ich weiß nur zu gut, dass er die Wahrheit spricht. Trotz der versiegenden Kräfte will ich mich wie immer mit oberflächlichen Aussagen nicht anfreunden. Die Genossen kommen Minuten zu spät, können nicht mehr verhindern, dass ich vereinnahmt werde. Das vorläufige Ende eines voll gelebten Lebens. Nach einem Grossaufgebot der Nationalen Volksarmee mit entsprechenden Fahrzeugen, kann selbst ein forsches Auftreten meiner Genossen nichts mehr an meinem Schicksal ändern. Das Tauziehen um eine Engländerin, die nach Moskau flüchten wollte ist over, die Kameraden auf westlicher Seite haben gesiegt. Meinem verletzten und geschundenem Körper, meiner bösen und meiner guten Seele macht es nichts mehr aus, nur mein Verstand verliert sich in einem elendigen Erkennungsprozess: Meine Männer waren wieder nicht rechtzeitig zur Stelle. Zu mehr reicht es nicht, als ich im Blickfeld der Genossen, die hinter dem Schlagbaum stehen, westwärts in ein ungewisses Schicksal abtransportiert werde. Begleitet von mehreren BGS Fahrzeugen, entfernt der Krankenwagen sich schnell vom anti-faschistischen Schutzwall, meinem auserkorenen Schutzwall, der mich von diesem Schicksal nicht beschützen konnte. Nur einen winzigen Lichtblick gibt es fur mich. Auch wenn mich meine Kameraden nicht fanden, und ich verloren habe in dieser Nacht, hatte auch der Verfassungsschutz das Nachsehen. Ich lebe.

Die Beweggründe von Kyra werden sie Zeit ihres Lebens begleiten, auch im Hinblick auf die Verluste, die sie bei ihrer versuchten Flucht in Richtung DDR erleiden musste. Die Narben vom Stacheldraht sind schnell verheilt. Die Narben der unseligen Trennung zweier deutscher Staaten, die Kyras Lebensweg bestimmten, heilen niemals.

Kapitel III

Kinderjahre – Robert

1946 – Deutschland liegt am Boden. Die Ruinen und Trümmer einstiger Städte und Kommunen waren die Spielplätze der während und nach dem Krieg geborenen Kinder, denen weiterhin ein karges Leben beschieden war. Kinder die gänzlich ohne Väter aufwuchsen, Kinder die Stiefväter bekamen und Kinder, die auf die Rückkehr ihrer Väter aus einem verheerenden Krieg warteten. Diese Jungen und Mädchen warteten lange auf Väter, die nie nach Hause kamen; es waren alles Kinder, die in der Nachkriegsgesellschaft leben mussten, deren Kindheit man kaum als Kindheit bezeichnen konnte und, die am meisten zu leiden hatten für die Sünden ihrer Vorfahren. Eine Last waren diese Kinder für die Mütter, die versuchten mit den wenig zur Verfügung stehenden Mitteln zurechtzukommen, und die versuchten, ihre eigene verkorkste und karge Kriegsjugend zu vergessen, und oftmals den falschen Weg einschlugen. Diese Mütter liebten ihre Kinder, brachten aber kaum die Kraft auf für sich selbst zu sorgen, geschweige denn, ihren Kindern die erforderliche Fürsorge zukommen zu lassen.

Bunte Spielplätze gab es nicht mit Schaukeln und Rutschen, mit feinem Sand und untätig zuschauenden, sich unterhaltenden, gut gepflegten Müttern, die sich über ihre Haare sorgten, oder darüber, dass ihre Kinder zu dick waren und zu viele Süßigkeiten naschten. Es sah anders aus als Robert aufwuchs. Ruinen, ausgebombte Häuser und

Strassen, die in Schutt endeten waren die Spielplätze auf denen sich die Kinder allen Alters tummelten, auch der kleine Robert mit seinen Freunden. Ohne Mütter versteht sich. Die Mütter konnten sich kaum um sie kümmern, diese standen und klopften Steine, wussten nicht, woher sie das nächste Essen für ihre Kinder hernehmen sollten. Lebensmittelrationen auf Marken gab es. Wenn die Rationskarten verloren gingen, war Not am Mann, am Kind ganz besonders. Ein leerer Magen tat weh! Die Kriegshalden wurden von den Kindern zu ihren Revieren erklärt. Undenkbar heute, womit die Kinder von damals spielten. Uniformen der Wehrmacht der SS oder SA, Munition, Gewehre, Pistolen und jede Menge Gasmasken, noch im Behälter! Keine zartrosa oder hellblau oder hellgelb gestrichenen Kinderzimmer mit Blümchen und bunten Puppen und Eisenbahnen gab es. Wenn man das Bett mit den Geschwistern teilen konnte und eine alte Matratze unter sich hatte, musste man sich glücklich schätzen. Im Winter trugen der kleine Robert und seine Geschwister Leibchen, lange gestopfte Strümpfe und Igelit Schuhe. Die Waschhäuser rochen konstant nach dampfender Wäsche, Kernseife und Zuckerrüben Sirup, der stundenlang gekocht und in alten Gefäßen gelagert wurde. Ein Schmaus war es einmal aus diesen alten Gefäßen zu löffeln! Wurde ein Kind zu gierig gab's gleich welche auf die Finger, oder einen harten Klapps auf den Hinterkopf, alle mussten etwas abbekommen, für Gier war kein Platz. Sofern es überhaupt einen Sonntagsbraten gab, war dieser in der Regel Freibankfleisch. In der Woche gab es Mehlsuppe, Kohl oder Steckrüben, vielleicht ein paar geklaute Kartoffeln. Spielzeug gab es kaum; für Robert und seine Geschwister

Bärbel und Dieter, war das Wort Spielzeug ein Fremdwort. Die anderen Kinder spielten Spiele wie Himmel und Hölle, mit der Kreiselpeitsche und Kreisel, Rad mit Stöckchen, meist selbstgebastelt aus dem was sie fanden. Taschengeld war völlig unbekannt, aber wie schnell man sich ein paar Mark verdienen konnte wurde schnell erkannt. Buntmetalle wurden gesammelt und verkauft. Robert lebte nahe bei einer Kaserne in der Umgebung von Leipzig. Nach der Deutschen Wehrmacht kamen die US-Soldaten. Als die abzogen, kam die kasernierte Volkspolizei rein, und nicht lange danach folgten die Soldaten der Sowjetarmee. Als die Russen kamen wurde es unruhig in der Gegend. Es gab viele Diebstähle, vor allem Fahrräder waren bei den Russen sehr beliebt. Wie die Kinder benahmen sie sich mit ihren langen weiten Uniformmäntel, fuhren im Kreise mit den alten Fahrrädern und fielen dabei oft hin, sodass die Kameraden herzhaft lachten und sich dabei auf die Knie schlugen. So manche Kuh verschwand auch von den Weiden. Vergewaltigt wurde und Robert sah auch mit an wie so mancher Soldat dafür brutal bestraft wurde. Er selbst hatte noch keine Ahnung was ‚vergewaltigen' bedeutete und trieb sich oft bei der Kaserne herum. Die Soldaten waren immer freundlich zu den Kindern, gaben ihnen immer zu Essen, auch wenn sie selbst nicht viel hatten. Auch Roberts Schule wurde von den russischen Soldaten mit Essen in großen Kübeln beliefert. Schokolade oder Bonbons waren ein unerschwinglicher Luxus. Süßigkeiten wurden selbst hergestellt aus Margarine und Zucker ab und zu. In der Pfanne wurde die Masse heiß gemacht, und nach Abkühlung zerbrochen und gelutscht. Das waren besondere Tage! Und es gab auch mal ein Ei.

Wichtig aber war ein Stück trockenes Brot und ein dünnes Süppchen, diese Suppe bedeutete einen vollen Bauch!

Die Mutter von Robert war selbst fast noch ein Kind als sie ihn bekam, unbedarft sprach sie dem Leben zu, wurde schwanger. Sie kümmerte sich um den kleinen Robert, so gut sie konnte, auch später um die jüngere Schwester und den kleinen Bruder. Im Dorf sprachen die Leute darüber, dass Roberts Vater einer der siegreichen amerikanischen Soldaten war, mit dem sich seine Mutter nach Kriegsende eingelassen hatte. Ein wenig Vergnügen hatte das junge Mädchen gesucht und die amerikanischen Soldaten waren freundlich, fiel doch zwar selten, aber ab und zu ein Päckchen Kaffee oder eine Tafel Schokolade ab. Als die Amerikaner 1946 im Zuge der politischen Veränderungen vom östlichen Teil Deutschlands abrückten, und die Soldaten der Sowjetarmee ihre Stelle einnahmen, wurde Robert geboren. Der Kleine wurde früh zum Außenseiter abgestempelt. Im kleinen Dorf Burghausen bei Leipzig sprach es sich schnell herum: „Dein Vater ist ein Ami!" ‚Ami-Kind' riefen die Kinder ihm nach. ‚Ami-Kind' – ein Wort, das er nicht verstand, und doch wie ein schändliches Mal tragen musste, weil die Erwachsenen ein Urteil über seine Mutter gefällt hatten. Der Junge hatte keine Ahnung was vor sich ging. Einen Stiefvater bekam er, nur der Vatername ‚Ami' der blieb ihm vorbehalten. Ein Kind war er, das aus einem Elternhaus kam, das diese Bezeichnung nicht verdiente, wie viele seine Altersgenossen.

Das schwere Nachkriegsleben eines geschlagenen Staates ließ nicht zu, dass die Menschen zur Ruhe kamen. Ständig kreisten Roberts Gedanken um die Geschichten, die er von den Erwachsenen hörte, von Soldaten, die

Frauen vergewaltigten. Zu diesem Zeitpunkt hatte er immer noch keine Ahnung was ‚vergewaltigen' bedeutetet, vermutete aber bereits, dass das Wort eine schlimme Bedeutung hatte. In dieser Zeit wurde in der Schule das Lied ‚die Partisanen vom Amur' gesungen. Der Onkel erzählte ihm, dass die Russen alles Verbrecher und feige Frauenschänder wären, die nur aus dem Hinterhalt angegriffen hätten. Als Abschaum und elendes Pack, bezeichnete dieser die russischen Soldaten, die gefangene deutsche Soldaten, bevor sie erschossen wurden, grausam gefoltert hätten. Wenn auch das karge Leben reichlich vorhanden war für die Kinder, kam die Angst und Ungewissheit des Lebens hinzu, die von den Erwachsenen auf diese Kinder abgeladen wurde. Die Kinder machten auch andere Erfahrungen. So viel wurde über die Bolschewisten erzählt. Die Kinder verstanden nicht alles, für Robert war aber klar, alles konnte nicht stimmen, was über diese bösen Russen erzählt wurde. Es gab angenehmes und unangenehmes, dass er in Verbindung mit den Russen erlebte. Die guten Erfahrungen überwogen. Die Russen waren sehr kinderfreundlich und sie bekamen oft Essen von den rauen Gesellen. Robert wohnte mit seiner Mutter und den beiden Geschwistern nahe am Elster-Saale Kanal. Der Kanal wurde nie fertig gebaut, aber für die Kinder reichte es ideal zum Baden und Schwimmen. Geangelt wurde oftmals auch, nur nicht der Vorschrift entsprechend. Eine Flasche Karbid wurde mit Wasser aufgefüllt und sofort in den Kanal geschmissen, denn die chemische Reaktion ging schnell vor sich, die Flasche explodierte und die Fische, die betäubt an der Oberfläche schwammen, mussten nur noch eingesammelt werden. Oft schmissen die russischen Soldaten eine Handgranate in den Kanal, auch dann rumste es kurz gewaltig und die Kinder durften die kaputten und kleineren Fische einsammeln und mit nach Hause nehmen. Die Soldaten lachten, freuten sich mit den Buben. Immer gaben sie den Kindern etwas ab, sie nahmen die größeren Fische mit, um ihre karge Kasernen-Verpflegung aufzustocken. Auf die Russen wurde dann nicht geschimpft wenn die Kinder diese Sonderzuteilung einer Fischmahlzeit mit nach Hause brachten. Im Winter wurde auf dem überfrorenen Kanal mit selbstgebastelten Schlittschuhen und alten Schlitten herumgetobt. Ob im Sommer oder Winter – die Freizeit dieser Kinder fand immer draußen statt – ein Fernsehgerät oder gar Telefon, waren völlig unbekannte Dinge. Selbst in schlechten Zeiten gab es Anlass genug für Streiche. Es wohnte eine ältere Frau im Haus und die Kinder wussten, oder glaubten durch das Gerede der Erwachsenen zu wissen, dass diese Dame keine Schlüpfer trug. So standen die Buben unten an der Treppe wenn diese Nachbarin, vermeintlich ohne Schlüpfer, die Treppe wischte und schauten ihr, versuchten zumindest, ihr unter den Rock zu schauen. Welch eine Aufregung! Die Frau sollte natürlich bemerken, dass sie beobachtet wurde, und die wurde dann auch sehr wütend, was von den Buben beabsichtigt war. Sie schmiss den Eimer mit Wischwasser in Richtung der frechen Bande. Die Jungen bekamen meist nur einige Tropfen ab, aber die arme Frau musste danach das ganze Treppenhaus aufwischen. Alles stob lachend davon, war doch der Streich gelungen! Worüber konnte man sich doch herrlich freuen: über kleine Streiche, über einen zugefrorenen Kanal, über ein zusätzliches Essen aus zerfetzten Fischleibern, und über hartes selbstgemachtes Zuckerwerk, das an den Zähnen klebte aber herrlich schmeckte!

Robert hatte einen kleinen Freund. Dieser kleine Freund, Gerd, wartete jeden Tag in der Hoffnung, sein Vater würde aus dem Krieg heimkehren. Auf seinen ständigen Fragen sagte seine Mutter immer nur: „Dein Vater ist bei den Russen." Gerd vermisste seinen Vater so sehr, verstand aber nicht, was die Mutter damit meinte. Da dachten die beiden Buben sich eines Tages, gehen wir hin und besuchen wir ihn in der Kaserne bei den Russen, wo anders kann er sein, als in der Russenkaserne. So machten sich die beiden auf den Weg und gingen zur russischen Kaserne, um den Vater von Gerd zu suchen. Vor der Kaserne am Schlagbaum zeigte der kleine Gerd dem Posten das kleine Foto seines Vaters. Der junge Soldat fing an, sich mächtig aufzuregen, schrie die Jungen an, beschimpfte die beiden Jungen laut und heftig, was sie kaum verstanden. Beide bekamen Angst und weinten. Auf dem Foto seines Freundes hatte der Vater von Gerd eine schmucke Nazi-Uniform an. Faschist und Nazi rief der Russe, riss dem Jungen das Foto aus der Hand und trampelte darauf herum. Die Angst der beiden Jungen war riesengroß, beide verstanden die Welt nicht mehr. Der kleine Freund von Robert war so erschrocken, dass er seine Hose nass machte als der Soldat seine Kalaschnikow auf sie richtete. Plötzlich kam ein älterer Soldat herüber, der auf das Geschrei am Tor aufmerksam geworden war. Nach einer heftigen Diskussion mit dem Posten beruhigte er die beiden Buben, und nahm sie mit in die Kaserne. Erstaunt waren die beiden! Einen Schweinestall mit Schweinen gab es da! Da waren also die beschlagnahmten

Schweinchen! Eine ältere Frau, die aussah wie ein halber Soldat und eine halbe Köchin gab den beiden einen großen Teller mit Kohlsuppe, dazu zwei dicke Scheiben Brot. Ein köstliches Mahl war das. Oft sind die beiden Jungen danach zur Kaserne gegangen und haben die Köchin Olga besucht, die sich immer freute wenn sie die Buben sah und sie grosszügig bewirtete. Und die Geschichten über die bösen Russen?` Für die Kinder waren diese nicht mehr die Bösen, auch wenn viele Erwachsene weiterhin von den russischen Untermenschen sprachen. Vehement verteidigten die beiden Jungen von nun an ihre neuen Freunde, wenn schlecht über diese gesprochen wurde.

Es gab auch kleine Traditionen, die selbst in der schlechtesten Zeit aufrecht erhalten wurden. In den letzten Augusttagen war ‚Tauchscher'. Mit dem was da war und die Mütter entbehren konnten, haben die Kinder sich verkleidet und gingen von Hof zu Hof oder in die Geschäfte und sagten den Spruch auf: ‚Asch abkehren ist Mode, mit der grünen Knote, dreimal, dreimal um das Haus, gib mir 'n Stück Kuchen raus! Ist der Kuchen nicht geraten, gebt mir 'n Stückchen Schweinebraten. Fuer diesen ‚Gesang' gab es meist Süßigkeiten.

Die Lebensumstände verbesserten sich nur langsam, nicht nur im materialistischen Sinne war dieses Leben karg, man musste sich nicht nur mit dem behelfen was es gab in einem Land, das vom Norden bis zum Süden in Ruinen lag, sondern mit mancher Lieblosigkeit der Erwachsenenwelt, die geschlagen, gedemütigt und depressiv aus dem Krieg hervorgegangen waren. Die Begebenheiten waren normal für die Kinder, die nichts anderes kannten. Schöne Teppiche und beheizte Wohnungen gab es nicht. Badewanne oder Dusche in der Wohnung? Fehlanzeige! Die Toilette war eine halbe Treppe im Haus tiefer. Gebadet wurde einmal die Woche im Waschhaus, da stand eine Zinkbadewanne, die von allen genutzt wurde. Kernseife war eine Kostbarkeit und wurde bis zum letzten winzigsten Stück aufgehoben. Die Termine waren geregelt, welche Familie an welchem Tag die Wanne benutzen durfte. Normale Verhältnisse waren das in einem Leben, das man nicht anders kannte. Mit zehn Jahren kann Robert noch längst nicht alles begreifen, muss sich wieder einiges anhören als die Bauern im Dorf enteignet werden und die Leute nur negativ über die Kommunisten und die SED sprechen. Was er meint richtig zu verstehen ist, dass im Westen alles viel besser sein sollte. Seine ersten kindlichen Gedanken sind – wo ist der Westen, warum nicht dahin gehen? Der erste Grundstein für seine ablehnende Haltung zur DDR wurde in dieser Kindheit gelegt. Das Elternhaus bessert sich kaum, seine Mutter hat Probleme, die Kinder weiterhin zu versorgen. Er und seine Geschwister wurden eines Tages abgeholt und in ein Kinderheim gebracht, in dem er die sozialistische Erziehung genießen durfte. Der Staat kam seiner Obhutpflicht nach, kann deswegen nicht verurteilt werden, denn zum ersten Mal in seinem Leben hatten Robert und seine juengeren Geschwister immer zu Essen und Ordnung, wenn auch weiterhin nichts im Überfluss, aber saubere Wäsche und ein eigenes Bett. Mit Erziehung und Zwang erreichte man allerdings nichts bei dem jungen Robert. Mit Zwang erreichten sie nur das Gegenteil bei dem ohnehin verbohrten Jungen, der konstant ansonsten mit seinen Träumen auf sich alleine gestellt war. Zum Rinderzüchter wollte man ihn ausbilden, in der nahen LPG würden gute Leute gebraucht, sagte man ihm, redete pausenlos auf ihn ein, jedoch die Paten-LPG des Kinderheims war für Robert völlig uninteressant. Robert wollte das nicht, hatte bereits früh seinen eigenen Kopf, er kam ihnen zuvor. Er suchte den einzigen Bäckerladen im Kaff auf und bot sich als Lehrling an, stellte das Heim einfach vor vollendete Tatsachen mit dem Lehrvertrag als Bäckerlehrling. Seine Mutter hatte mit unterschrieben, somit war dieser Vertrag rechtskräftig. Und immer mehr gingen seine Gedanken und Orientierung in den Westen. Seine Sehnsucht nach der weiten Welt, und der damit verbundenen Freiheit erwuchs in ihm in frühen Jahren. Sozialismus, das war ihm klar, war nicht sein Ding. Er fühlte sich, als habe man ihm Maulkorb und Zwangsjacke umgelegt. Paris, New York, Rom, auch Moskau oder Samarkand, die Städte wollte er sehen. In der DDR gab es nur eine Richtung, und das auch nicht für alle, eben nur für die, die scheinbar Beziehungen oder Glück hatten, oder Verwandte in bestimmten Positionen. Mit dem Mauerbau in Berlin und dem Ausbau der Grenze zur BRD, sah er die DDR nur noch als riesiges Gefängnis an. Ihm wurde immer mehr klar, dass er seine Träume nie in der DDR würde verwirklichen können. Es erwachte in ihm das Verlangen, die DDR zu verlassen, was er wenige Wochen nach Beendigung seiner Lehre sofort versuchte.

Kinderjahre – Kyra

Kinder wünschen sich immer einen Vater. Kyra hasste ihren Vater, der sie konstant schlug und ihr grundlos Vorhaltungen machte bereits als Kleinkind, wenn er immer wieder behauptete, dieses Mädchen brauchte Schläge, wie sie die Luft zum Atmen brauchte. Er war einer der Ewiggestrigen, der die Niederlage des Zweiten Weltkriegs, mit dem Verlust seiner Heimat in Westpreußen, die Aufteilung Deutschlands und dem damit verbundenen Tod von sechzig Millionen Menschen nicht wahrhaben wollte. Auch nach langen Jahren der Kriegsgefangenschaft nicht sonderlich geläutert, war er einer dieser Gezeichneten dieses Krieges, einer der verblendeten Deutschen, die einem Irren gefolgt waren. Kyras Vater heiratete, noch interniert, eine Engländerin, eine Tochter des ehemaligen Feindes, was ihm stets von seinem ebenfalls preußisch-strengen Vater nie verziehen wurde. Unstimmigkeiten in der Familie, nicht nur zwischen der deutschen und der englischen Familie, nahmen somit ihren unglücklichen Verlauf für Kyra, die immer zwischen diesen Fronten stand. Kyra blieb seine einzige Tochter, an der er seine Unzufriedenheit und sein preußisch-strenges Regiment, wie zuvor sein Vater an ihm, ausleben konnte. Immer wieder musste Kyra mit anhoeren, wenn von ihrer Mutter die Rede war und ihrem Vater gesagt wurde: „Wie konntest Du diesen Feind ins Haus bringen."

Schwere Jahre nach dem zweiten Weltkrieg waren es, in dem Kyras englische Großmutter versuchte, elf eigene Kinder und zwei Enkelkinder, über die unverhältnismäßig harten Winter der ersten Nachkriegsjahre zu bringen.

Es erschien zu allem Elend, als wollte die ungewohnte Kälte die Menschen geißeln, sie bestrafen zusätzlich zur Armut. Kyra wuchs in einem Arbeiterviertel auf, in dem die Menschen nur versuchten zu überleben, fern abseits allem unvorstellbarem Luxus der Hocharistokratie und des englischen Landadels, in dem es sowohl während und nach dem Krieg an nichts fehlte in einem Leben im Überfluss. Grosse Ländereien, über die man stundenlang fahren konnte, bis die Villen und Burgen sichtbar wurden, während die Dienerschaft in elenden Vierteln lebte waren Normalität auf der Insel. Leben in dem kleinen, grau verputzten staatlichen Reihenhaus unweit von London hieß es nur, weil es keinen anderen Ausdruck für den ständigen Kampf, für das ständige Dahinvegetieren auf unterster Stufe gab. Glückliche Stunden gab es trotzdem in der armen Familie, die, wie alle armen Familien in der Umgebung, nur reich an Kinder war. Die Mutter- und Vaterliebe suchte Kyra stets vergeblich in ihrem Leben, diese wurde ihr vorenthalten von Eltern, welche die Tochter beiseite schoben und sie den Grosseltern überließen, um ihre eigenen Ziele zu verfolgen. Ein kleines Glück war das für Kyra, die bis zum elften Lebensjahr zwar in armen Verhältnissen, aber bei den Grosseltern gut aufgehoben war. Die sadistisch-strenge Erziehung ihres Vaters, der seinem ‚Führer' nachtrauerte, dämonisierte die kindliche Seele seiner Tochter, während er die Nachkriegs-Gräueltaten der Roten Armee bei seinen Ausschweifungen stets verfluchte. Diese Aussagen insbesondere nisteten sich im Gehirn des heranwachsenden Mädchens ein. Auf die Frage warum er seiner Tochter einen russischen Namen gegeben hatte wurde er wütend und verwies auf Kyra von

Preußen, auf sein Preußen, das ihm die Rote Armee genommen habe. Und es wäre ohnehin gleichgültig, da seine Tochter keine ‚reine Deutsche' wäre, so sagte er. Kyra fühlte sich im Hause der Grosseltern glücklich am River Lea in der Kleinstadt Cheshunt, in der Grafschaft Hertfordshire. Eine Reise nach London war etwas außergewöhnliches, wenn das alte Fahrzeug eines Onkels gangbar gemacht wurde, die kleineren Kinder mit der Oma unter lautem Geschrei ins Auto gezwängt wurden, wobei einer auf dem anderen saß, und die Älteren mit den Picknickkörben auf die Ladefläche des Fahrzeugs sprangen. Ab und zu ging es auch nach Southend-on-Sea oder zu einem der vielen anderen englischen Seebädern. England, von Meer umzingelt, nie musste man weit fahren auf der kleinen Insel um ans Meer zu kommen. Seebäder wie Brighton oder Folkstone wurden gemieden, dort hielten sich die begüterten Engländer auf, wenn sie ihre neueste Mode zur Schau stellten und die nicht wie die einfachen Arbeiterfamilien mit alten Picknickkörben und selbstgeschmierten Broten auf dem gelben Sand saßen. So weit Kyra zurückdenken konnte, gab es nie Wurst oder Käse auf dem pappigen englischen Weißbrot. Allenfalls wurde das Weißbrot machmal ganz dünn mit Butter bestrichen, und mit hauchdünnen Gurken oder Tomaten aus dem eigenen Gewächshaus belegt. Alle mussten mit den Lebensmittel der vogegebenen Rationskarten satt werden. Trotzdem waren diese Brote eine Köstlichkeit, wenn man Hunger hatte. Und Hunger hatten die Kinder immer! In die Restaurants wurde nie gegangen, nie wurden Getränke gekauft. Es gab dünnen schwarzen Tee oder das dickliche Orangenkonzentrat von der Kinderfürsorge, das dermaßen gestreckt wurde, dass man kaum noch den Orangensaft schmecken konnte. Was es zusätzlich gab waren Meeresmuscheln aller Farben und Formen. Ein Pint dieser Koestlichkeiten waren für nur wenige Pennies erschwinglich. Es gab weder feine Sonnenschirme, noch Sitzgelegenheiten, man saß stundenlang auf dem Sand, die wenigen Handtücher mussten für alle herhalten, oder man trocknete ganz einfach in der Sonne. Einmal buddelten die Kinder im Sand und die dreijährige Kyra setzte sich in einen Haufen Hundescheiße, zum Leidwesen der übrigen Familienmitglieder, die nicht bemerkt hatten, dass Kyra fein „Backe-Backe-Kuchen“ spielte. Sofort wurden dem schreienden stinkenden Mädchen Hemd und Hose, ebenfalls bereits bräunlich gefärbt, abgenommen. Die unnachgiebige Oma schrubbte das schreiende Maedchen im kalten salzigen Meerwasser des Englischen Kanals ab. Kleider zum Wechseln gab es nicht, es kümmerte sich keiner darum, ob die Kinder nackig herumliefen oder nicht. Eselreiten gab es am Strand. Der Großvater fuhr nie mit, er litt an einer schweren Lungenkrankheit, die er sich in jungen Jahren in den Minen im Norden zugezogen hatte. Er steckte seiner Frau vor der Abreise immer ein paar Extra-Pennies ein. „Für das Kind, dafür dass sie auf dem Esel reiten kann“ sagte der gute Mann dann. Kyra schrie jedes Mal wenn sie von dem Tier gehoben wurde, wollte nicht herunter, sie weinte dann bitterlich und sagte nur immer, „another gigi-ride“, „noch ein Pferderitt!“ Übermüdet, rot von der Sonne und mit Sand in sämtlichen Hautfalten wurden alle bei der Rückkehr draußen im Garten vom Großvater mit einem dicken alten Schlauch abgespritzt, bevor sie ins Haus durften. Das Wasser kam aus einem alten Brunnen und war eisig kalt. Das Japsen und Schreien nicht nur der kleineren Kinder war weit und breit zu hören. Nicht nur der Sand wurde weggespült, auch der Sonnenbrand wurde somit gekühlt. Es waren wundervolle Ausflüge, auch nach London, die zwar sehr selten vorkamen, vielleicht zweimal im Jahr. Auch dort gab es stets die mitgebrachten ‚cucumber-sandwiches' Gurkenbrote, und man saß im Hyde- oder St. James Park unter den Bäumen und sah sich die Parade der wohlbetuchten Herrschaften an, Damen mit ihren kleinen weißen Sonnenschirmchen und blassen Teints und schönen Kleidern, die mit stattlichen gutangezogenen Herren vorbeischlenderten. Meist vorbehalten war der Familie jedoch nur eine sehr kurze Reise an den River Lea, ein Fluss, der direkt durch den kleinen Ort Cheshunt lief. Das klare Wasser, von Schilf umgeben, mit kleinen Grasplätzen, wo man sich lümmeln konnte, kostete nicht mehr als ein kleiner Fußmarsch. So manche Stunde wurde dort im Sommer verbracht. Die Mücken waren grässlich und vor allem die Blutegel, kaum dass man im Fluss war, die sich überall am Körper festsaugten, immer dicker und fetter wurden und die mit Widerstand und unter Geschrei mit Salz ‚behandelt' werden mussten, damit sie von den Kinderkoerpern abfielen. Trotzdem waren hier die ärmeren Familien immer anzufinden. Fernsehgerät und Spielzeug gab es nicht, man machte das Beste aus der Freizeit. Ein beliebtes Kinderspiel war Hop Scotch. Lediglich ein Stein, ein paar Striche und Kästen mit dem Stein in den Sand ziehen, dann hatte jeder seinen Stein zu schmeißen und auf einem und auf zwei Beinen dahin zu Hüpfen wo der eigene Stein liegengeblieben war. Meist wurde noch dabei gesungen. Die Jungen suchten sich runde Steinchen und spielten Murmeln, stundenlang knieten und hockten sie vor ihrem ‚Steinspiel'. Woran es nicht fehlte war frische Luft! Kyra blieb immer dicht bei ihrer Großmutter, gleichgültig wo sie war. Bereits im Alter von vier Jahren hatte sie Bekanntschaft mit dem anderen Geschlecht gemacht, und hatte keine Ahnung was mit ihr geschah. Ihre Großmutter hatte keine Ahnung was mit dem Mädchen los war und wunderte sich nur darüber, dass ihre Enkelin nicht viel redete. Sie kümmerte sich um alle ihre eigenen und um ihre Enkelkinder, aber zu diesem Kind des Deutschen hatte sie ein besonderes Verhältnis. Kyra fand erstmals Gefallen an ihrem Leben als sie mit fünf Jahren eingeschult und endlich ihre Schuluniform tragen durfte. Sie hasste sogar das Wochenende, wenn sie die Uniform nicht anziehen durfte. Rote Strickjacke, grauer Rock, rot-weißer gestreifter Schlips, eine weiße Bluse, weiße Strümpfe und schwarze Schuhe. Stolz war sie auf ihre Uniform. Traurig wurde sie nur, wenn die englischen Mitschüler sie ‚the German girl' das deutsche Mädchen, nannten. Dann fragte sie ihre Oma warum das so wäre. „Du hast englische Großeltern und eine englische Mutter" und nur das zählt, sagte ihre Großmutter. Trotzdem kam Kyra sich bereits im ‚Playschool' der Vorschule ausgesondert vor. Auch sie fasste die Aussagen der anderen Kinder als Makel auf. „Nie werde ich Deutsche" sagte sie sich, „Ich werde immer Engländerin bleiben." Vom Leben am River Lea in der großen Familie musste sie mit knapp zwölf Jahren endgültig Abschied nehmen.

Gerade als das Leben in England erträglicher wurde, musste die junge Kyra diesem Leben entsagen, weil ihr

Vater es für richtiger hielt, sie im Nachkriegsdeutschland, in der BRD, aufwachsen zu lassen. Herausgerissen aus der englischen Familie, begann ein neues Leben für das Mädchen, das allem schutzlos ausgeliefert war. Schnell verlor das Mädchen Vertrauen zu Erwachsenen. Einsamer als je zuvor war die Heranwachsende, die sich keinem anvertrauen konnte und die schmerzlich ihre englische Großmutter und die übrige Familie vermisste. Es gab niemand an dem sie sich wenden konnte, Sprachschwierigkeiten kamen hinzu. Deutsche Sprache, schwere Sprache, und sie wollte die Sprache ihres Vaters nicht sprechen, was die Sache mit ihrem Vater nur verschlimmerte. Es gab dann massig Ohrfeigen. Kyra blieb standhaft und verschlossen. Allerdings gab es etwas worüber sie zunächst staunte, womit sie aber einverstanden war, denn nun war es umgekehrt: Die deutschen Mitschüler nannten sie stets ‚die Engländerin.' Das sah sie nicht als Makel an, denn das wollte sie auch weiterhin bleiben, auch wenn ihr Vater ihr sagte, dass sie eine Deutsche wäre.

Schutzlos war sie dem Schicksal von vielen Mädchen ausgeliefert, Männern zu begegnen, die auf bestialische Weise versuchten ihre Männlichkeit an hilflosen Kindern auszulassen. Ihr Elternhaus, das es nicht verdiente so genannt zu werden, ließ sie im Stich und alleine. Als sie mit vierzehn Jahren von zuhause fortlief, wurde sie nachts auf dem Bahnhof in Bremen aufgegriffen. Völlig verstört sagte sie am nächsten Tag zu vernehmenden Beamten kein Wort, auch als sie gefragt wurde, ob ihr etwas zugestoßen war. In sich gekehrt und einsam wurde sie hart und uneinnehmbar wie eine Burg, in der Schule blieb sie die Außenseiterin, was ihr am Ende nichts mehr ausmachte. Das frustrierte junge Mädchen, noch nicht einmal siebzehn Jahre alt, die mit ihren Ängsten und ihrer Qual alleine war, wurde schwanger und flüchtete aus dem Elternhaus. Kyra kam vom Regen in die Traufe. Ein zwanzig Jahre älterer Ehemann verhielt sich ebenso wie ihr Vater vorher, war gewalttätig und ohne Skrupel. Die junge Frau hatte ihre Arbeit zu verrichten und ihm zu gehorchen, und seine Prügelorgien über sich ergehen zu lassen. Kyra hatte nur noch ein Verlangen, so weit weg wie möglich von diesem Tyrannen wegzukommen. Sie hasste das ‚dunkle Land' wie sie Deutschland nannte und sie hasste ihre ausweglose Situation. Nur einen Gedanken hatte sie im Sinn, ihren eigenen Weg zu gehen, irgendwann, wenn sie stark genug dazu sein würde. Kyra wurde schnell stark. Die einsame junge Frau war nicht mehr aufzuhalten in ihrem Versuch, ihrem frustrierenden Leben zu entkommen, koste es was es wolle. Sie musste einen hohen Preis bezahlen, ihre Kinder. Dennoch wollte sie den Weg nicht nehmen, den man ihr schmackhaft zu machen versuchte. Ein Leben, das sich einerseits in kirchlichen Gefilden befand, und andererseits inhuman und widersprüchlich in sich war. Weiterhin konnte Kyra sich keinem anvertrauen, keine Änderung ihrer Situation herbeiführen. Es war ein nichtssagendes Leben, von dem sie sich allerdings nicht problemlos abwenden konnte. In den 60iger Jahren hatte sie nicht den Hauch einer Chance diese Kinder mitzunehmen. Nach einer letzten Prügelorgie des Ehemannes und einer Fehlgeburt, machte sie einen dicken Strich und verließ dieses Leben von einem Tag auf den anderen. Stets hatte sie ihr Leben hinterfragt, ein vorgegebenes Leben in dem nichts war, wie es nach außen dargestellt wurde.

Ein Leben, das ihr entweder die Eltern oder der Ehemann aufdiktiert hatten, ein Leben, indem sie nichts als Zwang empfand. Schnell hatte sie herausgefunden, wie es hinter den Fassaden von anscheinend glücklichen Familien aussah und entschied sich dagegen, wandte sich dem Leben zu, das ihr ermöglichte, zu atmen. Sie litt unter der Trennung von ihren Kindern, aber erstmalig in ihrem Leben begann sie, sich auf ihr Können zu entsinnen und frei zu atmen, weit ab der Pein, die sie seit frühester Kindheit erleiden musste. Als Kind wollte Kyra immer nach England zurückgehen, sie ging aber nicht zurück, es kamen so viele andere Leben dazwischen. Erstmalig wurde sie richtig mit der deutschen Geschichte konfrontiert und mit der Erkenntnis, dass es zwei deutsche Staaten gab, und sie verschrieb sich in einem dieser deutschen Staaten einem weiteren riesigen Land, wobei sie sich immer weiter von ihrer englischen Heimat nicht nur physisch entfernte. Es sollte dreißig Jahre dauern, bis sie wieder englischen Boden betreten würde. Ihr Herz war längst in ihrer neuen Heimat Sowjetunion.

Der Lebensweg von Robert und Kyra zeigt große Parallelen auf, wenn auch ihre Wege nicht unterschiedlicher sein konnten. Ihre Schicksale waren nur wenige Jahre auseinander, als Kyra zunächst in England, dann in der BRD bei Bremerhaven, und Robert in ländlicher Gegend um Leipzig aufwuchs. Gemeinsam beschieden war ihnen die Nachkriegszeit und ein karges Leben am Existenzminimum.

Die Vaterfigur fehlte bei Robert gänzlich. Er konnte sich nicht mit seinem Stiefvater anfreunden. Er wusste sehr früh, dass er aus der Liaison seiner Mutter mit einem damaligen bei Leipzig stationierten US-Amerikaner stammte. Er nahm an, das es so sein musste, dass man ihm ‚Ami Kind' nachrief. Dem kleinen Jungen blieb nichts anderes übrig, als sich mit diesem vermeintlichen Makel zu identifizieren. Er nahm es gelassen hin. Er hatte lange kaum eine Ahnung was dieses Wort bedeutete.

Kyra war in England ebenfalls mit dem Makel ihres deutschen Vaters behaftet, einen, den man Nazi nannte in ihrer englischen Heimat.

Stets von Menschen umgeben, die von diesem Zeitgeschehen belastet waren, wuchsen diese Kinder ohne Liebe auf. Menschen, vorrangig die Eltern, Grosseltern und Verwandte, jedoch auch die übrige Umwelt, die aus Menschen bestand, die große Verluste hinnehmen mussten, vermittelten eine sonderbare Rohheit an Gefühlen weiter an diese Kinder. Robert und Kyra waren alleine gelassen in dem menschlichen Elend und den Verlusten der größten Kriegskatastrophe in der Geschichte der Menschheit, mussten sich nicht nur behaupten, sondern wie Millionen anderer Kinder auch in einer kargen materialistischen

Nachkriegszeit schnell aus den Kinderschuhen wachsen, ohne jemals wirklich Kinder gewesen zu sein.

Vieles hatten Kyra und Robert gemeinsam, wenn sie auch aus völlig verschiedenen Welten kamen, und das war unter anderem der Zwang, der ihnen auferlegt wurde. Ein Zwang, den beide seit frühester Kindheit zu entkommen versuchten. Von diesem Zwang, wie es andere ihnen vorschreiben wollten, befreiten sich diese beiden jungen Menschen.

Die Wege von Kyra und Robert konnten auch später gegensätzlicher nicht sein, als beide aus ihrer jeweiligen Situation ausbrachen, ihren eigenen Kopf durchsetzten und ihren eigenen Weg gingen.

Robert verließ den Osten, seine Heimat DDR und ging in den Westen, Kyra verließ den Westen, die BRD, und ging in den Osten.

Kapitel IV

Werdegang von Robert und Kyra

Robert – Strafe und Erziehung nach dem ersten Fluchtversuch aus der DDR

Zur gleichen Zeit als Kyra ihren neuen Weg in den Osten ging, musste Robert fast zeitgleich schwer für seinen Versuch, die DDR zu verlassen, bezahlen. Zu 18 Monaten Zuchthaus verurteilt, verschwand er schnell von der Bildfläche. Seine Liebe zur DDR wurde dadurch nicht besser, im Gegenteil.

Robert saß über sechs Monate in der U-Haft in einer Einzelzelle. Er nahm das Urteil nicht an, ging in Berufung und beantragte danach Kassation. Nach einer Ablehnung wurde das Urteil rechtskräftig. Bei der Urteilsverkündung sagte der Oberrichter Tischer, er müsse dankbar sein, dass die Sicherheitsorgane der DDR ihn vor diesem unbedachten Schritt bewahrt und seine Republikflucht verhindert wurde. Robert war absolut nicht dankbar. Er hatte danach ausreichend Gelegenheit darüber nachzudenken, wie er ein vollwertiges Mitglied der sozialistischen Gesellschaft werden könnte. Nur wollte Robert nicht darüber nachdenken, die sozialistische Gesellschaft interessierte ihn nicht. Er wurde mit Schlafentzug bestraft, die Vernehmungen gingen weiter. Der oder die Vernehmer waren mal allein oder zu zweit bei ihm. Gerade wenn er dachte Ruhe würde einkehren und er und endlich schlafen könnte, wurde er wieder aus dem Verwahrraum gebracht. In diesem Raum gab es ein Klappbett, das immer hochgeklappt war, damit er sich nicht hinlegen konnte. Das zerrt an den Kräften, nicht nur der Körper geht den Bach hinunter, das Gehirn wird zermürbt. Robert hält sich recht gut, doch brauchbares hat er nicht zu sagen, bereits nach einigen Tagen gaben die Vernehmer auf. Weiterhin wurde in dem Verwahrraum das Bett, welches an der Wand befestigt war hochgeschlossen, nichts mit liegen. Ein Klappbrett zum sitzen und einen Klapptisch gab es. Pro Tag gab es ca. zwanzig Minuten Hofgang. Beim Öffnen des Verwahrraums musste Meldung gemacht werden: „Verwahrraum 50, belegt mit einem Untersuchungsgefangenen, es meldet sich U-Gefangener X." Auf dem Hof ging es immer schön im Kreis herum. In dem Kreis waren Markierungen mit gewissen Abständen, welche eingehalten werden mussten. So war es nicht möglich, einem anderen Gefangenen etwas zuzustecken. Reden war verboten. In regelmäßigen Abständen kam er auf Transport, wohin erfuhr man erst wenn man ankam. Kontakt mit Gleichgesinnten konnte dadurch unterbunden werden. Dreimal musste er wegen Sturheit, oder nicht befolgen einer Anweisung in die Arrestzelle. Alle drei Tage bekam er warmes Essen. Später in der normalen Zelle durfte er pro Monat zwanzig Zeilen schreiben, diese kurzen Briefe wurden stets kontrolliert. Besuch, dreißig Minuten, war auch einmal im Monat mit Antrag erlaubt. Kam die Mutter, war er meist schon wieder auf Tournee im ‚Grotewohl Express' und keiner wusste wo er sich befand. Der ‚Grotewohl Express' wie er genannt wurde, war ein Eisenbahnwagon von außen unmöglich einzusehen, indem die Einsitzenden verfrachtet wurden. Zeitiges Wecken erfolgte, dann hieß es Effekten fassen, meist zu zweit in Handschellen und ab. Robert bekam die Handschellen, die Acht, immer alleine umgelegt, war wahrscheinlich als gefährlich und aufmüpfig registriert. Die kleinen Abteile waren vergittert und wurden immer abgeschlossen.

Während der Haftzeit war Robert mehrmals auf Transport im ‚Grotewohl Express'. Dieser war ein spezieller Waggon, der von außen Milchglasfenster hatte. Innen waren die Abteile klein, hatten Gitter und eine Minibank zum sitzen. Im Gang waren die Wachposten. Dieser Grotewohl Express, war weiter nichts als ein Eisenbahnwagon, der dann zu unbestimmten Zeiten an einem Zug angekoppelt wurde. Einen Fahrplan gab es nicht, auch wurde nicht mitgeteilt, wohin die Reise ging. Es kam vor, dass der Waggon zwischendurch abgekoppelt längere Zeit auf einem Abstellgleis stand, manchmal auch über Nacht, bis es weiterging. Auf engem Raum war es nicht angenehm. Es ging immer durch die Hintertüren hinein und hinaus, und nur im Dunklen, da niemand sehen sollte, wer sich im Zug befand. Der Grotewohl-Express war nach Meinung von Robert nicht so schlimm, für zartbesaitete jedoch auch nichts. Er musste dabei an die KZ-Transporte im 3. Reich denken; damit verglichen war der Grotewohl-Express ein Luxuswaggon. Robert sagte später immer, es käme nur auf die Betrachtungsweise einer Begebenheit an. Durch diese Haltung, von der er nie abging, konnten seine Peiniger ihn mit ihren Strafen im Knast nicht brechen. Wenn es in die Arrestzelle ging, hat er nie gejammert, nur gegrinst!

Robert musste die 18 Monate seiner Haftstrafe voll absitzen. Nach der Haft wurde ihm Arbeit im VEB Leipziger Eisen- und Stahlwerk zugewiesen. Das bestimmte die Abteilung für Inneres. Der ausgehändigte Sonderausweis stempelte ihn negativ ab. Reisen durfte er mit diesem Ausweis noch weniger. Abgesehen von der wöchentlichen Meldung beim Abschnittsbevollmächtigten der Volkspolizei wurde jeder kriminelle Straftäter nach der Haft besser behandelt wegen der Wiedereingliederung in die sozialistische Gesellschaft. Für Robert gab es keine Aussicht mehr, er konnte sich immer weniger eine Zukunft in der DDR vorstellen, aber er spielte sein Spiel weiter, täuschte Anpassung vor. Von einem Ausreiseantrag war ihm damals nichts bekannt, was sicherlich auch nicht genehmigt worden wäre.

Nach Strafe und Erziehungsmaßnahmen gelang es ihm bei dem zweiten Versuch, die DDR illegal zu verlassen. Er gelangte als Republikflüchtiger der DDR in den Westen. Die ersten Erfahrungen waren nicht gerade angenehm. Eine einfache Männerunterkunft mit vielerlei Gestalten, viele Trinker und wenig auf Arbeit bedachte Zeitgenossen sowie Obdachlose befanden sich bereits länger dort, wie er feststellen konnte. Robert nahm die ersten 150,00 Deutsche Mark an und wusste, dass er selbst einen Weg aus der Misere finden müsse, denn schnell erkannte er, dass ihm nichts geschenkt werden würde. Er fuhr mit der MS Libanon von Hamburg aus zur See, sah die Welt und erfüllte endlich einen Teil seiner Träume. Robert hat niemals seine Flucht bereut, es kam ihm zu keinem Zeitpunkt in den Sinn, in die DDR zurückzukehren. Nachteile seiner Flucht waren allerdings die Verlust der Heimat,

Trennung von der Mutter und den Geschwistern, Verlust allen Besitzes, Angst, dass die Verwandten Schwierigkeiten bekommen würden, ausserdem gab es die Angst vor einer ungewissen Zukunft in der großen Freiheit, jung und alleine auf sich gestellt.

Der Schritt musste endgültig sein. Die Ungewissheit in die er gehen würde, und den Verlust der Verwandten und der vertrauten Umgebung und des sicheren Arbeitsplatzes quälten ihn, keine Frage. Vorher war die größte Angst, dass die Flucht missglücken würde und er erschossen oder ein Krüppel bleiben würde kam ihm immer in den Sinn. Die Alternative war daran zu denken, dass mit etwas Glück bei Festnahme *nur* das Zuchthaus wieder in Frage kommen würde. Welche Alternative! Leichtfertig war keine Flucht. Der Preis war hoch, aber die Vorteile ließen sich nicht mehr auf einer Hand abzählen. Sich nicht mehr wie mit Maulkorb und Zwangsjacke zu fühlen, darum ging es Robert, einfach frei zu sein. Endlich sich den Traum erfüllen, die Welt zu sehen, zur See zu fahren. Die Überlegung war die persönliche Freiheit Wert, alles aufzugeben und Partei und Politiker wählen zu können, von denen man glaubte, sie seien die bessere Lösung? Dieser Traum ging nicht auf, Robert lernte sehr schnell, dass diese Politiker nicht hielten, was sie versprachen.

In den ersten drei Nächten dauerten die Vernehmungen bis zum Morgengrauen. Dann brachte ihn der telefonisch herbeigerufene Wächter zurück in seine Zelle. Müde streckte er sich auf der Holzpritsche aus, schlief sofort ein, vorschriftsmäßig auf dem Rücken liegend, die Hände über der Pferdedecke haltend. Aber dann kam wenige Minuten später das laut auf dem Gang gebrüllte

Kommando „Aufstehen!“ In der Zelle gleißendes Licht über der Tür, draußen Schließgeräusche und das Knallen schwerer Riegel. Sofort wieder aufstehen, nach der Vernehmungsnacht, das war Häftlings-Tagesablauf. Dieser erste und jeder folgende Tag begann mit einem großen Ereignis: dem Kübeln. Der Schlüssel stieß in das grobe Schloss, knallend wurden zwei Riegel zurückgeschoben, in der Tür stand ein Uniformierter. Taumelnd trat Robert ihm am ersten Tag einen Schritt entgegen und erhielt seine erste barsche Belehrung: „Hören se mal jut zu, se! Wenn der Wächter die Zelle uffmacht, ham se sisch jrade hinzustelln und Meldung zu machen! Wenn ick zu ihnen ‚komm se‘ sage, dann kommen se und wenn se jemand uff'm Gang kommen hören, dann sofort Jesicht zur Wand!“ Robert war während der achtzehn Monate in verschiedenen Zuchthäusern. In allen mussten strikte Regeln befolgt werden und es ergaben sich mehr oder weniger ähnliche Szenarios. Er gewöhnte sich an die verschiedenen Unterbringungen. In Untermassfeld musste er morgens den Kübel auf Anweisung über den Gang zu einer sanitären Anlage bringen, wo diese entleert wurde. Die Toilette war danach wieder bereit zu weiterer Benutzung. Die Häftlinge wurden einzeln abgefertigt. Er hat kaum einen anderen Häftling zu Gesicht bekommen, außer beim Freigang oder der Essensausgabe. Immerhin lernte er bald, an Hand der Geräusche seine unbekannten Leidensgenossen zu zählen. Das Prinzip der extremen sozialen Deprivation galt, wie er erst lange nach seiner Entlassung erfuhr, in allen Haftanstalten des Ministeriums für Staatssicherheit. Im moderneren Bau des zentralen Untersuchungsgefängnisses in Berlin-Hohenschönhausen war eine Art Ampelanlage installiert. Bei rotem Licht durften die Wächter keinen Insassen auf den Gang lassen, wenn sich dort bereits ein anderer Insasse befand. Aufschließen, „Komm se, nehm se rin“. So bekam er sein Frühstück. Auf dem Gang befanden sich ein Plastiknapf mit Muckefuck und zwei dünn mit Margarine und Vierfruchtmarmelade bestrichene dicke Brotscheiben. Diese reichten aus, Robert wurde satt. Nichts gegen die DDR in dieser Hinsicht. Selbst der niedrigste und einsamste Häftling musste nicht hungern, auch wenn solche Mahlzeiten weit entfernt von à la carte waren.

Robert träumte weiter von der Golden Gate Bridge.

Kyra: Systematische Erziehung der Genossin, DDR August 1978

Kyra, alias ‚Genossin Schulze' wird unterrichtet und aufgeklärt, wird einer systematischen Schulung unterworfen, wie noch nie vorher in ihrem Leben. Kyra ist neugierig, will mehr, treibt ihren Führungsoffizier oftmals zur Verzweiflung mit ihren Fragen. Dieser erkennt, dass die junge Genossin aus dem Westen nicht in eine der üblichen Klischees einer ‚Abartigkeit' gedrückt werden kann, wie die Kundschafter des Ostens in der BRD gerne beschrieben werden. Kyras Auffassungsgabe, Intelligenz und Liebe zur Sowjetunion scheint schier endlos zu sein. Mit diesem ungeschliffenen Diamanten kann ihr Fuehrungsoffizier arbeiten. Geduldig erlaubt er dem aus dem Westen kommenden Mädchen mehr als die übliche Schulung. An Ort und Stelle stillt er ihre Neugierde auf ein Leben unter kommunistischer Herrschaft, bringt die Vorzüge der Gesellschaft an sie heran, leitet sie geschickt und weist sie an die Ideologie vom Marxismus-Leninismus. Von ihm wird die kleine Deutsch-Engländerin auch erstmalig in Sachen Faschismus unterrichtet. Er erfüllt viele ihrer Wünsche, sie ist wissbegierig, dennoch ist er streng und unnachgiebig in mancherlei Hinsicht. Kyra hat einen eigenen Kopf und den muss er zurechtstutzen. Er hat längst ihren Lebensweg analysiert, weiß genau, welche Knöpfe er bei ihr drücken muss und auch, dass sie eine harte Hand braucht um zu funktionieren. Er macht sie auf eventuelle Realitäten der DDR aufmerksam. Ihre Fragen über Bautzen beantwortet er ihr an Ort und Stelle.

Bautzen II. Bautzen ist ein hübsches Städtchen an der Spree mit vielen Türmchen. Bautzen ist auch der Standpunkt des Hochsicherheitsgefängnisses der DDR. Es braucht einige Zeit, bis wir im Gebäude sind. Mein Führungsoffizier wird mit mir in einen Raum geführt, nach nochmaliger Überprüfung seines Dienstausweises in einen anderen Raum geführt. Er sagt, ich soll mich ruhig verhalten, nicht so viel Plappern. Der Brigadier, der wenig später hereinkommt, begrüßt mich kalt und unfreundlich, kurzum in militärischer Manier. Nichts Neues für mich. Er scheint mich kaum zu beachten als er sich kurz mit Alex unterhält. Zu dem Zeitpunkt dachte ich mein Führungsoffizier würde mich durch die Katakomben dieser geschlossenen Gesellschaft begleiten, da er auch sonst nie von meiner Seite geht. Alex hat stets Überraschungen für mich parat. Meine Neugierde versucht er immer zu befriedigen, sodass meine unendlichen Fragen mich nach Bautzen gebracht haben. Bautzen, die Stadt die immer sofort mit der Haftanstalt in Verbindung gebracht wird. Das Wort Bautzen ist auch im Westen geläufig. Die Menschen reden auch dort über diese Haftanstalt. Laute Befehle werden hörbar draußen auf dem Flur. Der Brigadier dreht sich auf dem Hacken um, betrachtet mich kurz teilnahmslos, sagt dann ebenfalls kurz und knapp: „Jenossin, los jeht‘s." Alex bleibt im Raum zurück, setzt sich an einen Tisch und holt ein Büchlein aus seiner Tasche. Er kann ohne Arbeit nicht sein mein Führungsoffizier, kommt mir in den Sinn. „Jenossin Schulze, wir haben nischt den janzen Tag Zeit" brüllt er als ich auf Alex blicke und zögere, also folge ich sofort auf den Fuß. Meine schwarzen Stiefel knallen schlimmer auf dem Steinboden des Flures als seine, ich muss immer vier Schritte machen wenn er zwei macht. Es geht rechts ab und eine weiß getünchte Treppe dann hinauf. Es ist überall sauber, das fällt mir auf. Oben angekommen geht's nach links. Die Geräuschkulisse wird lauter. Einige vermummte Rufe ‚aushalten, aushalten, höre ich. Es kommt uns einer entgegen, den ich an der Kleidung unschwer als Insasse erkenne, begleitet von einem anderen Wächter. Der Mann sieht mich nicht an, blickt nach unten. Mir kommt nicht in den Sinn was er verbrochen haben mag. Mit ist gesagt worden, dass hier politische Straftaten gesühnt werden müssen und auch andere Kriminelle in die Lehre genommen werden. So hat Alex mir das erklärt. Mir bleibt keine Zeit zum Nachdenken. Ich bin hier um zu lernen hat Alex gesagt, nicht um meine eigene Meinung zu bilden. Schauen und zuhören. Wenn wir zu viel nachdenken, bekommen wir nichts gebacken, sagte er. Und – Alex wird wie immer nachher meine endlosen Fragen beantworten, aber er wird mich nachher auch ausfragen, also versuche ich mich zu konzentrieren. Ein kurzer Blick in eine größere Halle. Menschen am Fliessband. Auch hier, keiner sieht hoch oder wagt etwas zu sagen. Es ist mir nicht unheimlich, interessiert mich nur. Ich bin hart geworden über die Jahre. Wer etwas verbockt, geht ins Gefängnis. Gefängnis ist Gefängnis denke ich mir. Türen knallen unerbittlich hinter uns zu als die ‚Führung' beendet ist. An der letzten Treppe kommt uns eine Arbeitskolonne entgegen. Fünf Männer, die angebrüllt werden sich ganz rechts zu halten. *„Und Augen jerade aus"* brüllt ein Wächter und als er uns erspäht heißt es: „Stehenbleiben, Augen zur Wand." Ich stehe mit meinem mich Führenden oben an der Treppe, gehen erst hinunter als die Häftlinge sich mit

Blickrichtung Wand stellen. Der erste, der zweite Häftling, der dritte und der vierte Häftling schauen zur Wand, den Blick leicht nach unten gerichtet. Ein Wächter steht hinter der kleinen Kolonne. Ein Blick trifft mich als der fünfte Häftling den Kopf zur Seite dreht und mich kurz ansieht. Es ist ein junger Mann, nur wenige Jahre älter als ich selbst, schätze ich. Schöne blaue Augen denke ich nur. Volles dunkles Haar. Er wagt es meinem Blick, wenn auch nur für Bruchteile von Sekunden, standzuhalten. Trotz der unangenehmen Situation scheint Wärme aus diesen Augen zu kommen. Einen Augenblick zu viel wagt er meinen Blicken standzuhalten. Ein Wächter greift ihn sich, schmeißt ihn an die Treppenwand, hält ihn fest, lässt erst locker als der Waechter der Kolonne den Treppenaufgang erreicht. „720 stilljestanden und Augen jeradeaus zur Wand“ brüllt er aus Leibeskräften. Es kommen zwei weitere Wächter aus dem Nichts hinzu. „Einzelhaft haben einige dieser Brüder“ bekomme ich erklärt. „Wir versuchen diese Gefangenen auf den rechten Weg zu bringen“ führt er weiter aus. „Das hier sind unsere Republikflüchtlinge. Geben alles auf, handeln sich den Aufenthalt hier ein“ sagt er unwirsch, ohne mich anzusehen. „Und, zur Zeit sitzen 38 West-Spione bei uns in der Republik ein“ fügt er hinzu, sieht mich bei dieser Aussage auch nicht an. Ich sehe dem jungen Mann nach, der an beiden Schultern gepackt und unsanft abgeführt wird. Kann am Abend seine Augen nicht vergessen. Diese Augen, die nur mal kurz von der Außenwelt, von mir, etwas erblicken wollten. Ich vergesse ihn trotzdem schnell. Weiß nicht, dass ich mich viele Jahre später an solche Augenblicke erinnern werde, wenn ich selbst in der Einzelhaft sitze.

Meine Schulung verläuft systematisch in allen Belangen, ehe ich auf die Menschheit, sprich Klassenfeind, losgelassen werde, auch wenn mein Einsetzungsgebiet im Westen zu diesem Zeitpunkt noch nicht endgültig bestimmt ist. Mein Führungsoffizier lässt nichts aus. Meine stetig größer werdende Liebe für die neue Ideologie und für die Sowjetunion, verbunden mit einer erlebten Kindheit, die nicht entsetzlicher sein konnte, lässt viel Spielraum offen. Das breite Feld muss eingegrenzt werden sagte er dem sowjetischen Mitstreiter, der mich nach allen Regeln der Kunst davon überzeugen konnte, dass die vermeintlichen Gräueltaten der Red Army im Gegensatz zu westlichen Kriegsverbrechen nicht mehr oder minder schlimm waren. Es käme auf die Betrachtungsweise an und auch auf die Lügen, die verbreitet werden, hämmerte er mir stundenlang ein, bis meine Welt einstuerzte von den neuen Erkenntnissen. Alle Wege im Einsetzungsbereich waren danach offen. Ich lerne schießen, körperliche Kräftigung gehört genauso dazu, wie der Umgang mit Menschen. Ein Umgang der mir bereits im Blut liegt, Diplomatie at it's best. Das kann ich, damit kann und muss ich mich wehren, auf diesem Spielplatz des Kalten Krieges. Am meisten freue ich mich, dass ich mich mit Lenin befassen darf, alles Dinge, die mir vorenthalten waren im Westen. Man schlachtet das menschliche Objekt, mich, vollends aus und bereitet es vor, im militärischen Bereich für die Sowjetunion zu arbeiten, vielmehr auf gut deutsch: zu spionieren. Wenn vor kurzer Zeit mehr von Friedensdienst die Rede war, bei den Sowjets nicht mehr, da geht es unverhohlen um Taten und darum, Ergebnisse im Kampf gegen den großen Bruder auf der anderen Seite des Atlantiks zu bringen.

Zeitgeschehen: Zum Zeitpunkt als Kyra in Bautzen geführt wird, ist Robert bereits einige Jahre im Westen, nachdem seine zweite Flucht wenige Jahre zuvor gelungen ist. Kyra erinnert sich an diese Erfahrung in Bautzen, als sie Robert Jahrzehnte später kennenlernt.

Zum Zeitpunkt als Robert sich auf hoher See befand, die Vereinigten Staaten und viel der übrigen Welt bestaunen konnte, stand Kyra tagtäglich im Dienste ihres großen Herrn KGB. Nach einer denkbar schlechten Erziehung im Elternhaus und der fehlenden Schulung im Westen war es ein Leichtes, sie in die kommunistische Gesellschaft einzuführen. Erstmals wurde ihre Intelligenz gefördert. Es war ihr nicht mehr möglich diese Schulung in der DDR zu vergessen, zumal ihre Reisen in dritte Welt Länder ihr ebenfalls die Kehrseite der kapitalistischen Gesellschaft aufgezeigt hatten. Ihre Liebe zur Sowjetunion war nicht nur von einer systematischen Schulung geprägt, sie selbst lernte von sich aus das riesige Reich kennen und lieben. Ein Reich von der sie sich nicht mehr lösen wollte. Alle Versuche, ein normales Leben zugunsten ihrer Kinder im Westen zu führen, mussten scheitern. Sie blieb dem Marxismus-Leninismus und dem Mutterland Sowjetunion und der späteren Russischen Förderation stets treu.

Kyra war frei, konnte sowohl in den Osten als auch in den Westen reisen, Grenzen bestanden für sie im Metier nicht. Allerdings war sie in einem Gefängnis besonderer Art. Kyra war zwar ihrem ‚Arbeitgeber' treu ergeben, jedoch nahmen die Dinge einen unerwarteten Verlauf, als ihre ehemaligen Kollegen vom Verfassungsschutz in Berlin, sie nach Bremen an die dortigen Verfassungsschützer der BRD weiterreichten. Von dem Tag der Begegnung an mit dem Verfassungsschutz in Bremen wurde ihre Lage kritisch. Sie musste zwischen dem Westen und dem Osten jonglieren, um nicht alles zu verlieren, was sich inzwischen in ihrem Leben abspielte. Kinder im Westen, ein weiteres Kind im Osten, das ihr später präsentiert wurde. Kyra war eine Gefangene ohne Gitter, reiste nach wie vor zwischen den Welten, indem sie den Oscar für beste schauspielerische Leistung bekommen hätte. Im Westen musste sie fortan damit Leben, den Verfassungsschutz wie eine Laus im Pelz zu haben. Der Verfassungsschutz holte zeitweise auf, fiel dann zurück, als sie in ihrer unglaublichen Art zu manipulieren es immer wieder schaffte, die Oberhand zu behalten. Keiner erkannte wie vehement sie für die Sache einstand, und wie sie sich verändert hatte. Als ihre ‚Kollegen' im Westen sie im guten Glauben anschoben, für den Westen zu spionieren, nichtsahnend, dass eine KGB Agentin vor ihnen saß, wurde die Sache heikel. Das Labyrinth in dem sie sich befand war endlos. Ein Privatleben im Westen, und ein Privatleben im Osten kostete bereits alles an Kraft, was sie aufbieten konnte. Hinzu kam das ganz normale Leben eines ganz normalen Menschen, und viele Stunden Arbeit, weit über ihren Dienst für das Komitee der Sowjetunion hinaus. Immer spielen, immer betrügen, die Menschen verraten für ihr auserkorenes Ziel, für ihre Ideologie. Es war ihr klar, dass ihr Schiff einmal auf die Klippen schlagen würde. Dennoch gelang es der Abenteurerin sich immer wieder über Wasser zu halten, schlichtweg ihre Kameraden im Westen in die Irre zu führen und auch ihre Genossen im Osten zu täuschen, wenn es um den Verfassungsschutz ging, auch wenn sie ihren Towarishi stets loyal ergeben war. Sie brachte nicht den Mut auf, sich den Genossen zu offenbaren, wollte ihren Dienst unbedingt weiterhin versehen, nach dem Motto, aufgeben gilt nicht. Eine Offenbarung ihrerseits hätte sie selbst als Niederlage aufgefasst, diese Niederlage wollte sie umgehen. Dabei geriet sie vollends in die Rolle einer Doppelagentin, die immer weiter im Sumpf der Geheimdienste in der DDR, BRD, der UdSSR und der USA versackte. Ihrer Ideologie folgend hatte sie bereits mit ihrem Ich reinen Tisch gemacht, es war jedoch nicht so einfach, endgültig den Strich zu ziehen, es standen ihre Privatleben auf dem Spiel. Immer im Dienst stehen, das hatte man ihr eingetrichtert, Erfolge wollten die Männer in ihrem Leben sehen. Und auch sie selbst versuchte verzweifelt über Jahre stets mehr als 100% zu bringen. Diese Erfolge kamen auch und waren gern gesehen, am Ende ihrer Kraft jedoch, sehnte sie sich endgültig nach Hause. Ihr Ansinnen wurde sofort abgeschlagen und die ausgelaugte Frau zurück in den Westen geschickt. Nach versiegendem Fluss der Nachrichten wurde sie nach einem Jahr wieder nach Moskau zitiert. Es wurde eine deutliche Sprache gesprochen und ihre Motivation in einem Straflager aufgebaut. Als man ihr danach das tot geglaubte Kind ihres russischen Offiziers vorhielt, wusste sie, dass es kein Entrinnen vor der Verantwortung um diese geliebten Menschen gab. Auch diesen Druck sah sie nicht als Strafe an, wollte diesen nicht als Motivation verstanden wissen, berief sich immer wieder auf ihre Ideologie. Wieder im Westen ging sie in die Höhle des Löwen, ging ein und aus in verschiedenen US Kasernen und versackte weiter in einem Labyrinth, das nur noch aus einem Geflecht aus Lügen und Dunkelheit bestand, und das nicht mehr zu übersehen war. Auch nach ihrer Verhaftung kam es ihr nicht in den Sinn klein beizugeben, sie es deshalb umso schwerer hatte, als man sie als Schwester eines Polizeibeamten und einer ‚untadeligen Familie' nicht wieder ins Boot holen konnte, vielmehr erkennen musste, dass man sie, was politische Einstellung anbelangte, vollkommen verloren hatte. Kyra verweigerte das Sektglas und nahm den Kelch an, war augenblicklich wie viele ihrer ehemaligen Genossen einer Hexenjagd in Deutschland ausgesetzt, die Jahrzehnte überdauern sollte. Ihr Gerichtsverfahren fand fast zwei Jahre nach dem Mauerfall in der BRD statt. Nach ihrer Verurteilung setzte sie sich trotz bestehender Auflagen sofort nach Moskau ab.

Kapitel V

Beginn der Korrespondenz zwischen Robert und Kyra

Meine Verurteilung als Ost-Spionin liegt fast zwanzig Jahre zurück. Alle meinten es gut mit mir, allen voran meine westlichen Richter, nur hat mich kein Mensch verstanden. Muss zugeben, wollte ich das mich jemand versteht? Absolut nicht. Es war mir inzwischen gleichgültig geworden. Und das ach so Gute, das mir zuteil werden sollte, das schlug ich ebenfalls aus. Wo ich konnte schlug ich dazwischen, sah nichts ein, manipulierte weiter und verschaffte mir dadurch einen gewissen Freiraum als ‚rührt mich alle nicht an'-Weibchen. Eine einsame Wölfin war ich, hatte mich total verändert, verabscheute die Menschen um mich, hatte Probleme mich anzupassen. Seit mein geliebter Mann von sowjetischer Seite genommen wurde, war ich kaum noch ansprechbar. Wenige Monate nach der Transformation der Sowjetunion hätten wir das kleine Leben ausserhalb des Systems nehmen können, das wir für uns erträumten. Keiner ahnte wie weit und wozu es gekommen war und ich ließ nichts aus, alle um mich weiter in die Irre zu führen. Ganz einfach weil ich mit meinem Schmerz alleine sein wollte. Ich gönnte ihnen allen nicht die Schadenfreude, und das „siehst du, das hast du nun davon mit deinem wilden Leben." Auch mit den Verlusten war mein Leben gut, nicht einen blassen Schimmer hatten die Menschen um mich. Ich sagte mir allerdings, dass es nie wieder einen Mann fuer mich geben würde. Der Russe war der Mann der mich zu nehmen wusste, der mich verstand, mit mir sprach und mit dem ich träumen konnte, der auch elendes Leben als Kind durchlaufen war. Wir ergänzten uns auf eine sanfte und doch brutale Art und Weise, wir waren aus dem gleichen Holz geschnitzt. Liebende und zärtliche Menschen, die jedoch einstanden für die kommunistische Ideologie, beide hätten wir dafür unser Leben geben. Wir gehörten zum Rudel, und dennoch waren wir Individualisten. Sein Leben nahm man ungerechterweise und mir im Nachhinein unser gemeinsames Kind. Mein Leben konnte gerade noch gerettet werden, ihm hat man keine Chance gegeben. Unsere starke und einmalige Liebe hat uns den Untergang bereitet in einem System, fuer den wir bedingungslos einstanden, dem wir jedoch hilflos ausgeliefert waren. Wir waren das Salz der Erde in einem Metier, das uns so nicht haben wollte. Ohne ihn war mein Leben später in der Sowjetunion und der neu entstandenen Förderation völlig sinnlos geworden. Auch wenn mein Leben wieder Auftrieb bekam und neue Aufgaben hinzukamen, es war nie wie vorher. Ich konnte mich nur an seine Worte erinnern, mich nicht von den Narben des Lebens leiten zu lassen. Einfach gesagt. Ich hörte auf ihn über den Tod hinaus und Russland und die Menschen werde ich immer lieben, weniger die Mächtigen dieses arg gebeutelten riesigen Reichs, die nicht für die Menschen sorgen, im neuen Taumel aus einer Mischung von Kapitalismus und alter Garde noch viel weniger. Gewisse Freiheiten und Vorteile haben die wenigsten ehemaligen Sowjetbürger, während die oberen Zehntausend sich in einem Wohlstand befinden, tausendfach größer als zur Zeit der Bourgeoisie.

Mittlerweile bin ich fünftausend Meilen entfernt von Europa. Hätte man mir früher nahegelegt in die USA zu gehen, dann hätte ich nur einen Vogel gezeigt. Niemals hatte ich das Verlangen in die USA zu gehen, nicht einmal für einen dreiwöchigen Urlaub.

Auch meine Tochter in Deutschland meint es gut mit mir, macht sich ständig Gedanken. „Muuuutter" sagt sie ruhig und gefasst ins Telefon. „Warum willst du dir das antun?" Die Kinder sind, wenn auch weit entfernt, immer um mich besorgt, vor allem die älteste Tochter. Gabi, eine sehr junge Frau, versucht immer, mich vor vermeintlichen Torheiten zu bewahren, meist ohne Erfolg.

„Ich weiß, wie es in dir aussieht, aber du kannst das mit den Männern nicht immer übers Knie brechen" hält sie mir vor. „Ich schreibe dem Typen doch nur" versuche ich sie zu besänftigen und denke: „gut, dass sie mein teilnahmsloses Gesicht nicht sehen kann. Und außerdem erzähle ich dir immer alles, fast alles" murmele ich hinzu. Ich höre mich sagen: „Du kennst doch deine Mutter, ab und zu brauche ich das gewisse etwas". „Oh mein Gott" höre ich sie seufzen. „Das gewisse etwas? Ich weiß Mutter, ich möchte nur nicht, dass du verletzt wirst, tue es dir nicht mehr an. Dir geht's gut, genieße das Leben endlich." Ich versuche ein Lachen zu unterdrücken und denke: „gerade das will ich doch mein Kind".

Ich versuche immer sie ernst zu nehmen, denn meine Gabi ist wie ein besorgtes Muttertier, das sich ständig um ihr ausgeflipptes Junges, um mich, sorgen macht. Ein umgekehrtes Mutter-Tochter-Verhältnis. Obwohl sie genau weiß, dass ich meinen eigenen Kopf habe, muss sie stets ihren Senf zu meinen Eskapaden geben. „Erst war's der nette Tom, jetzt ist es der – wer ist der Kerl überhaupt, wie heißt der Herr?" fragt sie spitz. Ich tue so, als hätte ich die Frage nicht gehört, sage nur: „Ja, der Tom war nett, zu nett für mich." Sie lässt nicht locker. „Mutter wer ist er?" „Wer? Der, oh, der lebt im Norden Eurer nagelneuen Republik, heißt Robert" sage ich lapidar. Wenn ich nach Deutschland komme, werden wir treffen. „Wir haben viel gemeinsam" höre ich mich sagen. Wie viel wir nicht gemeinsam haben, daran will ich gar nicht denken, nicht zu diesem Zeitpunkt und nicht gegenüber meiner um mich besorgten Tochter. Gabi gibt endlich auf, ich sehe in Gedanken wie sie den Kopf schüttelt, sie lacht und sagt mehr zu sich: „Was rege ich mich überhaupt noch auf, du tust doch was du willst. Mutter, wenn Du mich brauchst, dann weißt Du wo ich bin." Das Thema ist damit beendet, zumindest vorerst.

Ich bin eine erwachsene Frau, und ich weiß auch nicht einmal was mich bewogen hat, wieder so ehrlich zu sein. Warum behalte ich meine kleinen Geheimnisse nicht für mich? Mit Sicherheit weil mein ganzes Leben ein einziges Geheimnis war und nun möchte ich doch gerne ab und zu reden. Es fehlt mir wieder einmal ein richtiger Gesprächspartner, greife dann gerne auf meine intelligente und um mich besorgte Tochter zurück, die mich aber trotz all ihrer Bedenken auch versteht. „The good and the bad times" haben wir am Ende gemeinsam überstanden, der Rest blieb unter dem Deckmantel und Asche eines eingestürzten Lügengebäudes begraben. Gabi hat mit mir gelacht und auch gelitten in den vergangenen schweren Jahren, hat mir immer zur Seite gestanden, auch wenn ich oftmals nicht bei ihr sein konnte und ich sie schändlich dem überlassen habe, was ich selbst zu entfliehen versuchte. Sie war so jung als sie das alles um mich durchmachen musste, hatte kaum eine Ahnung von dem was vor sich ging, und stand mir trotzdem loyal zur Seite als ich verurteilt wurde.

Mit geht es tatsächlich gut, besser als nur gut, es fehlt nichts in einem finanziell gesicherten Leben, das mein US Ehemann mir nach jahrelanger Pflege für ihn hinterlassen hat. Ich habe Besitz und kann mir einiges leisten, mein Leben ist sorgenfrei. Es fehlt nach seinem Ableben jedoch das Wesentliche, wie immer. Eine Schulter zum Anlehnen, einen Ansprechpartner, der mir nicht mein verdammtes Vorleben konstant im Detail vorhält, und auch mich sein lässt was ich bin und immer sein werde: Kommunistin.

Ich hatte damals die Flucht nach vorne angetreten und mich plötzlich im Niemandsland befunden. Nach einigen Jahren in meiner geliebten Sowjetunion, wohin ich ausgebüchst war nach Gerichtsverfahren, Knast und anschließender Bewährung in einem neuen vereinten Deutschland, bekam ich wieder Schwierigkeiten. Bewährungsstrafen gab es in einigen Fällen bei den Urteilen für einige ehemalige Ost-Agenten, in meinem Fall kamen sozusagen mildernde Umstände wegen der Beteiligung des Verfassungsschutzes hinzu. Ich wurde nach dem Mauerfall in einem Prozess 1991 verurteilt, kurz vor der offiziellen Deklarierung der Einheit Deutschlands. Es wurde mir untersagt, in die noch bestehende Sowjetunion zu gehen. Ich konnte es einfach nicht unterlassen, der Obrigkeit in der westlichen Hemisphäre weiter auf der Nase herumzutanzen. Ich musste raus aus der Enge eines sich vereinigenden Deutschlands, wollte die Umwandlung in ‚blühende Landschaften' nicht mehr abwarten, nicht mehr mit ansehen, wie die eine ‚gute' Republik die andere ‚böse' Republik verschlang wie ein riesiges Raubtier. Trotzdem verstand ich, dass die Menschen feierten und sich die überwiegende Mehrheit auf eine rosige Zukunft freuten. Die Menschen wollen nie belehrt werden. Auf Warnungen wurde nicht gehört, alles ging seinen Weg als das Kapital es auf sich nahm, den Bruder regelrecht zu vernichten und einzuverleiben. Das Volk gehörte zusammen, aber nicht auf die durchgeführte Art und Weise. Die Menschen in der BRD und der DDR hatten reichlich ertragen müssen und waren auch nach der Vereinigung, der Schande der Judenverfolgung und der nationalsozialistischen Zeit weiterhin ausgesetzt, ein nie aus den Geschichtsbüchern zu streichender Fakt. Bereits damals war erkennbar, dass die Menschen teilweise in ihr Unglück liefen, dem scheinbar überwältigendem Angebot entgegen. Nicht nur das, nach dem Verschlingen der ‚bösen Republik' konnte in westlich-propagandistischer Manier auf alles geschlagen werden, was das System in der DDR anbelangte. Gute Federn ließ man ebenso wenig stehen wie die, die nicht zum Wohle des Volkes beigetragen hatten. Alles in allem wurde die scheidende Republik wie eine Gans zerpflückt und ‚schwarz verkohlt' aufbereitet. Prima konnte man damit von den Unzulänglichkeiten in der westlichen Republik, und der US-Abhängigkeit ablenken.

Meinen letzten Ehemann traf ich einige Jahre später nach der Rückkehr aus Moskau in Berlin. Ich kannte ihn aus frueheren Tagen in Bremerhaven. Eine ganz einfache und kurze Geschichte. Ich brauchte noch nie einen Versorger, aber er bot mir ein mehr als angenehmes Leben an. Der Sgt. Major, zwanzig Jahre älter als ich, suchte eine Pflegerin. Ich, immer noch auf Abenteuer aus, suchte ein Zuhause, das ich gleich mit anderen Pflichten bezüglich der Geschäfte meiner russischen Freunde verbinden konnte. Mein Amerikaner und auch ich, und die Freunde waren höchst zufrieden. Die Auflagen in Deutschland liefen aus, ich gab alles auf, verteilte meinen gesamten Besitz an meine Kinder, ging in die USA und heiratete. Eine Zweckehe, und eine politisch völlig außer Rand und Band geratene Situation, der ich mich wieder anpassen musste. Die Anweisung vom BKA nichts über mein früheres Leben in den Geheimdiensten zu schreiben war gleich nach meiner Entlassung 1990 gekommen, noch vor dem Prozess. Ich hielt mich daran, um meinen deutschen Kindern nicht Schwierigkeiten auf ihrem weiteren Lebensweg auszusetzen. Ich ließ Floppy-Disks und sonstige Aufzeichnungen zur Aufbewahrung zurück, zusammen mit meiner russischen Makarov, und sagte dem fetten neuen Deutschland adieu, das schwer am Aufstoßen war nach dem Verschlingen des östlichen Bruders. Mit blühenden Landschaften war nix, nun kam langsam aber sicher die große Erkenntnis und die Rufe nach Erneuerung einer Mauer und mit Sicherheit die Feststellung, dass diese Mauer diesseits und jenseits in den Herzen weiter Bestand hatte. Ich wollte nichts mehr davon hören. Wollte nicht mehr angespuckt und nicht mehr der Hexenjagd ausgeliefert sein.

Seit mehr als zwanzig Jahren habe ich nun geschwiegen, fast neun Jahre davon in Amerika. ‚One Love' sagte ich mir immer, nur eine grosse Liebe im Leben. Mein

Russe fehlte mir weiterhin sehr, aber mein amerikanischer Ehemann war ein Segen in der bittersten Not meiner täglichen schweren Gedanken zu meinem Vorleben und zu meinen Verlusten. Er war ein wunderbarer Mensch mein Sgt. Major, einfühlsam und geduldig. Ich hatte mich zurueckgezogen von den Menschen, er weckte mich wieder zum Leben. Es war ein herrliches Leben, eine herrliche Zweisamkeit, die meine geschundene Seele befreite. Vom ersten Tag an schwammen wir auf einer Welle, der eine war stets um den anderen besorgt. Ich hatte zunächst Mühe mich daran zu gewöhnen, einen solch lieben Menschen um mich zu haben. Geschützt und geliebt fühlte ich mich. Auch wenn in meinem Innern noch ein Feuer brannte, und er oft hilflos meinen Einbrüchen gegenüberstand, gab er nie auf. Ein wunderbares und sorgloses Leben mit ihm wurde jäh unterbrochen, als er drei Jahre nach der Hochzeit schwer pflegebedürftig wurde. Die Geißel Krebs hielt uns jahrelang in den Klauen. Aus Sorge um ihn, erschöpft und müde, schob ich meine Vergangenheit zurueck, fraß alles in mich hinein. Ich war wieder wie eine Gefangene, und diesmal im sprichtwörtlichen goldenen Käfig. Mitleid wollte ich nicht hören – und schon gar nicht Vorwürfe, die gelegentlich aus der Ferne laut wurden. Allerdings schälte ich mich in meinem neuen Domizil langsam aus der Haut, die ich in Deutschland nicht loswerden konnte. Es gab nur eine Alternative, daran kaputtgehen oder damit Leben. So baute ich meine geschundene und mit Füßen getretene Ideologie wieder für mich in den herrlichen Wäldern um Fort Knox auf, wo ich mit meinem Mann ein und ausgehen konnte. Oftmals dachte ich an meinen russischen Offizier und was er dazu sagen würde. Ein war ein extremes Leben pur und es schien einfach nicht aufzuhören, als wenn es zu mir gehörte. Wohin das Leben einen auch verschlägt, und wie gut der Mensch adaptiert, ein Wolf lässt sich niemals in ein Schoßhündchen verwandeln, das zähnefletschende Biest bleibt unsichtbar im kuscheligen Fell, stets bereit zum Angriff. Inmitten von Sauerstoff- und sonstigen lebenserhaltenden Maschinen fing ich an da fortzuführen, wo ich einst aufgehört hatte. Mein Amerikaner unterstützte mich in dieser Entscheidung und machte mir Mut, mein Buch zu Ende zu schreiben. „Du bist in einem freien Land" sagte er stets. Ich hatte bereits Jahre zuvor zur Kenntnis genommen, auch aus Nachrichten aus der alten Heimat, dass das neue vereinte Deutschland kein freies Land war, zumindest nicht für Genossen, schon gar nicht für sogenannte Alt-Kommunisten und Andersdenkende. Kaum fassen konnte ich, dass die braune Brut wieder aufmarschierte in Deutschland. Schlimmer noch, man ließ sie marschieren, schirmte sie schützend ab vor denen, die den Mut fanden dagegen zu demonstrieren. Ich fing an zu schreiben und mein Werk zu vollenden. Einfach war es nicht über ein Leben zu schreiben, in dem ich kaum etwas ausgelassen hatte. Zehn Monate später erhielt ich das erste Masterexemplar in Händen. Noch zögernd das Buch verlegen zu lassen, legte ich es auf Eis, gab die letzte Unterschrift nicht, mit der Vorgabe, einiges noch ändern zu wollen. Kurz nachdem das fertige Exemplar kam, verstarb mein Mann. Sein Tod war nach schwerer Krankheit eine Erlösung für ihn und für mich. Ich bin als hart tituliert worden im Leben, gleichwohl, Menschen kann ich nicht leiden sehen. Und ich liebte diesen Amerikaner, der nicht nur Ehemann, sondern Freund und Beschützer fuer mich geworden war über die Jahre. Ein sanfter guter Mensch, der einen völlig anderen Weg gegangen war als ich und der auch fest zu seiner Fahne stand, der Old Glory. Ein Mensch, der mir jeden Tag sagte, wie sehr er mich liebte. Seine Besorgtheit um mich hatte ich nie zuvor erfahren, nie eine solche Liebe. Und ich vermisste ihn unendlich nachdem er friedlich in meinen Armen eingeschlafen war.

In dieser Zeit fehlte mir ein Gesprächspartner. Eigentlich fehlte mir immer ein Gesprächspartner. Abgesehen für eine kurze Zeit der Herrlichkeit eines seelenverwandten Partners, der mir durch das Diktat des sowjetischen Militärs genommen wurde und die neun Jahre mit meinem Amerikaner. Ansonsten war es ein recht langes Leben ohne männlichen Beistand. Nun stand ich wieder alleine da, hatte die Narben der Vergangenheit weiterhin zu bewältigen –dazu vermisste ich meinen Ami mit jeder Faser meines Herzens. Es waren gute und glueckliche Erinnerungen an zwei gute Maenner, die mir das Leben fuer nur kurze Zeit überlassen hatte. Nur einem Menschen sich mitteilen können, das fehlte mir nach geraumer Zeit wieder. Und das konnte partout meine Gabi nicht verstehen. Einen Freund wünschte ich mir, dem ich mich total anvertrauen könnte. Einer der mich nicht vollends verstehen, nur mir ein wenig zuhoren sollte, der mich in meiner Not der Selbsterkenntnis eventuell trösten, gut zureden und mich sogar auch zur Rede stellen könnte. Absolut nichts Neues in meinem Leben dieser Wunsch. Ich machte mir wenig Hoffnung, weil ich nicht vor hatte, meine Gesinnung zu verändern. Während dieser Zeit fing ich wieder mit der sportlichen Aktivität des Fallschirmspringens an.

Eine sportliche Tätigkeit, die vollends zu mir passte, auch wenn ich langsam aber sicher überjährig wurde. Ich bin kein oberflächlicher Mensch, deshalb entschied ich mich, etwas über Fallschirmjäger zu suchen, online versteht sich, außerhalb der US Parachute Association. Ich wollte mehr wissen, wie dieser Sport in Deutschland ablief. Das deutsche know-how eben zu eigen machen. Es fielen mir gleich mehrere Foren auf. Weder mit dem Wort, noch mit einem ‚Forum' hatte ich mich jeweils vorher beschäftigt. Ich meldete mich einfach an. Zunächst großes Erstaunen, auch zur Offenheit bezüglich meines Vorlebens. Ich wollte vorgreifen, nicht erst nach Wochen oder Monaten plötzlich als das erkannt werden was ich war, eine verurteilte Ost-Spionin. Politische Rubriken innerhalb des Forums machten mich neugierig. Nur, meine politische Auffassung wollte man nicht hören, schon gar nichts zu meiner Ideologie. Und ich war so begierig nach so langen Jahren endlich zu sprechen. Kam alles nicht an, auch wenn einige Genossen dabei waren, die mich lautstark unterstützten. Man hätte genug mit sich und der Welt zu tun, müsste in einer veränderten Welt klarkommen, so wurde mir gesagt. Ja, war es nicht so, dass diese Menschen die nun so veränderte Welt selbst herbeigeführt hatten? Verdammte Jammerei. Ich gab fortan nur noch meine Sprungberichte und Schulung in der US Skydive Schule zum Besten, stellte artig Fotos hinein und berichtete über meine Aktivitäten, zunächst argwöhnisch beäugt von der ehemaligen NVA Fallschirm-Elite. Ich fühlte mich zunächst wohl, überhaupt berichten zu können. Politisch war ich enttäuscht, wieder einmal. Es kam nicht die Resonanz, die ich erwartet hatte. Deutschland war mir wieder fremd geworden. Von meiner Ideologie wollte keiner was hören. Dann wurde ich auf ein anderes Forum aufmerksam gemacht. Ich zögerte, mich zu registrieren, hatte keine Ahnung was mich dort erwartete, auch ein ‚Falli Forum' sagte man mir. „Komm zu uns" sagte der nette Typ, aktiver Sportler in Berlin. „Du wirst sehen, bei uns bist Du richtig." Er hatte die Auseinandersetzungen zu meinen politischen Aussagen im ersten Forum zur Kenntnis genommen. Zu dem Zeitpunkt hatte ich das Gefühl, es gäbe überhaupt keinen richtigen Platz für mich, weder in der normalen, der politischen, noch in der Cyberwelt. Wer sollte eine ehemalige verurteilte KGB Agentin ernst nehmen, die sich offen noch zur marxistisch-leninistischen Weltanschauung bekannte. Schon klar. Mit einem Menschen zu sprechen und mich mitzuteilen, wäre schon ein erhebendes Gefühl gewesen, nur konnte ich mir nicht vorstellen, in dieses Forum zu passen, wo unter Umständen tausende von Menschen sich tummelten und unter denen meist Andersdenkende der anderen Richtung waren. Alle möglichen Nachtgestalten trafen sich in diesen Foren, das hatte ich einmal gelesen. Nun ja, auch ich war inzwischen eine Nachtgestalt am PC geworden, mangels Möglichkeit auf dem Lande am Ohio River. Ich war ziemlich niedergeschlagen, sah die orangefarbenen Seiten der DDR Fallschirmjäger und konnte auch weiterhin nicht den Entschluss fassen, mich zu registrieren. Ich wollte einfach nicht wieder abgewiesen werden mit meinen politischen Ansichten. Aus welchen Gründen auch immer, neugierig war ich schon immer, tat ich es eines Abends dennoch. Auch da wollte ich ‚ehrlich' sein. Schrieb was ich war, benutzte den ersten Forumnamen ‚Larissa' und dachte mir, lasse es laufen, ich bin wer ich bin. Einige Benachrichtigungen fand ich gleich am nächsten Tag vor, es waren genauer gesagt Begrüßungen, eine Menge sogar. „Ja, wo kommst denn Du her?“ fragte einer. Alles lockere, nette Typen. Ich war erstaunt. Diese Genossen begrüßten mich, freuten sich, ich konnte es nicht glauben, ich war doch ziemlich überwältigt. Auch eine junge Genossin war dabei, die in meinem Geburtsland England lebte, ich freue mich riesig, fand sofort einen Draht zu ihr. Zwanzig lange Jahre, keine Aussprache, keine Diskussion. Diese Menschen konnten sich nicht an Zeitungsartikel oder sonstige Vorkommen erinnern, die in meinem Fall von der Obrigkeit im Westen der Republik eh auf ein Mindestmass gehalten wurden, aus gutem Grund. Der Hexenjagd in Deutschland entkommen, war mein Leben in Amerika gut, aber sinnlos geworden bis zu diesem Tag. Es schien mir, als hätte ich die Tür zum Leben, zu einem einstigen verschütteten Leben wieder aufgestoßen. Ich fand Freunde und Gleichgesinnte, erzählte von meinem Buch, dass ich geschrieben, aber noch nicht publiziert hatte. Diese Gespräche waren für mich wertvoll und richteten mich auf, obwohl ich mir eine weiterhin vorsichtige Tendenz im Umgang mit Menschen vorbehielt. Mehr eine Vorsichtsmassnahme war es, mich oftmals zurückzuhalten und mich nicht anderen Menschen sofort zu öffnen, ein Nachlass zu meiner Person aus meiner Agentenzeit. Weitere Ausflüge in einem Grenzerforum und einem russischen Fallschirmspringerforum, Desant e.V., waren das Ergebnis meiner Online-Suche in der Welt der Foren, heißt, ich wurde richtig mutig. Abgesehen von meinen sportlichen Aktivitäten war ich abends und teilweise auch nachts richtig beschäftigt. Entweder wurde ich getreten oder gelobt, das kam auf die Gruppenzugehörigkeit der jeweiligen User an und inwieweit man sich mit den verschiedenen Themen identifizierte. Ich wurde mutiger. In einem Grenzerforum beschrieb ich meine ersten Eindrücke als elfjährige bei meiner allerersten Reise in die DDR, bzw. nach Berlin West. Ich kommentierte wohlgemerkt aus meiner Sicht als kleines Mädchen. Während die Genossen von meiner Schreibweise sehr angetan waren, krachte und donnerte es auf der anderen Seite als ganz besonders ein Westler, der auch nicht im Westen gedient hatte, mich derart angriff, dass die Wogen hochgingen. Es wurde heftig über meine Berichte gestritten. Alle Versuche, mit diesem Mann ein vernünftiges Gespräch zu führen, schlugen fehl. In vielen Emails griff er mich an, behauptete auch, dass es ihm nicht darum ginge, sich zu unterhalten, sondern nur diesen ‚Arschlöchern aus dem Osten' die Maske vom Gesicht zu reißen. Nicht meinetwegen, aber wegen anderer Verfehlungen, persönliche Angriffe an verschiedene User, wurde er auf Lebenszeit gesperrt. Es ging diesem Menschen nicht um den Frieden, nicht um die Diskussion, nur, wie er mir deutlich schrieb, um zu ärgern. So machte ich meine ersten Erfahrungen in der Welt der Foren. Einige Wochen später kam ich per Zufall an ein weiteres Forum. Auch ein Grenzerforum. Ein Grossbild der ehemaligen Grenze prangte mir entgegen, beschrieben mit: *Forum DDR-Grenze – Augenzeugen der innerdeutschen Grenze – Wer die Vergangenheit nicht kennt, wird die Gegenwart nicht verstehen.* Ein recht ansprechend aussehendes Forum nach dem ersten Eindruck zu urteilen. Viele interessante Themen und eine Menge

Leute, die sich dort tummelten und sich an manchmal heftigen Diskussionen beteiligten. Beherzt meldete ich mich auch dort an, schrieb jedoch nichts besonderes über mich selbst, hielt mich eher zurück, benutzte aber meinen üblichen Usernamen für die Foren: Larissa. Warum nicht sagte ich mir, hinein ins Vergnügen! Auch hier traf ich auf Genossen, die ich bereits von meinem Orange-Forum kannte. Ansonsten war ich der Annahme, dass ich so bekannt nicht war. Trotzdem war die Begrüßung in den darauffolgenden Tagen riesig. Biggi, die Ehefrau des Forumsbesitzers Angelo schrieb: „Was ist hier los, das habe ich noch nie erlebt, liegt es daran, dass ein weibliches Wesen sich angemeldet hat? Die Antwort eines Users folgte auf den Fuß: „Nein, weil es sich bei dieser Frau um eine sehr interessante Frau handelt!“ Es war mir peinlich. Einer der User setzte am nächsten Tag meine Websites ins Forum. Ich war erkannt worden. Ich hatte mich abgeseilt von Deutschland, nun kam ich mir vor, als hätte ich wieder deutschen Boden betreten. Allerdings konnte ich manches nicht verstehen, was vor sich ging in Deutschland, zumal meine ersten Schritte in diese Foren doch ein wenig wackelig waren und meine Deutschkenntnisse wieder aufgemöbelt werden mussten. Meine alte Kampfbereitschaft als Friedenskundschafterin zahlte sich oftmals auch nicht aus, es gab Hiebe, von beiden Seiten des Spektrums, von Genossen und Nichtgenossen. Meine Aussagen muteten an wie die Niagara-Fälle nach so langer Zeit, abgesehen davon, musste ich dem tatsächlichen Geschehen in Deutschland ins Auge sehen. Das alles gelang mir nicht sofort. Mehr als zweiundzwanzig Jahre nach der Vereinigung musste ich akzeptieren, dass die Kanonen auf beiden Seiten der physisch abgebauten Grenze gegeneinander gerichtet waren.

Ich behielt bei allen Foren, mittlerweile waren es fünf, einen einzigen Namen, mein Deckname im Metier: „Larissa'. Es war mir dann gleichgültig immer wieder erkannt zu werden, hinter diverse Namen wollte ich mich nicht verstecken.

Ich bekam auch Eintragungen in meinem privaten Gästebuch des Forums. Zwei Wochen später bekam ich eine weitere persönliche Nachricht in diesem Gästebuch. Ich las diese, antwortete jedoch nicht sofort darauf, heißt, ich war zu der Zeit sehr beschäftigt, reagierte zunächst überhaupt nicht auf die Eintragung eines Users namens ‚Turtle' der schrieb:

„Hallo Larissa! Ich denke, für dieses Forum bist Du eine große Bereicherung. Sicherlich werden wir nicht immer einer Meinung sein, aber das ist es gerade was den Reiz ausmacht. Ich freue mich auf Deine Beiträge und ich denke, Dein Buch werde ich mir kaufen. Sicher kann ich mir dann ein besseres Bild von Dir machen. Gib mir bitte per PN Bescheid, wenn das Buch auf dem Markt ist. Gibt es Dein Buch auch in anderen Sprachen? Liebe Grüße von ‚Turtle', der Deine sportlichen Aktivitäten bewundert."

Der User ‚Turtle' hatte die Anmeldung von ‚Larissa' im Forum gelesen und sofort reagiert, er begrüßte sie nicht wie üblich öffentlich, sondern schrieb ihr höflich ins Gästebuch, wie einige ihrer Genossen. Allerdings hatte der User Turtle zuerst keine höflichen Gedanken. Als er ihren Namen las und vor allem als er das rote MfS Zeichen hinter ‚Larissa' prangen sah, dachte er sich: „Was will die alte rote Schachtel hier im Forum? Die musste wohl von der Stasi mit einem Liebhaber geangelt werden damit sie in Diensten stand."

Robert, alias ‚Turtle' musste sich schnell eines besseren belehren lassen, als ‚Larissa' ein neueres Foto ins Forum stellte und auch ihre Aktivität als noch aktive Fallschirmspringerin bekannt wurde. Zu diesem Zeitpunkt hatten weder Robert noch Kyra eine Ahnung, welchen ungewöhnlichen Weg das Leben für sie bereit hielt.

Robert war mehr informiert über Kyra. Kyra hingegen wusste absolut nichts von Robert.

So fragte sich Kyra zur gleichen Zeit, woher weiß dieser Mensch, dass ich eine große Bereicherung für das Forum bin? Und einer Meinung bin ich mit vielen nicht, aber, wie er schreibt macht dieses den ‚Reiz' aus. Und, natürlich, will er wie die meisten sich ein besseres Bild von mir machen. Nur zu, denke ich. Das haben schon ganz andere versucht. Na, wenigstens einer der Andersdenkenden, der mich für etwas bewundert. Ich antworte nicht sofort. Mir fällt aber sein Schreibstil auf, ruhig und irgendwie interessant. Auch meine Gedanken sind nicht gerade höflich. Wahrscheinlich wieder so ein Schleimer, denke ich zuerst. Und wieso will der sich ein Bild von ausgerechnet mir machen? Steht doch mein ‚Markenzeichen' ganz deutlich geschrieben: Gruppe MfS. Für mein SU-Komitee gab es nichts dementsprechendes, so hatte der Forumsbesitzer mich in diese Gruppe gesetzt, was auch im Wesentlichen zutraf. Dann übermannte mich die Neugierde und ein paar Tage später antwortete ich dem User ‚Turtle'. Von dem was oder wer sich dahinter verbarg, hatte ich nach wie vor keine Ahnung.

Hallo ‚Turtle' – ich danke für Deine Zeilen. Ich habe keine Ahnung, ob ich Dir schon geantwortet habe, bekomme viele Emails. Ich hoffe immer etwas einbringen zu können. Natürlich gibt es da die Schlaueren, die alles besser wissen, dann ziehe ich mich zurück, da ich keine Lust habe mich zu verausgaben, wenn es doch keinen Erfolg bringt. Mein Buch kannst du bekommen, musst du nicht kaufen. Es ist aber noch nicht ganz so weit. Da ich noch nicht viele Bekanntschaften habe, wird es einige kostenlose Exemplare geben, kannst gerne eins bekommen. Auf Deine Frage zur russischen Version: Ja, die wird es mit Bestimmtheit geben. Dann kann ich sicher sein, einige Leser zu haben! Ist nett, mit Dir zu plaudern. Werde mal einige Deiner Beiträge lesen, um etwas mehr auch über Dich zu erfahren! Grüß Dich, ‚Larissa'

So schreibt Turtle weiter: Ein Forum ist eine tolle Sache. Die unterschiedlichsten Menschen bringen hier ihre persönlichen Erlebnisse, Geschichte und Ansichten ein. Das war in der deutschen Geschichte nicht immer so mit dem ‚freien Schreiben.' Infos oder Aufklärung sind wichtig. In vielen Köpfen ist die deutsche Einheit noch lange nicht vollzogen. Sogar die Mauer möchten einige wiederhaben. Über Kritik und Missfallen an unserem heutigen Deutschland könnte ich viel schreiben, darum geht es hier in diesem Forum auch, aber nicht hauptsächlich. Gemeinsam sollten wir von einander lernen, damit sich so viel Negatives in Deutschland niemals wiederholt. Ich persönlich kann nicht frei sein, ohne zu vergeben. Ich bin frei! Hier machen wir etwas, dass unsere geschundenen Seelen etwas Leid hinter sich lassen können. Dass es ausgerechnet der alte Klassenfeind ist, das ist nur menschlich.

Mmhh Der alte Klassenfeind. Ich lese den letzten Satz zweimal, aber mir faellt nicht viel dazu ein, es sagt mir immernoch nichts. So wird immer geredet in Deutschland.

Dann schaue ich nach unter User Profile. Das was in seinem ‚Turtle'-Profil steht ist ziemlich beschränkt aussagefähig. Was auch immer, er schreibt eh nicht wieder. Es vergehen mehr als zwei Wochen und ich denke nur, noch ein Arschloch, der nicht hält was er verspricht. Es gibt andere, die mir schreiben. Gesinnungsgenossen. Da ‚Turtle' schon vorgibt, dass wir nicht einer Meinung sein werden, mache ich mir nicht allzu viele Gedanken und vermisse ihn auch nicht sonderlich. Zum Streiten habe ich allemal keine rechte Lust und denke, diese rechten Bazillen, diese arroganten Kapitalisten sind ohnehin nicht mein Fall. Außerdem lerne ich das Forum richtig kennen. Eine kleinere MfS-Gruppe, schön mit rotem Fähnchen versehen, wehrt sich gegen einige andere Gruppen, oftmals geht es rund mit den Diskussionen, wobei richtige Streitgespräche geführt werden zeitweise. Bei Bedarf greift der Forumbesitzer Angelo sofort knallhart ein, und weist alle in ihre Schranken. Persönliche Angriffe lässt er nicht zu. Dennoch lässt es sich nicht ganz ausschliessen, dass es oftmals gewaltig kracht im deutsch-deutschen Gebälk.

Kyra vergaß den User Turtle fast wieder, bekam aber einige Wochen später eine weitere Email von ihm.

Liebe ‚Larissa' danke Dir herzlich für Deine Zeilen. Ich möchte Dir zunächst alles Gute für Deine Gesundheit wünschen, da ich hörte, dass Du auf dem OP-Tisch warst. Ich drücke Dir die Daumen damit alles gut wird. Ich habe gelesen, dass Du Dich über einige User aufgeregt hast. Ein richtig hitziges Mädchen bist Du! Habe ein wenig Nachsicht mit den Menschen deren Horizont nicht erweiterbar ist. Ich versuche immer zu verstehen, weshalb, warum, weswegen. Mein Interesse an Deinem Buch ist übrigens groß. Dass Du aber nicht nur Freunde hast, ist auch zu verstehen, Kid oder Gabriele Gast werden das auch kennen. Übrigens Philby im „Secret Service" war auch interessant zu lesen, genauso von Gabriele Gast „Kundschafterin des Friedens". Ich denke wir sollten im Leben das tun was uns unser Innerstes sagt. Du hast das Deine getan, und ich musste das tun, was ich für richtig hielt. So einfach ist das manchmal, aber was ist schon wirklich einfach in diesem Leben?! Unsere Wege sind oftmals geleitet. Es ist aber wichtig, dass wir unserem Gewissen gefolgt sind. Wäre sonst eine langweilige Welt. Ob es gut oder schlecht war, diese Frage stellt sich mir nicht mehr. Alles war so wie es war. Manchmal muss man so handeln. Da mögen andere dazwischen reden, die nichts davon verstehen, und meinen alles besser zu wissen, wenn sie mit gewissen Vorgängen nichts zu tun hatten – über diese Gestalten kann ich nur lächeln. Ich mag interessante Menschen, habe auch keine Berührungsängste mit Menschen, auch wenn sie nicht die gleiche Ideologie als ich habe. Interessant im Forum neben Dir finde ich noch Kid, Alfred, Seaman, Feliks D. Liebe Grüße Dewushka – vom Turtle

Meine erste Resonanz ist, nenne mich ja nicht *englische* Dewushka, das hat immer nur meinem Russen zugestanden. Aber dann überlege ich mir, endlich einer der wenigstens vorgibt, verstehen zu wollen. Wieder fällt mir sein Schreibstil auf. Er war krank, hat deshalb nicht gleich geantwortet, so sagt er. Und Turtle geht nicht konform mit meiner Ideologie, das ahne ich bereits. Auch nicht weiter schlimm, wir Genossen sind in der Unterzahl nach der deutschen Vereinigung, auch hier im Forum, ganz klar. Turtle nennt die Grossen des Metiers, bringt diese mit mir in Verbindung. Dazu gehöre ich meines Erachtens nicht, und werde ihm das auch schreiben. Wenngleich, ich weiß schon, wie interessant und aufregend mein Leben war. Ich falle ganz von meiner Art ab und sende ihm ohne viel nachzudenken, meine persönliche Email. Und ich nehme mir vor, ihm kurz und bündig zu antworten. Kurz und bündig kann ich nie antworten, obwohl ich mir das so oft vornehme.

Hello Turtle! Danke erstmal für die guten Wünsche, es wird schon gehen, alles nicht so einfach zurzeit. Aber dann muss ich überlegen, wann war es schon mal ‚einfach' nur für mich. Das ist so wie es ist mit dem erweiterbaren Horizont, es ist nur frustrierend wenn nichts dabei herauskommt. Da wird doch einiges doch sehr oberflächlich abgehandelt. Ich merke doch, dass man mich nicht für voll nimmt. Bei einigen als Frau schon mal gar nicht und mit meinem Hintergrund ist es nicht verwunderlich, die meisten Männer haben Angst vor starken Frauen. Bin ich so stark? Woher weißt Du das? Naja, ist mir schon klar. Du hast eine Genossin vor Dir, dazu noch eine verurteilte Ost-Spionin. Die muss ja stark sein – meinst Du? Zum Forum: Ich versuche auch zu verstehen, gebe mir die größte Mühe, aber wenn nitschewo dabei heraus kommt, dann lasse ich die Finger davon, werde ein Weilchen nur noch lesen, bevor ich mir selbst weitere Aufregung und Schmerzen zufüge. Das muss ich mir nicht bieten lassen, ‚in welchen Kreisen ich verkehre'. Sogar meine Ausführungen über das Leben in den USA versuchen einige Herren zu widerlegen, obwohl diese noch nie auf diesem Kontinent gewesen sind. Ich dachte mir, wahrscheinlich sind das irgendwelche Penner, die in der Kneipe herumhocken. Anders konnte ich das zunaechst nicht deuten. Trotzdem sind einige nette Jungs dabei, meist älteren Semesters. An ältere Maenner bin ich ja gewöhnt, meine drei Ehemaenner waren alle wesentlich älter als ich! Und hören oder gar etwas lernen, sagen wir mal, etwas neues aufnehmen, das wollen einige dieser jüngeren Leute nicht, sind ziemlich verbohrt und unbelehrbar. Dabei dachte ich, die Amerikaner wären die Unbelehrbaren, was nur zum Teil zutreffend ist. Und betteln, dass man mir zuhört, nein, das habe ich nicht nötig. Ich habe die Hand gereicht wieder, aber man will nicht. Mein Bekannter lebt zurzeit in Mariupol, er ist Russe aus Moskau, übersetzt mein Buch ins Russische. Er spricht Oxford Englisch, Französisch, Deutsch. Meine russische ‚Familie' lebt in Moskau, bzw. Pyattigorsk, damals war ich viel da unten, bin im Kaukasus herumgetobt! Das waren noch Zeiten! Ja, das mit den Feinden, wie Du schreibst, davor hat bereits ein alter Freund gewarnt. Den Rat, das Buch als Roman zu schreiben bekam ich von meinem Anwalt, und dieser Vorschlag ist insgesamt für mich etwas sicherer. Mir ist schon klar, so wie es aussieht in Deutschland, dass ich momentan und zum Zeitpunkt der Publikation gut hier in den USA aufgehoben bin! Ich hatte mich für den Osten entschieden und gegen den Verfassungsschutz zu arbeiten, das verzeiht man mir nie. Mit Sicherheit werde ich nicht hier in Amerika bleiben. Du erwähnst große Namen, dazu zähle ich mich nicht. Ich bin, wie ich immer erwähne, nur ein winziger Diamant unter den großen Diamanten. Aber, kleine Mäuse machen auch Mist! Anders als nur eine ‚Agenten-Geschichte' ist mein Leben nachgezeichnet in meinem Buch. Kim Philby allerdings habe ich bereits verehrt, als ich noch nicht mal daran dachte Agentin zu sein! Er zog die Konsequenzen und verließ England, ging nach Moskau. Und das werde ich auch tun, wenn ich hier meine Zelte abgebrochen habe. Es gibt Dinge, die ich bereue, die aber im Strom des Lebens nicht aufzuhalten waren mehr, ich habe mich vor dreißig Jahren entschieden, und werde meine Einstellung nicht mehr ändern. Ich habe ganz andere Länder gesehen als die DDR und die BRD und mein Aufenthalt hier in den USA hat meine kühnsten Erwartungen in negativster Weise übertroffen. Ich hoffe ich wirke nicht überheblich, aber über Dinge zu streiten mit Menschen in diesen Foren, die Fakt sind, das ist Zeitverschwendung. Diskutieren will ich, aber mir nicht Vorhaltungen ständig anhoeren muessen. Auf den Ausdruck – es gibt Menschen, die leben in der Steinzeit und Menschen, die leben in der Neuzeit, wollte ich erst was erwidern, sinnlos ist es, die Menschen sehen nicht, was vor sich geht in dieser Welt, es geht immer nur um den eigenen Teller. Unsere Ideologie wird belächelt und man bemitleidet uns, schlimmer, man hasst uns. Kid und ich habe eine besondere Freundschaft, wir haben in den letzten Monaten zusammen gelacht und geweint; Seaman weiß einiges von mir, wir haben uns geschrieben, er ist ein sehr netter Mensch, der sehr gelitten hat und trotzdem sein Gesicht bewahrt hat. Was da abgeht im Metier im persönlichen Bereich wird ein Außenstehender niemals begreifen koennen, glaube mir. Ich grüsse Dich, die ‚ewig gestrige', die aus der ‚Steinzeit', die ‚rote

Socke'! Da gibt's noch so einiges, wie mein Richter zutreffend sagte, die Frau aus der keiner schlau wird! Gebe Dir keine Mühe. Grüsse Dich Turtle, die Dewushka!

PS: was hast Du alles für ‚Unsinn' gemacht?! Ich habe immer das Gefühl, dass ich erzähle und erzähle, mir erzählt kein Mensch etwas! macht auch nichts! nicht wirklich! wenigstens scheinst Du mir zuzuhören. Kaufe das Buch nicht, ich schicke es Dir gerne, kostenlos versteht sich! Ich denke, so wurde mir auch gesagt, dass Frauen wie Männer Spaß daran haben werden und nicht nur das ... einige Männer haben sogar geweint...

So viel zu einer kurzen Antwort auf Turtles Email fällt mir ein. Es macht mir Spaß mit diesem Menschen zu schreiben, auch wenn ich keine Ahnung habe wer er ist. Ich will mich unbedingt mit Menschen unterhalten, nicht nur, weil ich etwas loswerden möchte, ich will auch dazu lernen. Dazu ist man nie alt genug. Die Verbindung mit den Genossen hat sich deutlich verstärkt, ich fühle mich nicht mehr einsam. Turtle allerdings antwortet bereits eine Stunde später, das was er schreibt, bringt mich jedoch etwas aus dem Gleichgewicht, wenn ich ehrlich bin, nicht nur etwas. Nicht nur, dass er meinen richtigen Namen kennt, er ist offen und ehrlich.

Liebe Larissa!
Oder darf ich Kyra sagen? Danke für Deine doch sehr persönlichen Zeilen, habe mich über Deine Offenheit gefreut! Ich versichere Dir, dass davon nichts von mir nach draußen dringen wird. Von mir gibt es eigentlich nicht so wichtige oder interessante Dinge zu berichten. Ich war im Gegenteil zu Dir ein Gegner der Politik in der

DDR oder der Sowjetunion. Dem Sozialismus im Prinzip konnte ich durchaus Sympathien entgegen bringen! Nur, wie versucht wurde den im Ostblock zu verwirklichen, lehnte ich entschieden ab. 1968 hatte ich durch den Prager „Frühling" einige Hoffnung, als der Aufstand niedergeschlagen wurde, ging diese Hoffnung verloren. Ich wollte meine gewisse Freiheit, diese Welt bereisen, nach New York, Paris, London oder Rom genauso wie nach Moskau, Budapest oder Warschau fahren. Es war in der DDR nicht einmal möglich, problemlos in die Freundesländer zu fahren. 1964 versuchte ich mit 18 Jahren die DDR illegal zu verlassen, ich war leichtsinnig, wollte ‚nur mal an die Grenze gehen', wurde vor der Grenze im Sperrgebiet gestellt und bekam 18 Monate Zuchthaus. Das war meiner Liebe zum Staat DDR nicht gerade dienlich. Nach meiner Haftzeit und den danach verbundenen Auflagen, und der Behandlung durch die Organe des Staates wurde mir noch mehr klar: Ich musste es wieder versuchen. 1968 gelang mir die Flucht über Stacheldraht und Minenfelder. Nein, ich habe die Menschen nicht verstanden, die freiwillig in die DDR kamen!

Nun, und genau so verstand ich es nicht, wenn sich Menschen dem System in der DDR unterordneten, um sogar diesem für mich Unrechtsystem zu dienen. Liebe Kyra, wie Du liest, hatte ich eine völlig andere politische Einstellung als Du. Trotzdem wollte ich unbedingt begreifen, wieso Menschen gerade diesem System mit aller Hingabe dienten! Hass habe ich nie empfunden, jeder soll seine Überzeugung, Ideologie oder Religion leben dürfen. Der Mensch ist immer in einem Lernprozess, irrt sich manchmal, sieht einiges mit Abstand anders, erkennt sogar Fehler. Auch ich habe in vielem geirrt oder habe nach vielen Erfahrungen eine andere Einstellung als damals. Auch ich habe begriffen, dass es wichtig war, das Gleichgewicht zwischen feindlichen Staaten zu stabilisieren. Durch gezielte Geheimdienst-Informationen konnte manch Schlimmeres verhindert werden. Hätte man damals auf Sorge gehört, wäre eventuell auch einiges anders verlaufen. Menschen wie Du oder Kid sind es, die ich verstehen möchte. Gabriele Gast habe ich nach dem lesen ihres Buch besser verstanden, und sogar etwas wie Sympathie entdeckt. Nun freue ich mich besonders auf Dein Buch. Ja, ich freue mich, dass ich die Möglichkeit hatte, durch das Forum von Menschen wie Dich und den anderen aus dem Metier zu lesen.

Einige sind Dir bekannt. Mit einem möchte ich mich gern treffen, wir schätzen uns obwohl wir so unterschiedliche Vergangenheit hatten und auch mit unserer Meinung gewiss nicht immer übereinstimmen werden. Du schreibst, dass Du viele Länder gesehen hast, das habe ich inzwischen auch. Ich war auf allen Kontinenten. Meinen Traum von damals habe ich im Westen verwirklicht. Du siehst es richtig mit den Menschen, die in der Steinzeit leben und nichts dazu lernen möchten. Ich gehöre nicht zu diesen. Du schreibst von starken Frauen. Nun was verstehen wir unter stark oder mutig? Für mich ist und war eine Frau immer das was sie ist – eine Frau! Mit all ihren Bedürfnissen in den Arm nehmen, anlehnen dürfen, schwach sein, auch mal einfach kindisch oder sie darf wenn es ihr danach ist, weinen. Liebe ist wichtig zu geben oder zu bekommen. Geborgenheit und Verständnis, das brauchen wir doch alle. Ich habe zu dem Begriff starke Frau eine andere Einstellung, und nie eine Hemmschwelle gehabt mit ihnen zu verkehren. Immer sah ich die Frau. Sicherlich bewundere ich deinen Mut, Dich mit dem Fallschirm aus dem Flugzeug zu stürzen. Das andere hast Du doch aus einer inneren Überzeugung gemacht. Logisch gehört dazu auch eine Stärke, aber das bedeutet nicht das, was ich unbedingt mit dem Begriff starke Frau verbinden muss! Du wolltest etwas über mich erfahren, keine Ahnung ob Du nun enttäuscht bist oder Du mich anders eingestuft hast. So unterschiedlich unsere Vergangenheit auch war, wir können nur einander verstehen wenn wir darüber reden, uns trotz allen Widersprüchen achten und schätzen. Fair miteinander umzugehen sollte eine menschliche Tugend sein.

So liebe ‚Larissa' Kyra – sei lieb gegrüßt, Robert

Ob ich enttäuscht bin? Ich lese diese Email nur einmal. Bin wie vor den Kopf geschlagen. Von allen guten Geistern bin ich verlassen mich so zu öffnen, geht mir als erstes durch den Kopf. Einen größeren Feind wie einen solchen Verräter kann es für mich nicht geben. Ich werde immer Spionin oder Verräterin genannt, warum kann ich ihn nicht einen Verräter nennen, diesen Republikflüchtigen. Die ganze Angelegenheit geht mir im negativen Sinne nahe. Da öffnet man sich einem Menschen, eine Sache, die bei mir so gut wie niemals geschieht, und bekommt dann die kalte Dusche postwendend. Ich bin ein dummes Schaf, glaube immer an die Menschen, glaube immer noch als Friedenskriegerin fungieren zu können, wie in meiner Doppelagentenzeit. Schlagartig wird mir klar, dass ich einen Fehler begangen habe. Meine Genossen werden mich auseinandernehmen, und mit Recht. Eine ganze Nacht zaudere ich mit meinem wieder einmal unbedarften Verhalten, mache mir Gedanken, möchte diese Sache beenden, so schnell wie nur möglich. Ich will mit Genossen reden, sicherlich auch mit Andersdenkenden, aber mit einem Republikflüchtling? Stacheldraht und Grenzübertritt, da kommen die Geschehnisse hoch, die an der Systemgrenze zwischen Deutschland Ost und West zu meiner Verhaftung führten. Verdammt noch mal. Ein Republikflüchtling. Und weitere Gedanken gehen durch meinen Kopf. Was will er von mir, spricht die Fraulichkeit und gleichzeitig Stärke und Mut an. Er hat mich angeschrieben, wusste wer ich war. Gewisse Ängste kommen auch in mir hoch. Diese Leute vergessen nie, wer weiß was er vor hat? Alles geht mir durch den Kopf. Ein Republikflüchtling. Bei aller Liebe, was habe ich mir da an Land gezogen.

Ich verwerfe alle Gedanken, schlafe gut und habe bis zum nächsten Morgen meine Gedanken geordnet, in alter Manier. Ich kann es auch, sehr gut sogar kann ich unehrlich sein. Lassen wir den Motor an und stürzen wir uns in das Getümmel. Ich schreibe zurück, versuche dabei so locker wie möglich zu bleiben.

Lieber Robert, natürlich darfst Du Kyra schreiben! Und ich freue mich auf unsere Korrespondenz. Ja, ich bin offen, wenn ich heute nicht offen bin, dann kann ich gleich den Mund halten. Ich habe mich allerdings nie offenbart, das solltest Du wissen. Aber ich bin der Meinung, dass die Menschen zueinander finden und miteinander reden müssen. Das Leben, das wir gelebt haben stellt weiterhin

Fragen und die augenblickliche Situation scheint sich einfach nicht in Bezug auf Ossi und Wessi auflösen zu wollen. Diese Einstellung kommt, so hoffe ich, auch in meinem Buch herüber. Ich musste mich nicht lange fragen, ob ich Dir weiterhin schreiben möchte. Okay, das ist eine Lüge. Ich habe mir große Gedanken gemacht! Siehst Du, ich bin einigermaßen ehrlich! Zu Deiner Email. Ich habe mich sehr darüber gefreut, dass auch Du Dich mir ein wenig geöffnet hast. Zuerst, die prekäre Lage, die ich mit meinem Mann durchleben musste, die letzten Jahre mit Sauerstoff- und Beatmungsmaschinen lassen mich noch nicht ganz los. Ich war oftmals todmüde und am Ende, wollte es ihm nicht antun und in einem anderen Zimmer schlafen. Durch ihn habe ich jetzt im Nachhinein wie vorher auch, ein gutes gesichertes Leben. Er war 81 Jahre alt und bis zur letzten Minute wach und ansprechbar. Seit neun Jahren war ich seine Pflegerin, und er mein gesetzmäßiger Ehemann. Das Bedürfnis wurde stark, ihn zu beschützen, wie er mich beschützte. US-Ehefrauen schieben ihre kranken Männer schnell ab. Ich bin damals, 2001, ausgerissen aus einem Leben, das in Deutschland keines mehr war, ich war ungeduldig und setzte wieder einmal meinen eigenen Kopf durch. Aber, die Institutionen vor die man flüchtet sind stets überall, waren entweder schon da oder tauchen wieder auf. Meine Geschichte hier ist bereits wieder eine Geschichte in sich. Nun bin ich entlastet, Ruhe finde ich nicht. Es gibt viele Dinge, die Frau nicht vergessen kann, so die schönen Erinnerungen, aber auch die, die sie vergessen will, und die einfach nicht verblassen wollen. Und es gibt einige Leute, die auch mich nicht vergessen. Dazu kommen die Gedanken, die eine ganz normale Frau empfindet, wenn sie alleine vor allem steht. Das wiederum ist nichts Neues für mich, wirklich nicht. Ob das alles erträglich ist, ist eine andere Frage. Es geht mir gut hier in Amerika, nur fehlt sehr die Unterhaltung in einem Land, das ich einfach nicht lieben kann, aufgrund der politischen Lage und aus der Tatsache heraus, dass viele Menschen an den Rand gedrängt werden hier. Das nennt sich Kapitalismus Robert! Ist nicht mein Fall. Ich habe zu lange alles mit mir herumgetragen, habe mich vergraben seit mehr als zwanzig Jahren, das war verlorene Zeit für mich. Das sind Jahre, die ich nie wieder zurückholen kann. Wir Kundschafter, Agenten, wie Du es nennen willst, haben viel mit uns selbst zu tun, wir können nicht einfach alles hinter uns lassen. Zu sehr hielt dieses Leben im Dienst unsere Privatleben wie ein Krake umzingelt. Darin sind Erlebnisse, die mir schwer an die Nieren gingen, mich hart und unempfindlich machten. Und in der heutigen Zeit und gerade in Deutschland ist es schier hoffnungslos, dass einem zugehört wird. In gewisser Weise stumpft man ab. So gerne würde ich meine Zelte hier abbrechen und wieder nach Hause kommen. Wo ist aber mein Zuhause? Meine Meinung ist ganz klar, es geht nicht mehr um Kapitalisten oder Kommunisten. Das was Du mir geschrieben hast habe ich zur Kenntnis genommen. Jeder Mensch hat seine Geschichte und es ist verwunderlich wie viele dieser Geschichten noch unter den Ruinen eines geteilten Staates liegen, insbesondere, wenn wir von Deutschland sprechen. Wie Du weißt ging es mir nicht nur um Deutschland, dennoch, ich hatte zu diesen beiden deutschen Staaten ein denkbar schlechtes Verhältnis aufgrund der Erziehung meines Vaters und als gebürtige

Engländerin. Ich hasste die BRD, ich fand eher zur DDR, sicherlich unverständlich für Dich, aber eben gleichzeitig auch interessant wohl? Kein Schicksal kann man mit dem anderen vergleichen, aber man kann sie sich ansehen und vielleicht etwas aufdecken, was man nicht für möglich halten würde. Wäre interessant, den Werdegang dieser so verschiedenen Lebenswege zu beleuchten. Wer weiß was dabei herauskommt? Ich habe auch das hässliche Gesicht des westlichen Staates kennengelernt in einer nicht sehr angenehmen Weise, wobei ich keinem Menschen etwas vorhalte, ich war schon ein rechter Teufel. Es war mir klar, dass es einmal so kommen musste. Es ist in meinem Buch beschrieben, dass man die Menschen in der DDR nicht mehr einsperren konnte, diese ihre Freiheit haben wollten. Wir könnten uns in die Materie einarbeiten und viel darüber diskutieren, ich verstehe und habe auch damals verstanden sehr wohl, was vor sich ging in der DDR. Ich habe für meine Weltanschauung gearbeitet, nicht nur für die DDR oder für die SU, diese Staaten waren für mich allerdings richtungweisend. Es konnte so nicht weitergehen in der DDR, aus sehr unterschiedlichen Gründen. So wie es heute in der westlichen Welt aussieht, wird es auch nicht weitergehen können. Ist das ein Trost? Nein, sicherlich nicht. Deshalb nicht, weil wir alle in einem Boot sitzen mittlerweile, nur scheinen einige das nicht zu begreifen. Wir Genossen sehen es differenzierter. Wir haben weder das ‚Siehste-Gefühl' noch halten wir denen etwas vor, die alles übers Knie gebrochen haben und heute nur jammern. Weit entfernt sind wir allerdings davon, alles einfach hinzunehmen. So haben wir unsere eigenen Späße, nenne es wie Du willst. Wir werden bei unseren

Treffen, die nichts weiter als der Geselligkeit dienen mit riesigen Buchstaben in den übelsten Boulevardblättern beschrieben als „die NVA marschiert wieder“ oder die „Stasi bewaffnet sich wieder.“ Was soll man dazu sagen? Uns kann es nur ein Schmunzeln entlocken, vielmehr können wir herzhaft darüber lachen. Wollen wir Ernst genommen werden, sicher, mehr als das. Sind das die Erkenntnisse der Besiegten wenn wir so verschrien werden? Ist das alles was diese bringen können? So, das war nur meine dumme Meinung Mr. Turtle. Die Sowjetunion, die ich keinesfalls nur im Schutz nehmen will, konnte damals nicht anders handeln, zu groß waren die westlichen ‚Versuchungen‘ – und doch sind am Ende die Menschen diesen erlegen. Mir ging es immer und heute noch mehr um die Menschen. Ich habe meine Freunde in der SU in höchste Schwierigkeiten gebracht, und das sind Leute die Macht und Einfluss haben. Ich werde gemeinhin, bis heute noch Lenina genannt. Meine Genossen in der SU hatten sich sofort anderweitig ‚orientiert‘ und kamen dabei am Ende wieder gut davon. Auch ich war nicht abzubringen von der Leninschen Theorie, aber das Leben musste weitergehen. Die Freunde agierten so in der neuen Russischen Förderation, machten aus der Not eine Tugend, eine Unmöglichkeit in Deutschland sich so zu verhalten. Da gibt es nur Scheuklappen, alles hinnehmen, im gleichen Schritt und Tritt. Dem anderen in den Arsch treten, nur nicht sehen, das man sich selbst schadet dabei. Wie ich bereits sagte, meine Geschichte unterscheidet sich doch im Wesentlichen von denen der genannten und dazu noch berühmten Kundschafter, die von Haus aus von der Kindheit an zu überzeugten Kommunisten geschult wurden, mit allen Jugend- und sonstigen Programmen einer sozialistischen Erziehung, und die später losgelassen, ihrem Land, der DDR oder auch der Sowjetunion, dienten. Im Gegensatz zu Dir, konnte ich durch die Welt reisen, mir alles ansehen. Das war wichtig, aber ich hatte genug gesehen plötzlich, das Reisen wurde unwichtig für mich. Ich ließ alles hinter mir, meine Heimat, meine Kinder in westlichen Gefilden, ich machte mich auf den Weg in eine völlig andere Gesellschaftsordnung, und die gefiel mir, ich verwandelte mich, dazu noch unter den Fittichen eines westlichen Geheimdienstes, in eine treue Dienerin der Sowjetunion. Was hatte ich gesehen in der Welt? Die größte Armut, die man sich vorstellen kann, diese Armut wiederholte sich hinter den Fassaden der Industrie-Staaten. Diese zeigt sich heute genau so, nur haben die Menschen keine Augen mehr dafür. Wie heißt es so schön? Wer zu spät kommt, den bestraft das Leben! Ein sehr einfacher Ausweg und ein kurzer Weg ist es von einem halbwegs normalen Leben hinunter auf die unterste Stufe der Gesellschaft. Kapitalismus Robert! Bin ich zynisch? Das ausgebeutete und ausgemergelte Afrika, Indien, Staaten, die von Kolonisten verschiedenster Herkunftsländer nicht nur an Gut, sondern von ihrer natürlichen Art und Weise beraubt, das ihnen in hässlichster Weise genommen wurde, mit vielen Millionen Toten. Ich könnte weiter aufzählen. Auch sah ich die Unzulänglichkeiten in der damaligen Sowjetunion. 1968 gelang Dir die Flucht sagst Du, dann bist Du sicher auch älteren Semesters. Ich habe manchmal eine gewisse Furcht vor der heutigen jüngeren Generation, die ungestüm ist heute wie wir damals, die Welt allerdings weitaus oberflächlicher betrachtet und dabei glaubt so viel ändern zu können. Sicher glaubten wir das auch schaffen zu können. Die heutigen Generationen, bereits unsere älteren Kinder, haben niemals in dem Elend gelebt, in der wir aufwachsen mussten, können sich diesen absolut nicht vorstellen. Und die Nachkommen, die nichts anderes im Sinn als Markenklamotten und Handys haben? Wie sollen diese einmal überleben später? Was für Unwichtigkeiten bestimmen das Leben eines Kindes heute! Das ‚alles haben wollen' diktiert diese jungen Leben von Geburt an. Das Nichtshaben dominierte unser Leben und wir können gerade einmal mit dem heutigen Leben umgehen, sodass wir nicht abrutschen. Auch diese nachfolgenden Generationen werden die bittere Wahrheit erfahren, dass es ihnen nicht zusteht Dinge zu verändern, so gut sie es auch meinen. An mehr mag ich nicht denken wenn ich die Politik der Kriege, ausgelöst aus Eigeninteressen, sehe. Anders als unsere Generation sehe ich jedoch, dass diese neuen Generationen längst nicht die persönliche Stärke besitzen, Dinge zu ertragen, die für uns selbstverständlich waren in einer armen und kargen Welt. Wir überlebten nur aufgrund unserer Stärke und nahmen uns dann was wir für richtig hielten. Du und auch ich. Ich kann mir vorstellen, dass die Zuchthauszeit und auch danach, unglaublich schwer für Dich waren. Auf der anderen Seite gab es Gesetze in der DDR und die kanntest Du. Ich habe nur aus ideologischen Gründen zunächst für die DDR nur kurze Zeit, dann für Mütterchen Russland gearbeitet. Kannst Du Dir vorstellen, dass ich ganz am Anfang nicht einmal wusste, dass ich für das Komitee (KGB) arbeitete? Mein 1. Führungsoffizier wurde ganz schnell abgeschmettert, ich wurde sozusagen ‚weitergereicht'.

Danach sah ich die Sowjetunion nur noch, das fuer mich etwas anderes bedeutete als die DDR, das war so. Und ich hatte meinen eigenen Kopf, kam später mit den russischen Kameraden gut zurecht. Nach jahrelanger Furcht vor der ‚Red Army' fing ich an, diese Menschen zu verstehen und zu lieben. Ganz geschweige von der Aufklärung über die siebenundzwanzig Millionen Toten alleine in der Sowjetunion, eine Sache von der ich vorher nie etwas gehört hatte. Meine Aufklärung zum Faschismus von 1933 an nahm einen ganz anderen Verlauf und ergänzte mein Wissen durch und durch. Und da kommen wir eben wieder zu den verschiedenen Gründen und auch anders gelagerten Fällen. So oft werde ich gefragt, wie bist Du da hinein gekommen? Wie wird Frau Agentin? Robert, das könnte ich Dir nicht in stundenlanger Geschichte erörtern. Engländerin, deutschen Nazivater, die Front bereits in der englischen und deutschen Familie. Bei mir kommen hinzu furchtbare Erlebnisse als Mädchen, von der Du lesen wirst, die Furcht vor Männer und vor allem die Furcht eben vor russischen Soldaten, sprachlich begabt war ich – und alleine. Nicht zuletzt fiel meine Persönlichkeit auf. Ich denke ganz einfach da kommen einige Punkte zusammen. Ich genoss also eine horrende Erziehung, verbunden mit der einseitigen westlichen Nachkriegserziehung, war konstant allein auf mich gestellt, und ungeschützt in allen Lebenslagen. Eine eiskalte Mutter die zusah, wenn mein Vater mich grundlos verprügelte bereits als Kleinkind und keiner der meine Schreie hörte als ich missbraucht wurde in den darauffolgenden Jahren. Ich habe fast alles in meinem Buch festgehalten. Und dies erzähle ich nicht zu meiner Verteidigung! schlechte Kindheit usw. nein, ganz bestimmt nicht, aber wir werden schon geformt in der Kindheit. Ich habe mich nie geschämt gegen den Westen zu arbeiten. Was sagte mein Verteidiger am Ende ... so ähnlich: „Ihr schändliches Verhalten!“ Nein, das war kein schändliches Verhalten, es war mein Leben, meine Entscheidung! Die Kameraden im Westen haben es doch auch getan! Durch mein Buch habe ich mein eigenes Leben analysieren können. Stundenlang habe ich geweint als ich mich endlich dazu durchrang, meine eigene Geschichte niederzuschreiben. Ich durfte nicht studieren, ich war stets unwichtig für die Menschen in meiner Umgebung, selbst war ich noch ein Kind als ich das erste Kind bekam, ich kam vom Regen in die Traufe als mein zwanzig Jahre älterer Mann mich genauso weiter verprügelte wie mein Vater. Für mich war die spätere systematische Schulung in der DDR mit meinen Führungsoffizieren die beste Zeit meines Lebens. Für Dich unverständlich sicher Robert? Ich gebe in meinem Buch diesen Menschen ein Gesicht, die meisten dieser Menschen waren davon überzeugt für was sie arbeiteten. Diese waren die ersten Menschen, die mir zuhörten. Sicher, kann man sagen, sie wollten was von mir, wussten, welche Knöpfe sie zu drücken hatten. Trotzdem, mein Führungsoffizier war der erste Mensch in meinem Leben, der in einer der schlimmsten Nächte mir beigestanden hat, wie noch kein Mensch zuvor es getan hat. Ich glaubte für eine gute Sache zu arbeiten, und ich bin noch heute davon überzeugt. Ich habe viele Fehler gemacht in meinem Leben, die ich heute nicht mehr rückgängig machen kann, aber ich lasse mir auch heute diese Lebenseinstellung nicht nehmen. Diese geht weit über die ehemaligen beiden deutschen Staaten hinaus.

Meine Meinung zur Kapitulation eines sogenannten Unrechtstaates ist aus meiner Sicht beschrieben. Dieser Staat war nicht unrecht und hat kapitulieren müssen wirtschaftlich, ueber die Fehler der DDR Politiker und des Systems, darüber lässt sich streiten. Wie Du beschreibst, auch die Gleichgewichtssituation, diese ist überlebenswichtig für die Menschheit. Da stimmen wir schon einmal überein. Du schreibst vom ‚Sehen' anderer Länder. Ich habe, kann man sagen, sehr gut situierte Freunde in Moskau. Aber glaube mir, ich habe das andere Russland gesehen und kennengelernt, aber auch lieben gelernt, das Russland, in dem die Menschen bei 40 Grad minus anstehen für Brot in kalten, schmuddeligen kleinen Buden. Meine Russen sind mir lieb und teuer, diese andere Mentalität, diese Friedlichkeit und Wissbegierigkeit. Das war mir nach meinem Leben in England und der BRD wie ein frischer Lufthauch! Das ist es nach dem Erleben hier in Amerika noch viel mehr! kaum zu glauben wohl für Dich? Russland! Dieses wilde, arg gebeutelte Land, das sich erstreckt von Amerika bis nach Europa, deren Population ein Volk ist, ohne Grenzen in ihren Herzen. Diese Menschen wie andere Völker auch, haben grausames erlebt über die Jahrhunderte. Diese Menschen sind meine Familie geworden, das ist das Land in dem ich gehen werde. Und ich kann nur hoffen, dass diese Menschen sich nicht so sehr ändern in negativer Weise nach der Transformation dieses riesigen Reiches in dem nun auch der Dollar regiert. Nein, ich bereue nichts Robert, ich würde es nur genauer, noch intensiver und besser machen wollen. Wir werden trotzdem alle durch das Verhalten von Verbrecher, die keine Worte Wert sind, in den Geschichtsbüchern stehen. Es ist jedoch nicht einfach, es Menschen selbst erklären zu wollen. Was Schmach ist weißt Du, was es heißt ein Makel zu tragen. Das sind Makel von Menschenhirnen erstellt, die nicht den Tatsachen entsprechen, die aber einiges Bewirken im täglichen Leben bei den Betroffenen. Es wird ja nur der Unrechtsstaat vorgeschoben. Und mit der Sowjetunion ist es nicht viel anders. Ach, ich lasse mich noch hinreißen SU zu sagen, natürlich meine ich die Russische Förderation. Wo der wirkliche Aggressor sitzt wissen wir doch längst. Aber, wie mein Führungsoffizier mir in den Anfangen beibrachte, nicht das amerikanische Volk ist unser Feind, sondern die aggressive US Politik. Die Welt hat sich sehr verändert seither, nicht aber die Art miteinander umzugehen. Die Russen müssen sich gewaltig verändern, um nicht abzurutschen in einen zweiten 17. November. Die Menschen sind unzufrieden und mit Recht. Und auf beiden Seiten des Atlantiks ist es sichtbar, dass der Tanz um das goldene Kalb wieder einmal daneben gegangen ist. Wer nicht glaubt, dass wir mit jedem Schuldenberg näher an den Abgrund kommen, der ist blind und taub.

Der ‚Seaman' ist übrigens ein herzensguter Mann, der sich sehr für die Menschen einsetzt, die getreten und weiterhin verteufelt werden. Wie ist es anders zu verstehen, dass ich als Westagentin höchstes Lob erhalten hätte und als Ostagentin nur getreten werde? Beantworte mir doch diese Frage! Das Urteil des BGH kam viel zu spät und wird den Schaden im menschlichen Bereich nicht mehr gutmachen können. Das ist sicher gewollt. Die Verliererseite hat keine Rechte, weder im praktischen, noch im moralischen Sinne. Auf das was Du schreibst mit den Frauen will ich noch eingehen. Stark sein, was ist stark sein für eine Frau? Du musst ein starker Mann sein, wenn Du schreibst, dass Du keine Berührungsängste hast mit starken Frauen. Dann bist Du wohl die rühmliche Ausnahme! Die meisten Männer haben große Berührungsängste gegenüber ‚starken' Frauen. Ich spreche aus Erfahrung. Von den pädophilien Schweinen angefangen, die sich an kleinen Kindern vergehen, bis hinauf zur Obrigkeit, wo alles meist mit dem Mantel der Verschwiegenheit behandelt wird. Kleine Mädchen können sich nicht verteidigen, bekommen am Ende auch noch die Schuld! Und Frauen wissen nicht, wie stark sie wirklich sind. Wir haben eine Menge Frauen, die auf dieser Welt Stärke bewiesen haben durch die Jahrhunderte. Auch im täglichen Leben sehe ich immer wieder Frauen, tolle Frauen, die leider nur keine Ahnung davon haben, was in ihnen steckt und wie stark sie wirklich sind. Dann sehe ich die anderen die konstant jammern und mit einer Sache nicht fertig werden, das macht mich wütend, auch wenn es ungerecht erscheint wenn ich das sage. Jammerei bringt uns nicht weiter, macht hässlich und verbraucht kostbare Zeit. Ich glaube ich war immer stark, als Kind, als junge Frau, als ich meine Kinder verlor, als ich in einem russischen Straflager war, später blutend an dieser deutsch-deutschen Grenze lag, als ich später vergewaltigt wurde von fünf Männern und es gab da noch einiges andere. Eine junge Testleserin schrieb mir nach dem Lesen des 3. Kapitels bereits: Ich muss wissen, wie es mit diesem starken Mädchen weitergeht. Ist man da stark oder ist man eher unbeugsam, oder lernt man nur besser ertragen? – ich weiß es nicht. Ich wusste nur immer, es muss weitergehen, das kann es nicht gewesen sein. Aber Du starker Mann wirst es mir doch sicher erklären können! Habe mich selbst im Grunde als sehr frauliches und normales weibliches Wesen gesehen, obwohl, bis heute suche ich Schutz bei denen, die mir am meisten angetan haben: bei Männern. Und dieser Schutz wird mir immer wieder verwehrt, bis heute, erst Recht im prüden Amerika. Ich habe da einen sehr netten Mann bei meiner sportlichen Aktivität des Fallschirmspringens, der mich öfter in den Arm nimmt. Das tut so unglaublich gut und sagt mir doch, dass ich doch eine ganz normale Frau noch bin nach alledem und auch, dass ich diese schöne frauliche Schwäche noch habe, bei allem ‚stark sein'. Bin ich enttäuscht fragst Du? Ist das die Kirsche auf meinem Kuchen des Lebens? Was meinst Du? Eine ehemalige Doppelagentin zieht sich einen tollen Hecht heran, einen Republikflüchtling. Verzeih mir. Ich weiß nicht, aber wenn ich Dich so nenne, löst dieses Wort etwas in mir aus, das aus meiner Sicht richtig negativ erscheint. Sicher, wenn ich nicht Genossin wäre, dann würde ich Dich wohl gratulieren müssen, dass Dir die Flucht gelungen ist? Muss man das überhaupt? Mich hat man auch zur Agentin gratuliert auf der einen, auf der anderen Seite in den Arsch getreten. Ich kann wohl mit Dir reden über die vielen Meilen und ich denke, dass werden wir intensiv tun. Ist viel Wasser zwischen uns! Du schreibst sehr nett und natürlich. Darauf baue ich jedoch nicht, nach allem was mir zugestoßen ist. Nicht schwer für Dich zu verstehen denke ich? Nur, wenn ich es mir überlege, könnte es schon ein interessantes Gespräch zwischen zwei Menschen mit einem ganz gegensätzlichen Lebensweg werden. Ich sage Dir Turtle, ehrlich, langsam gewöhne ich mich an diesen Gedanken. Verzeih mir, dass ich so offen bin. Oder verzeih mir auch nicht. Ich muss mir auch einiges anhören zu meiner Vergangenheit. Ich habe auch gegenüber ganz anderen Menschen Berührungsängste, eine Art Schutzmechanismus, die mich aufhorchen lässt, hinter der ich mich ab und zu gerne verstecke wenn ich mich im Umgang mit Menschen unsicher fuehle. Bei Dir hatte ich das ausnahmsweise nicht, was mich selbst staunen und aufhorchen lässt. Ich habe mir die Frage gestellt, wie es angehen konnte und warum ich bei Dir unvorsichtig war. Etwas Offenheit und nicht so viel sinnieren war es wohl: das Gespräch eben, das mir so sehr fehlt. Unsere Gespräche könnten unglaublich wichtig sein, nicht nur für uns. Ich höre so gerne wieder von Dir, auch würde ich gerne hören was Du zum Einbruch der DDR damals gedacht hast und auch wie Du Menschen wie mich oder ‚Seaman' aus heutiger Sicht siehst oder auch damals gesehen hast. Hast Du mal über Dein Leben geschrieben? Eines ist gewiss, wir sind alle Menschen und haben oftmals so oder so schwere Zeiten hinter uns, ohne jegliche Abenteuer, die dazwischen liegen. Dies gibt uns zwar nicht das Recht blank zu verurteilen, aber doch sollten wir das Recht haben, unser Herz auszuschütten, denn, wir alle haben unsere Zweifel und unsere Narben, gleichgültig was wir gemacht haben.

Oder mein Freund – Nichtgenosse, trifft das nicht zu? Ich hoffe wir beide haben uns gegenseitig noch viel mitzuteilen. Durch diese Gedanken, die ich Dir schrieb bin ich ein wenig aufgewühlt, vor allem da Du mich über Deine Vergangenheit informiert hast. Das sollst Du wissen. Du warst ja auch vorsichtig damit, bist mit Deiner Geschichte nicht gleich ins Haus gefallen, hast Dich erstmal herangepirscht. Auch das sollst Du wissen: Es hat mir einiges abverlangt, Dir zu schreiben nach Deiner Offenbarung, selbst für mich als ewige Friedenskriegerin – (aber Ihr Westler und Andersdenkende sagt immer lieber abwertend ‚Friedensengel'.) Ich weiß nicht, was meine Genossen dazu sagen werden, dass ich mich so ausführlich mit Dir unterhalte. Einfach deshalb, weil sie ein sehr beschützender Haufen sind, wenn es um mich geht. Eine aufrichtige Gruppe, die einfach verhindern will, dass ich seelisch verletzt werde. Anders als ich, haben sie weitaus mehr Erfahrung und wissen, was für eine Schlammschlacht in Deutschland auch zwanzig Jahre nach der Vereinigung stattfindet. Ich bin ja ausgerissen von alledem und meine Genossen kämpfen seit zwanzig Jahren weiter. Trotzdem freue ich mich auf weitere Gespräche mit Dir, Herr Republikflüchtiger, die sicherlich aus Deiner Sicht ‚ungeliebte Genossin' Kyra

Ich muss vollkommen verrückt sein, diesem Menschen so viel zu schreiben geht mir durch den Kopf. Zu spät, schon abgeschickt, die Antwort folgt auf den Fuß:

‚Kyra' meine Liebe. Im Moment bin ich etwas zu beschäftigt um auf Deine letzte Mail ausführlich einzugehen. Es ist mir aber sehr wichtig, dass Du mir sehr viel Persönliches anvertraut hast! Danke für Dein Vertrauen, ich werde Dir garantiert ausführlicher darauf antworten. Es ist mir sehr wichtig, zumal ich auch gewisse Parallelen erkenne. Meine Kindheit war auch eine Katastrophe. Ich kopiere Dir einmal einen meiner Beiträge aus dem Forum rein. Wie Du sehen wirst, haben wir durchaus

Gemeinsamkeiten. Bleib stark altes Mädchen, ich werde übrigens im Januar 65 Jahre alt. Liebe Grüße, Robert
Seine ausführliche Email kommt bereits am nächsten Tag.

Liebe Kyra,
zuerst möchte ich Dich still in meine Arme nehmen und kräftig an mich drücken. Es hat mich betroffen gemacht was Du in Deiner Ehe erlebt hast. Das erfordert eine starke Frau aber genauso viel Herz und Liebe. Und Du warst stark genug, nicht daran zu zerbrechen! Du hast mir viel Persönliches geschrieben Ich bin dankbar für Dein Vertrauen. Deine Kindheit muss ein Albtraum gewesen sein. Ich war erschüttert zu lesen was Dir alles widerfahren ist. Viele Mädchen beziehungsweise Frauen zerbrechen daran, wenn sie so etwas erleben.

Dich hat es stark gemacht, und ich denke bereits da begann für Dich die Zeit des Erwachsenwerdens. Meine Kindheit verlief nicht viel besser, meine Mutter kümmerte sich kaum um uns (habe noch Bruder und Schwester). Viele Onkels waren an der Tagesordnung. Sexuell wurden wir auch belästigt, meine Schwester litt mehr darunter und ich als kleiner Bub konnte ihr kaum helfen. Eines Tages wurden wir abgeholt und ohne Vorwarnung getrennt und in ein Kinderheim gebracht, meine Mutter kam ins Gefängnis. Das war es mit der Freiheit in einer gesunden Familie, nichts als Zwang! Im Heim trugen wir Einheitskleidung, welche uns sofort außerhalb des Heims zu erkennen gab. Glaube mir, es ist als Kind nicht einfach zu hören ‚Du bist ein böses Heimkind!‘ Allerdings muss ich zugeben, der Staat DDR hatte hier richtig gehandelt, dass wir der Mutter weggenommen wurden. Ich hatte Dir bereits eine Kopie eines alten Beitrages von mir mitgeschickt. Nun wieder zu Deinen Zeilen. Dass Du den Staat DDR dem Staat BRD vorgezogen hast, ist für mich nicht verwunderlich. Immerhin gab sich die DDR als antifaschistisch aus. Nach der Schreckensherrschaft im dritten Reich ist es verständlich, dass wir Deutschen nicht gerade beliebt waren. Die Schuld, die so viele Deutsche auf sich geladen hatten wiegt auch heute noch schwer. Eine Kollektivschuld lehne ich aber ab. Die Säuberungsaktionen unter Stalin und dem KGB waren nicht besser. Doch ich mag ebenso wie Du die Russen mit ihrer russischen Seele. Habe aber dennoch oft das Gefühl, dass die Russen ohne gewissen Druck von oben nicht klar kommen. Oft sah ich Besorgniserregendes auch bei meinen Besuchen in der Ukraine. Nach Moskau würde ich gern einmal reisen. Leider hat der Hoffnungsträger Gorbatschow sich zum Totengräber des Systems gemacht. Ja, die Geister die ich rief, das kann der sich auf die andere Stirnseite backen! Änderungen mussten auch in der DDR kommen, nur so und in dieser relativ kurzen Zeit war es tödlich. Die Menschen verloren die Orientierung und der Tanz um das goldene Kalb vernebelte ihr Gehirn. Hurra, es lebe die Freiheit, nur welche Freiheit erwartete sie? Nachgedacht wurde da nicht viel! Es lebe die Deutsche Mark, die Freiheit mit allen Verlockungen. Die DDR wurde zu schnell abgewickelt, verschlungen, Werte wurden bewusst vernichtet. Der Kapitalismus mit seiner schrecklichen Maske bekam im Handumdrehen die Oberhand. Und doch war es für mich ein Freudentag mit der Einheit Deutschlands. Eine gemeinsame Geschichte bis 1945 zählte doch auch noch, es war und blieb ein Volk. Die innerdeutsche Grenze oder das Unrecht in der DDR, das klagte ich immer an. Nicht. dass Du denkst, ich sei blind vor dem Unrecht, das auch außerhalb der DDR existierte. Der Prozess gegen Ethel und Julius Rosenberg, die Ermordung von Patrice Lumumba. Das Vorgehen gegen Angela Davis, der Putsch gegen Allende, die Ermordung von Dr. Martin Luther King, all das gab mir zu denken! Ich habe die Politik der USA meistens abgelehnt. Diese war aggressiv, ob gegen Korea, Vietnam, und und und, man könnte viel aufzählen. Russland hat sich mit Чеченская Республика auch nicht mit Ruhm bekleckert. Ich lese gerne Bücher von Michael Moore! Die Armut, die ich in vielen Ländern der Erde sah, machten mich zutiefst betroffen. Der Versuch mit dem Sozialismus war es wert. Die historische Chance einen besseren Sozialismus aufzubauen wurde 1989/90 verspielt. Der Drang zur DM war stärker. Letztendlich aber gab es zu viele Verlierer durch die Einheit, das sage ich als Republikflüchtiger.

Der Westen hat aber seine Chance genutzt, die sich so unerwartet bot. Die Sowjetunion war selbst in einer schwierigen Lage und Gorbatschow zu schwach. Aus diesem schwachen Politiker, der seinen Mantel in den Wind hängte, machte man dann einen Helden! Die wirklichen Helden werden bis heute kaum erwähnt. Wie es immer ist, die Siegertypen müssen von den Siegern kommen, alles andere zählt nicht. Das war immer so. Der böse ist der Kundschafter und der Gute der West-Spion. Ist doch einfach oder? Dass Du dich darauf vorbereiten musstest, dürfte Dir klar gewesen sein. Und dass in diesem Milieu Verrat zuhause ist an allen Ecken und Enden, ist doch auch nicht Neues. Rette sich wer kann – oder wie kann ich noch schnell Profit herausschlagen. Diese menschlichen Schwächen sind uns doch angeboren. So war es als die Mauer fiel erst Recht! Nicht nur bei den Nazis war es so, auch bei den Stasi-Wendehälsen, die plötzlich Kapitalisten waren. Ich muss Dir ganz ehrlich sagen, Deine Loyalität rechne ich Dir hoch an. Um bei der Staatssicherheit zu bleiben. Als ich 1994 Einsicht in meine Stasiunterlagen nahm war ich bestürzt und teilweise entsetzt über das, was ich alles lesen musste. Viele Lügen und Unwahrheiten fand ich da. Teilweise von Menschen, die ich als Freund einstufte. Es machte mich sehr traurig damals. Du möchtest wissen wie ich über Menschen denke wie Du oder Seaman? Nun ich verurteile nichts! Ein jeder muss seinem Gewissen, seiner Überzeugung folgen. Oft erkennen wir später was nicht in Ordnung war. Nein, ich erhebe keine Vorwürfe. Ich erwarte aber genauso, dass man meinen Standpunkt akzeptiert. Ich bin immer bereit zu lernen, möchte verstehen, begreifen. Ich bin nicht religiös, akzeptiere aber Menschen wie Dich genauso mit ihrer unterschiedlichen politischen Einstellung. Kritik kann konstruktiv sein, aber nur mit gegenseitiger Achtung ist ein Nebeneinander möglich. Diktatur lehne ich ab, ob die des Proletariats oder die des Kapitalismus. Leider konnten wir es damals nicht umgehen, und wie es aussieht können wir es heute auch nicht. Oft denke ich, die Menschen sind noch nicht bereit für eine bessere Welt, weil sie so viel nicht begriffen haben. Ich habe noch nie darüber nachgedacht, über mein Leben zu schreiben, sicherlich habe ich viel erlebt. Ein Schriftsteller bin ich jedoch nicht, das maße ich mir nicht an. Nun liebe Kyra, für heute soll es genügen, bleib tapfer, lasse Dich weiterhin nicht verbiegen! Ich glaube das ist eine überflüssige Bemerkung! Meine Gedanken sind bei Dir, ich wünsche Dir alles Gute. Ich umarme Dich! Liebe Grüße, Robert

Die ‚Umarmung' am Ende seiner Ausführungen tut unendlich gut. Seine Worte, seine Darstellungen tun auch gut, aber die Umarmung, die fühle ich. Ich muss mich aus meiner Traumwelt reißen und an etwas anderes denken. Fühle gerade zu, wie dieser Mensch – wenn er auch nicht gerade Besitz von mir ergriffen hat – einen Fuß in die Tür meines Lebens gesetzt hat. Ich will und muss vorsichtig sein. Einfach deshalb auch, weil ich keine Schmerzen mehr ertragen kann. Bislang gab es nur einen Mann in meinem Leben neben meinem US Ehemann, der mir keine Schmerzen zugefügt hat. Dennoch treibt die Einsamkeit komische Blüten. Mein US-Ehemann war ein intelligenter Mann, aber ein müder Krieger mit seinen einundachtzig Jahren, ich liebte ihn über alles, wie eine Tochter den Vater, wie eine beste Freundin, und wie eine gute Frau nur lieben kann. Ich fuehlte mich einfach gut mit ihm, meinem Klassenfeind. Wie unwichtig waren unsere politischen Gedanken! Heute muss ich mir Komplimente von Männern anhören, die all das genau wissen und gerne mit mir ins Bett hopsen würden – und die mich alle mal kreuzweise können. Robert hingegen ‚umarmt' mich. Und ich mag es, dass er so etwas sagt. Zeit meines Lebens sehnte ich mich nach einem intelligenten Gesprächspartner, der weit hinausblicken konnte über seinen Tellerrand. Einen Partner der mich als starke Partnerin erkennt aber auch die Frau in mir sieht, diese Frau, die beschützt und geliebt werden möchte. Es ist wahr, ich muss erkennen, dass ich aufgewühlt bin, aber keinesfalls will ich fallen! Ich sage mir immer wieder, es ist ein sinnloses Unterfangen, ich will nicht wieder träumen, um dann ins kalte Wasser gestoßen zu werden. Zu meinen Überlegungen kommt wieder das Heimweh hinzu. Wenn ich doch schon könnte wie ich wollte. Gedanken schwirren mir durch den Kopf. Was wird er sagen, wenn er mein Buch liest? Das Buch über ein misshandeltes Kind, ein Opfer das dann selbst am Ende zum Täter wurde in all ihren redlichen Bemühungen, und in der Gewissheit für eine gute Sache zu arbeiten. Er meint bereits mich bedauern zu müssen. Wie wird er meine Aussagen hinnehmen, die zusammengeballt eine frustrierende Geschichte ergeben, mit all den Demütigungen, die ich zu ertragen hatte? Er wird ein Lebensstil erkennen, die sicherlich dem seiner ehemaligen Frauen oder Freundinnen nicht im Geringsten nahe kommt. Ach, was interessiert es mich was er über mich denkt. Doch, es interessiert mich. Ich habe das Gefühl ich muss ihn aufklären. Mir kommt plötzlich in den Sinn vorzubeugen. Was ist mit mir los? Bin ich jemanden Rechenschaft schuldig? Ich bin sehr aufgewühlt, kann nicht schlafen, und möchte auch nicht, dass es nur an meiner Einstellung liegt, wenn er mir nicht mehr schreiben wird. Meine Genossen kennen bereits meine kleinen Panikattacken, die mir immer wieder Kummer bereiten. Panikattacken sind es, die aus dem früheren Leben des Misstrauens und der Lügen nachgeblieben sind, seelische Narben, die nie verheilen, die immer wieder aufbrechen. Diese Panik überkommt mich wieder in diesem Moment, wird Robert mich abhaken? Auch wenn absolut nicht notwendig, bilde ich mir diese Vorgehensweisen von anderen Menschen mir gegenüber oft ein. Das Wort Vertrauen wird immer noch klein geschrieben bei mir. Ich habe das Gefühl ich muss ihm schreiben und tue es sofort:

Robert, ich wollte Dir noch etwas kurz schreiben, damit Du mich nicht abhakst mit meiner Einstellung. Das ist alles nicht so einfach zu bewerkstelligen mit der einen oder anderen Meinung. Ich weiß noch genau, als ich aufgrund meines schlechten Zustands nach dem Grenzfall und der Einzelhaft zunächst nach Hause entlassen wurde vor dem Prozess, dass ich eines abends im Oktober 1989 vor dem Fernseher saß und erstmalig das auf dem Bildschirm verfolgen konnte, was in der DDR abging. Die Fluchtversuche von verzweifelten Menschen, die alles zurückließen um in – ja, ich muss es sagen, den goldenen Westen zu gehen. Hört es sich dumm an, wenn ich sage, ich habe diese Menschen nur teilweise verstanden? Du hast es geschafft, viele schafften es und sind eben Deiner Meinung. Vielen nach dem Mauerfall erging es dann nicht gut, sie verloren ihre Arbeitsstelle, ihr ganzes Leben. Mir geht das Bild bis heute nicht aus dem Kopf, eine junge Frau, die herzzerreißend schrie, als sie mitsamt ihrem Kleinkind auf einem Lkw gehievt wurde in Leipzig bei einer friedlichen Demonstration. Erstmalig wehrten sich die Menschen, die wussten, dass sie von der Welt beobachtet wurden, also wurden sie mutiger. Man stelle es sich vor, ich selbst durfte nicht in den Osten zurück, hatte genaue Anweisungen. Ich wollte unbedingt nach Hause. War beidseitig verdammt mich nicht von der Stelle zu bewegen, im Westen mit Auflagen. Ich glaube, wenn man mich durch den Fleischwolf gedreht hätte, wäre ich besser dran gewesen damals.

Hunderttausende, ja, wohl Millionen wollten weg, andere hatten nicht das Verlangen, aber es wurde uns in den Medien vorgeführt, dass das Ende der DDR nahte. Auch wenn ich bis zum heutigen Tag meine Einstellung und meine Liebe zur Sowjetunion niemals aufgeben werde, in diesem Moment schämte ich mich für unsere DDR, für das System der DDR, das außer Rand und Band geraten war, mit den alten vertrockneten Herrschaften, die nur um ihr eigenes Wohl bedacht waren. Herrschaften, die nicht da waren für das Volk, das lange vorher Signale gesendet hatte, Signale die nie ankamen oder arroganterweise überhört wurden. Es ist nicht so, dass wir nicht erkannt haben, was vor sich ging. Viele Kundschafter arbeiteten nicht für ein System, sondern für eine Weltanschauung, die weder gestern, noch heute praktiziert wurde, und, die sich heute nur ganz leicht und verändert am Horizont abzeichnet. Zusammengekauert in einer Ecke, so saß ich da, meine Wohnung konstant verdunkelt, ob das Unfassbare was da geschah. Es ist also keine Sache von ‚meine Einstellung, deine Einstellung'. Und dieses Gespräch, das wir hier führen ist für mich herzerfrischend, ich habe noch kein solches mit einem, verzeih mir den Ausdruck, ehemaligen Gegner gehabt. Wir Genossen werden grundsätzlich sofort in den Boden gestampft heute, sobald wir den Mund aufmachen. Komme mir nicht mit den sogenannten Linken in der Politik und deren Freiheiten. Die meisten von denen haben sich bei aller Freiheit als Marionetten entpuppt. Die sind soweit entfernt vom linken Spektrum, wie wir alle vom Mond. Ich kann Dir nur sagen, Du wirst viele Dinge in meinem Buch lesen, die sicherlich mehr, wenn auch nicht vollstes Verständnis bringen. Und Du wirst auch andere

Dinge lesen, die Dir auch als Mann – oder gerade als Mann, einiges abverlangen wird. Ich habe auch immer noch diese kindliche Angst, Menschen zu enttäuschen und damit verbunden ist die Befürchtung, dass diese sich dann, eben wegen meiner Offenheit, sich von mir abwenden. Ich hoffe inständig, dass Du mich verstehst und mir eine Chance gibst, und mich nicht gleich auf das Abstellgleis schiebst. Wenn Du es trotzdem tust, so danke ich Dir für Deine lieben Zeilen. Vielleicht müsste ich, wenn ich normal leben möchte, mich in eine andere Person verwandeln, ich weiß, diese ‚Larissa' ist schwer verdaulich. Aber ich bin nun mal diese ‚Larissa'. Liebe Grüsse, Kyra

PS: Robert, danke für die Übersendung Deiner Kinderfotos. Wenn ich die betrachte, dann sind diese sehr aufschlussreich. Darf ich sagen, der kleine Junge auf den Fotos, einmal vier und einmal im Alter von sechs Jahren, sieht so traurig aus. Du kleiner Bub hast keine strahlenden Kinderaugen. Und das liegt nicht an der Zeit. Ich habe die Gesichter der anderen Kinder mir genau angesehen, alle lachen, schauen fröhlich wie unbeschwerte Kinder in die Kamera, wie Kinder eben sind – nur Du nicht Robert. Außerdem stehst Du auf beiden Fotos außerhalb der Gruppe, am Rande, hockst nicht zusammen mit den anderen Kindern. Ich denke das kleine Robertchen hatte schon einiges erlebt, das nicht sehr positiv war. Die kleinen Fäuste geballt, diese Augen, so fragend und auch etwas abwesend! Dieses traurige Kind auf den Fotos möchte ich in den Arm nehmen, ihm liebevolle Worte sagen. Dann schaue ich auf mein eigenes Kinderfoto, es gibt nur sehr wenige davon. Die großen fragenden Augen, auch meine geballte kleine Faust vor meinem Bauch. Robert, da haben wir einiges gemeinsam.

Bereits am nächsten Morgen kommt seine Antwort:

Liebe Kyra, auf Deiner Homepage habe ich den Eintrag von Deinem englischen Onkel gelesen. Er ist stolz auf Dich. Merkur ist genauso ein Fan von Dir und im DDR Fallschirmjäger Forum hast Du ebenfalls Fans sitzen. Also so unbeliebt bist Du überhaupt nicht! Nun zu Deiner Einstellung! Warum sollte ich Dich abhaken? Jeder hat ein Recht auf seine ganz persönliche Einstellung, und kann und sollte seiner Überzeugung treu bleiben! Niemand verlangt oder erwartet eine vollkommene Veränderung zur Person, genauso wenig wie vom Pabst erwartet wird, dass er Moslem wird, und niemand wird von Dir verlangen oder erwarten, dass Du Deine Einstellung änderst, ob zu Russland oder sonst wo!

Solange wie mir niemand seine Einstellung, Meinung oder Überzeugung aufdrängen will, akzeptiere ich die seine. Und das ist für mich in Deinem Fall besonders wichtig, weil ich weiß, wie schwer es für Dich gewesen sein muss. Für mich ist es wichtig, dass ich meine Gedanken frei äußern kann. Das war nicht immer so, und immer noch gibt es Staaten wo ich auch heute meine Gedanken nicht frei äußern darf. Früher in der DDR habe ich gern, um zu provozieren das Lied: „Die Gedanken sind frei„ angestimmt. Ja das Ende der DDR war eigentlich vorprogrammiert, die Agonie begann nicht erst 1989 oder einige Jahre früher. Diese begann in Ungarn und Polen. Diese Weltfremde Altherrenriege aus Wandlitz dämmerte vor sich hin –‚Potemkinsche Dörfer‘ und bestellte Jubler hielten sie für real und am Leben, weit entfernt von der real existierenden Wahrheit. Hier muss ich allerdings der

Staatssicherheit einen Vorwurf machen. Diese Stasi war stark und ihr war garantiert bekannt wie es in der Bevölkerung aussah! Kadavergehorsam war hier nicht das richtige Konzept. Manchmal ist ein Königsmord notwendig, oder eine Palastrevolution. Sicherlich bin ich froh, dass während der Umwälzung weitgehend umsichtig und besonnen gehandelt wurde. Die Staatssicherheit hätte auch anders gekonnt, mit Sicherheit.

Doch ich denke auch diesen Herren war klar, dass es zu spät war – es war ihnen klar, auch dass ein Blutbad wie auf dem Platz des himmlischen Friedens fatale Folgen gehabt hätte. Ich verstehe aber auch die Menschen, welche gehofft hatten eine bessere DDR aufzubauen. Doch die Masse der Menschen war beeinflusst, so war es immer, ob im 3. Reich oder durch das Geschick der Westpolitiker 1989/90. Die Mahner aus dem eigenem Land hatten nicht die geringste Chance und zu viel ging verloren dabei. Im Einigungsvertrag wurde versäumt auszuhandeln was mit den Kundschaftern, DDR Politikern und ihre Bezüge geschehen sollte. Das war ein großer Fehler und da gab es einiges andere mehr. Die schwächliche Übergangsregierung war völlig überfordert und wiederum sahen einige Herren nur ihre eigenen Interessen, ihre Chancen weiterzubestehen. Wieder ging das Volk baden, wenn man es richtig betrachtet. Es war keine Vereinigung in dem Sinne wie es hätte besser sein können, es war ein einziges Verschlingen des anderen, ohne Rücksicht auf Verluste. Die kapitalistische Politik ist nun einmal knallhart wenn es um Profit und Machtanspruch geht. Hier war die mangelnde Erfahrung und Unsicherheit der neuen DDR Regierung mit ein Grund, dass so vieles versäumt wurde und auch die Werte der Volkswirtschaft vernichtet wurden. Schlimm wie alles verramscht wurde. Die Hyänen und Profitgeier fielen wie eine Plage ein. Die DDR Bevölkerung half kräftig mit, plötzlich musste es Ware aus dem Westen sein. Die eigene Produktion wurde zur billigen Konkursmasse, Arbeitsplätze gingen sofort verloren. Auch wenn ich mich hier wiederhole, trotzdem war es für mich ein Tag der Freude unsere deutsche Wiedervereinigung! Ich habe aber genauso Respekt vor denen, die ihre DDR behalten wollten. Das Experiment, einen sozialistischen Staat in Deutschland aufzubauen, der später im Kommunismus enden sollte, scheiterte. Die Chance war da, diese Chance wurde vertan! Mit den Mitteln und Methoden, die angewendet wurden dieses Ziel zu erreichen, musste es scheitern. Keine Diktatur hält sich ewig.

Mich interessiert bei Dir, wie wurde die Zeit Deiner Kundschafter Tätigkeit für die Rente berechnet. Ich kann mir zwar vorstellen, das es so etwas wie einen geheimen Topf gab aus dem einige Unterstützung kam. Alle Geldtransfers und Devisenkonten wurden garantiert nicht bekannt. Schalk G. wird auch nicht alles gesagt haben.

Für mich war Politik immer eine Hure und jeder nimmt sie wie er sie braucht! Ich hätte aber mit Dir nicht tauschen wollen, immer Angst vor Verrat oder Entdeckung zu leben. Ich denke so normal wie ich in meiner Stammkneipe einen saufen konnte, ohne Angst zu haben im Suff etwas Falsches zu sagen, so konntest Du nicht leben. Und Dein Freundeskreis war bestimmt auch abgestimmt. Du sagst das alles war es Wert, Du würdest es beim nächsten Mal nur besser machen. Vielleicht sind wir im nächsten Leben Gegenspieler. Das hört sich blöde an.

Das waren wir bereits in diesem Leben, denke ich, jedoch eben nicht direkte Gegenspieler. Das ist doch trotzdem ein interessanter Gedanke oder? Nur, ich glaube nicht an die Auferstehung und an ein nächstes Leben! Machen wir das Beste in diesem Leben daraus. Tauschen wir uns aus, versuchen wir zu verstehen, und akzeptieren wir uns gegenseitig wie wir sind. Auch so können Freundschaften entstehen. So einfach ist das manchmal! Dein Feind bin ich nicht. Mein Feind ist der Krieg und das Elend auf unserer Erde!

Und, meine Liebe, ich denke nicht daran, Dich abzuhaken, weil Du eine völlig andere Einstellung hast, aus anderen Gründen auch nicht. Liebe Grüße, Robert

Mein neuer Emailfreund bringt mich durcheinander, gleichzeitig sind seine Wort wohltuend und scheinen ehrlich zu sein. Ich muss jedoch vorsichtig sein.

Lieber Robert! Nein, ich will sicher nicht jemanden meine Überzeugung aufdrängen, es ist auch so, welche Wahl haben wir heute? So oder so können wir nichts wirklich verändern. Ich denke, da muss etwas Überdimensionales passieren. Ja, Du beschreibst die Altherrenriege, das waren die Schuldigen, die ich auch in meinem Buch beschreibe. Schade, es war ein ansonsten starker Staat, man konnte es so einfach nicht mehr machen mit den Menschen. Denkst Du das nicht weitsichtig und besonnen auch gehandelt wurde von der West Gruppe der Sowjetischen Truppen? Nicht Gorbatschow, dieses Chamäleon, sondern diese Offiziere, die abgeschnitten waren vom Mutterland quasi, diese waren die Helden für mich.

Diese Geschichte hätte ganz anders ausgehen können, wenn diese Truppen sich nicht zurückgehalten hätten. Die Bundesregierung hatte die einmalige Chance beide deutschen Staaten zu verbinden und nicht den einen völlig zu zerstören. Und das zum Wohle der Menschheit. Eine solche Chance wird es kaum einmal wiedergeben. Das ist meine Meinung. Und die zählt nicht, wie immer. Ich habe auch erlebt wie es abging. Und das Volk musste haben, haben, haben. Ich beschreibe das als eine Sandburg, die in der ersten Flutwelle weggespült wurde. Alles was man gelernt hatte jemals, war plötzlich unwichtig, nicht mehr vorhanden, es gab nur noch diese unersättliche Gier. So ist der Mensch. Hinterher die große Abrechnung und da war es zu spät. Ich bin nach wie vor für eine feste Hand, aber die Menschen wollen das nicht. Die Ellenbogengesellschaft war für viele schwer zu ertragen. Leider ist diese Nische winzig und andere bleiben draußen vor der Tür. Mein russischer Bekannter erzählt mir auch Geschichten von den Veränderungen in der Ukraine. Ein intelligenter Mann, der die Veränderungen nicht mehr begreifen kann, so sehr haben die Menschen sich verändert im täglichen Leben, und er fragt sich, wie es wohl bei den Politikern aussieht, die ein solches Land führen sollen.

Meine Kundschaftertätigkeit wurde nie berechnet, ich habe mich nie gekümmert darum, es gab immer guten und reichlichen ‚Agentenlohn'. Ja, diese Sondertöpfe gab es stets. Nie wollte ich meine Dienste für Geld zur Verfügung stellen, auch wenn es zeitweise finanziell knapp war. Ich wurde immer ‚versorgt' so kann man es sagen wohl. Über Geld redet Frau nicht, wie der Satz weitergeht weißt Du. Ich war sozusagen eine ‚fremdländische Kraft'. Ich habe geheiratet 1969, meine Tochter war langst geboren zwei Jahre vorher. Ich blieb über die Zeit verheiratet mit meinem ersten Mann, verließ ihn aber bereits nach vier Jahren, damals waren zwei Kinder da. Er schlug mich so sehr, dass ich um mein Leben fürchtete. Vergewaltigung in der Ehe, da kann ich nur müde lächeln für die Frauen von heute, wer half uns Frauen damals? *Ich* aber war eine Aussätzige als ich ihn verließ, um mein Leben zu retten, *Ich* wurde beschimpft. Habe geweint so manche Nacht, wurde krank in Berlin, wenn ich meine Kinder nicht sehen konnte. Ich komme ab vom Thema. Zu Deiner Frage, ich habe mich nie um Rente gekümmert, habe keine Anträge gemacht, bekam von meinem verstorbenen Ehemann später eine gute Witwenrente, die mir keiner nehmen konnte. Außerdem bekam ich meine eigene Rente, Erwerbslosenrente. Es ging mir nicht schlecht finanziell. Ich ging in die noch bestehende Sowjetunion, das war viel Geld dort. Euro 1.460 vom Mann, 62% seiner Rente war das wohl, und meine eigenen Euros, zudem hatte ich reiche Freunde. Ich musste in der Sowjetunion, der späteren Russischen Förderation überhaupt nichts bezahlen. Ich bekam auch aufgrund von Denunzianten in einer großen Firma in der ich in Bremen arbeitete, später eine große Abfindung. Einfach aus dem Grunde, es war Firmenpolitik und nach vier Jahren wurde ich erkannt, und weil die mich ganz schnell los werden wollten; sie hatten mich nicht überprüft, und ich hatte sie hinter das Licht geführt. Es war die dritte Firma in dem ich die Arbeit verlor aufgrund von Angaben zu meinem ‚früheren Leben'. Ein paar Sätze genügten, dann war ich erkannt.

Ich war nicht auf diese Arbeit angewiesen, hatte meine Einkommen. Ich gab dann endgültig auf und ging wieder nach Russland, das da nun hieß: Russische Förderation. Aber wie das Leben so spielt, mich konnte man noch gebrauchen, es war andere Arbeit und auf das Altenteil beim Towarisch kam ich nicht. Deshalb ist mein Buch auch als Roman geschrieben. Auch mit der Rückzahlung meines Agentenlohnes gab es keine Probleme, ich zahlte einfach nicht, nur Mini-Summen über Jahre hinweg. Ich wurde noch wie ein rohes Ei behandelt, aufgrund des Gesamtgeschehens. Heute alles abbezahlt und durch meinen verstorbenen Ehemann hier bin ich zusätzlich völlig abgesichert. Was Du schreibst über Angst, ich hatte keine Angst. Ich reiste von Ost nach West, von West nach Ost, und die Angst vor Strafe, Schläge und als Frau schlecht behandelt zu werden, die verblasste. Das ist kaum zu glauben für Dich vielleicht, ich hatte auch keine Zeit ängstlich zu sein. Auch wenn mein russischer Führungsoffizier glaubte ich wäre naiv, der andere FO erklärte ihm, dass ich eine der schlimmsten Stalinistinnen wäre, die er jemals kennengelernt hätte, ein bisschen hergeholt – aber das Leben hatte mich hart gemacht. Ich liebte mein Leben. Für Dich sicher unvorstellbar. Nur musste ich dann erkennen, dass ich Verantwortung übernehmen musste für die, die ich liebte, die waren plötzlich in Gefahr, nicht ich. Für diese geliebten Menschen, ja, da hatte ich erstmalig Angstgefühle. Ich kannte das System der Sowjetunion. Und so kam es dann auch. Erst in den Tagen vor der Flucht und dem Geschehen im Niemandsland kam mir zu Bewusstensein, wie kaputt ich als Mensch war und was ich verloren hatte. Ich wollte an dem hohen Zaun hochklettern, wollte in die DDR, wollte zu meinem Russen und dem Kind, alleine ich hatte nicht mehr die Kraft noch einen Gedanken zu fassen. Und andere wie Du wollten heraus. Ist das nicht eine verrückte Welt? Ich lebte ein normales Leben, ein Leben im Dunkeln und diverse Privatleben, die Privatleben waren der Knackpunkt. Freundeskreis? Ja, meine guten Freunde sind noch da – es gab kaum welche im Westen! Und ich bin in Amerika. Ich, ehemalige Klassenfeindin, sitze hier in Fort Knox! Manchmal glaube ich es selbst nicht. Robert, ich freue mich, Dich als Freund zu haben, wirklich. Es ist so interessant zu hören was uns einmal trennte und was uns heute verbindet – handelte es sich doch um die gleiche Grenze. Und ist es vielleicht dieser Kampf um Frieden und um das Elend in der Welt, das uns im gleichen Masse zusetzt? Heute zeigt eine neue Statistik, jeder 4. Mensch in Louisville bei 730.000 ca. in der Stadt Louisville (Metro Louisville 1.300.000 Einwohner, die meisten Obdachlosen befinden sich in der City) ist homeless, obdachlos. So einfach ist das heute in der Welt, man wird zu einer Nummer in einer Statistik degradiert. Ach, mein lieber Robert, nun habe ich so viel geschrieben und erzählt wieder! Ich freue mich, wie Du schreibst, dass wir uns austauschen, versuchen zu verstehen, und gegenseitig zu akzeptieren. Das wird uns auch weiterhin sicherlich bei unseren verschiedenen Ansichten zur Politik weitere Blessuren bescheren, aber ich bin ja weit weg, also kannst Du mich oder ich Dich, jederzeit abwürgen! Danke dafür, dass Du mir zuhörst. Liebe Grüsse, ich hoffe ich setze Dir nicht so zu, mit meinem Sturzbach an Gedanken, die sprudeln wie die Niagara Falle …

Liebe Kyra. Du musst Dich, so denke ich, Dich erstmal von der aufopfernden Pflege Deines Mannes erholen. Nehme diese Streitereien im Forum nicht so wichtig. Glaube mir, es ist unwichtig, lächle darüber, Du musst niemandem mehr gefallen. Ich bin im Forum von Anfang an dabei, und habe sehr viele Berichte bereits geschrieben. Ich denke, ich habe da eine große Fan-Gemeinde, aber aufregen, nein, das tue ich mir nicht mehr an. Einige brauchen ihr Feindbild. Im Thema Versöhnung nach 20 Jahren habe ich geschrieben:

„Nun schreiben wir schon eine ganze Weile über Versöhnung. Keine Ahnung, ob alle den gleichen Begriff meinen, dem der Thread im Forum gilt. Drehen wir uns im Kreise? Manche brauchen ihr Feindbild als Ausgleich für eigene Fehler, dabei wäre aufeinander zugehen und reden so wichtig! Was wollen wir vergeben? Gehört dazu nicht, dass wir erst einmal unsere Fehler und Schuld sehen? Wo fängt die Schuld an? Wo hört diese auf? Gehört dazu nicht, dass wir dem anderen zuhören müssen? Was der Gegner als Schuld sieht, war für den anderen Pflichterfüllung. Wird die Versöhnung durch den biologischen Prozess kommen? Da habe ich auch meine Zweifel, manche verdammen immer noch die Juden, weil der Jude Judas Gottes Sohn verriet. Versuchen wir erst einmal den anderen zu verstehen, ihm zuzuhören, Hass abzubauen, damit wäre schon viel erreicht. Versucht erst einmal diesen Weg zu gehen, so findet Ihr alle mehr inneren Frieden. Lasst uns so anfangen, vielleicht gibt es dann am Ende so etwas wie eine Versöhnung! Ich würde es mir wünschen, Turtle.„

Siehst Du meine Kyra! Und was machen andere aus diesem Thread? Wie immer wird er verwendet um sich anzugiften! Die guten Beiträge dazu vom Kid oder Huf werden kaum wahrgenommen. Und doch ist es wichtig, miteinander zu reden, und dass alle zu Wort kommen.

Nun zu Dir liebe Kyra. Ich sehe es vor mir, das kleine Mädchen, das doch immer nur gefallen und lieb sein wollte! Anerkennung wolltest Du. Anerkennung und Lob sind doch so wichtig für ein Kind! (Natürlich nicht nur für ein Kind). Deine Sehnsucht danach blieb unerfüllt, ich wage sogar zu sagen bis heute! Bereits da wurde Deine Seele vergewaltigt und Du wurdest für ein Leben vorprogrammiert! Das andere Negative und Böse was Dir alles widerfuhr tat ein Übriges. Immer war in Dir die Sehnsucht zu gefallen, nichts falsch zu machen, immer den Wünschen der anderen zu entsprechen – und diese forderten nur. Entsetzlich! Das erinnert mich an eine Prostituierte, welche geschlagen und gequält wird, die aber trotzdem bei ihrem Peiniger bleibt, weil sie denkt er ist doch für mich da, er liebt mich, wer will mich sonst? Also schafft sie noch mehr an, und freut sich für ihn über die neue Rolex, die er sich von ihrem Geld kauft! Ist doch verrückt manchmal das Leben. Es ist aber etwas Wahres dran mit Zuckerbrot und Peitsche. Im Prinzip war es nicht schwer, Dich für die Sache der Geheimdienste zu gewinnen. Längst hatten Deine Führungsoffiziere Dich durchleuchtet und analysiert. Jetzt bekamst Du Lob und Anerkennung, genau das, wonach Du Dich immer gesehnt hattest! Die wussten wie sie Dich führen mussten. Entschuldige meine Offenheit wenn ich so klar schreibe was ich denke. Ich mag Dich, und finde es schade, dass wir uns nicht früher begegnet sind. Glaube mir, dieser Gedanke kommt mir öfter! Nein, Du musst keine Angst mehr haben, Menschen zu enttäuschen, wir dürfen alle Fehler machen. Ich genauso wie Du! Dich haben viele Menschen enttäuscht und übel mitgespielt. Sie haben Dich zumindest auch ausgenutzt. Trotz allem, die Liebe zu etwas soll niemand Dir nehmen. Wir brauchen auch unsere Illusionen. Deine Liebe zu Russland ist doch gut. Schade nur, dass so viele Menschen in der ehemaligen Sowjetunion die Verlierer von Glasnost und danach waren. Niemals habe ich glauben wollen, dass dieses Riesenreich so zerfallen würde. Nach Moskau, Samarkand, Buchara möchte ich noch einmal. Dass es richtig war, die Chance der Wiedervereinigung von Kohl wahrzunehmen, hatte ich schon geschrieben. Du hast Recht was Du über die Führung der Sowjettruppen in der DDR schreibst. Ohne ihre Besonnenheit hätte es anders ausgehen können. Da müssen wir Deutschen dankbar sein. Finanziell geht es Dir sogar besser als mir. Ich bekomme ab Februar meine Rente. Nach zwei Ehen bin ich froh, für niemanden mehr sorgen zu müssen. Für mich reicht es, vorausgesetzt ich lebe nicht ewig. Naja, etwas Humor darf doch sein oder? Liebe Kyra, Du hast so viel Negatives erlebt, ich hoffe und wünsche mir das Du etwas von dem was Du vermisst hast zurückbekommst. Du musst niemanden außer Dir selber gefallen, außer die Frau in Dir erwacht und Du möchtest jemanden gefallen… Ich wünsche Dir von Herzen, dass Du einmal ein normales Leben führen kannst, Liebe bekommst und geben kannst.

Außer die Frau in Dir erwacht … lese ich, ein paar Mal lese ich diese Zeile. Er schreibt weiter:

Ich freue mich, dass Du mich als Freund akzeptierst. Du kannst mit Deinen Problemen immer zu mir kommen, ich werde für Dich da sein und versuchen zu helfen, wenn ich kann. Doch werde ich auch immer das sagen was ich denke, auch wenn es manchmal unangenehm ist. Im Grunde genommen verbindet uns doch einiges, angefangen beim beschissenen Elternhaus. Wie Du über Deine Reisen von Ost nach West beschreibst ohne Angst zu haben, nötigt mir Respekt ab, ich finde es jedoch genauso etwas naiv. Du hast eben lange Glück gehabt, dass Dir nichts passierte. Nach der Wende wurdest Du eines Besseren belehrt was gezählt hat. Liebe Kyra, nimm nicht mehr alles so Ernst, ärgern macht hässlich. Du musst es so sehen wie ich: mit jedem Tag wächst die Zahl derer, die mich am Arsch lecken können! Ich wünsche mir bereits, dass wir uns einmal begegnen werden, dann nehme ich Dich fest in meine Arme und gebe Dir einen dicken Kuss. Ich hoffe trotz unserer unterschiedlichen Weltanschauungen und Entwicklung entsteht eine wunderbare Freundschaft. Obwohl selbst in der Weltanschauung haben wir durchaus Gemeinsamkeiten! Ich danke Dir für Deine offenen und persönlichen Worte. Liebe Grüße, Robert

PS: Und wenn ich Dir nicht in allem Recht geben kann, Deine Ausführungen zu meinen Kinderfotos treffen den Nagel auf den Kopf, genauso war es. Allerdings kann ich keinesfalls die DDR für meine Befindlichkeit damals anlasten, im Gegenteil. Es waren wie bei Dir die nahestehenden Menschen um mich, die mir keine Liebe entgegenbrachten.

Bleib stark altes Mädchen schreibt er!? Mein Junge, darum mache Dir keine Sorgen, mein Alter ist nur eine nichtssagende Zahl, fuer mich jedenfalls, denke ich so bei mir. Im Nachhinein denke ich jedoch, wenigstens ist er nicht zwanzig Jahre älter und muss dabei doch schmunzeln. Damit war ich immer behaftet, mit einem ,Vater-Ehemann oder Vater-Freund'. Also ein Lichtblick in meinem Dasein. Und dann schreibt er ,wir haben durchaus Gemeinsamkeiten'. Mir fällt dazu nichts Gescheites ein. Wenn ich ehrlich bin, fällt mir absolut nichts fällt ein. Ich sitze hier und meine großen Augen schweifen in die Ferne, ohne dass ich einen Gedanken fassen kann! Ein Novum, dass mir nichts einfällt! Dieser Typ bringt Unruhe in mein Leben, und ich werde immer neugieriger auf den Typen, und den Mann im Typen, je mehr die Tage vergehen.

Kapitel VI

Gedanken – Überlegungen von Kyra

Er ist kein Kommunistenfreund sagt er. Trotzdem ist er an mir interessiert? Hört es denn überhaupt nicht auf, frage ich mich? Ich habe meine Genossen, meine Freunde, bin wütend über mich selbst, dass ich dieses Gespräch mit diesem Menschen suche, wenn ich ehrlich bin. Bin ich ehrlich? Nein, wahrscheinlich nicht, bin weder mit den meisten anderen um mich, noch mit mir selbst ehrlich gewesen über all die Jahre. Warum mache ich mir so viele Gedanken über diesen Typen? Wenn ich ehrlich wäre, würde ich mir doch sagen, weil es mir gefällt, wie er schreibt. Habe emsig meine Ideologie verfolgt und nicht nach rechts und nach links geschaut, und schon gar nicht hinter mir, wollte nicht sehen, welch ein Chaos ich da hinterlassen habe. Ein Vorwärts scheint es in meinem Leben auch nicht zu geben, muss es auch nicht unbedingt, ich bin an einem Punkt angelangt wo ich genießen und abschalten kann. Also, ein wenig mehr Unehrlichkeit wird auch nichts kaputter machen als es ohnehin schon ist in meinem Leben. Nicht, dass ich unzufrieden bin. Absolut nicht. Aber da kommt dieser Mensch, den ich überhaupt nicht kenne, Republikflüchtling auch noch, und dieser reißt mir, wie es scheint, den Boden unter den Füßen weg. Ich freue mich bereits auf eine Reise zu den Genossen in wenigen Monaten und ich nehme mir vor, mich nicht von ihm blenden zu lassen. Zwar ist er ein intelligenter Gesprächspartner, das habe ich immer gesucht, aber ich frage mich, warum kann auch er nicht Genosse sein. Das ist mein Traum, ein Mann der vollkommen auf gleicher Welle mit mir schwimmt. Man kann eben nicht alles haben im Leben, und aussuchen habe ich mir noch nie was können. Dass er zweimal verheiratet war interessiert mich nur am Rande, lediglich bei verheirateten Männern trete ich den Rückzug sofort an. Nach einem Reinfall in jungen Jahren habe ich mich immer von den verheirateten Jungs ferngehalten. Und eine Freundin scheint er zurzeit auch nicht zu haben. Ich will wissen, was in diesem Mann vor sich geht. Wenn ich mich schon unterhalte mit ihm, dann will ich alles wissen. Er muss doch Hass in sich haben, sogar Bedenken haben, ausgerechnet mir zu schreiben. Natürlich kann ihm nichts passieren nach so vielen Jahren, die Spielchen mit der deutsch-deutschen Geschichte stehen in fester Hand, daran gibt es nichts mehr zu rütteln. Aber kann mir etwas passieren? Darüber denke ich nach und überlege, wie schnell ich oftmals noch von der Vergangenheit eingeholt werde – und zwar immer dann, wenn ich es am wenigsten erwarte in meiner Gutgläubigkeit. Aber, ich bin nach wie vor das sture Mädchen mit dem dicken Schädel und sage mir, ein wenig Unterhaltung kann nicht schaden. Ich werde seine Ausführungen interessiert verfolgen. Zeit um aufzuhören, wird auch später noch vorhanden sein. Ich habe meine Genossen, was soll mir passieren? Ich teile diese neue Erkenntnis sogar zwei meiner Genossen in Berlin mit. Sofort kommt das „Pass auf Mädchen, wir müssen reden wenn Du kommst, sei nicht leichtsinnig.“ Entsetzte Gesichter ueber Skype. Beide warnen mich sofort, vorsichtig zu sein, ich würde Deutschland und die Menschen nicht mehr kennen, viel

Hass blüht im Verborgenen, da, wo es oftmals überhaupt nicht vermutet wird, sagen diese beiden mir unabhängig voneinander. Ich nehme mir diese Ausführungen der Genossen zu Herzen, kenne Deutschland tatsächlich kaum noch, nach der Zeit in der Russischen Förderation und nach weiteren neun Jahren USA und, bei einem Republikflüchtigen könnte das noch unangenehmer sein sage ich mir. So stelle mir erneut die Frage „was will er ausgerechnet von mir?"

Gedanken – Überlegungen von Robert

Diese Genossin werde ich mir gerne zur Brust nehmen. Ich muss zugeben, diese Frau interessiert mich, und es sind beileibe nicht nur die süßen lädierten Deutschkenntnisse der Engländerin. Doch ich muss revidieren, es bleibt von meiner ersten Annahme der ‚alten roten Schachtel' nicht viel übrig – lediglich das ‚rot' bleibt weiterhin bestehen. Sie sieht gut aus für ihr Alter, ist ein interessantes, gebildetes und sehr intelligentes Weibsbild, das wie ein Wirbelwind durchs Leben geht. Nein, die ist weit entfernt von einer alten Schachtel. Eine Agentin aus dem militärischen Bereich, die für die Sowjetunion und das Komitee alles hinter sich gelassen hat. Eine Frau, die stets im Untergrund agiert hat, so auch noch heute ungern im Rampenlicht steht. Dagegen stehen einige der anderen verlorenen Gestalten aus dem Metier, die nicht die Spur von Loyalität haben. Habe auch stets ein sehr gutes Bild von den Engländerinnen als Frauen in meinem Leben gehabt. Das ist es diesmal nicht, jedenfalls nicht nur bei dieser Frau.

Hinter diesem Weibsbild verbirgt sich etwas anderes, das ich mir noch nicht ganz erklären kann, das spüre ich ganz deutlich. In den Forumsgesprächen greift sie sofort an, sie wird nicht müde ihren Standpunkt und ihre Ideologie offen zu vertreten. Angst zeigt sie nicht, auch wenn sie hart angegriffen wird. Passiert dieses, lässt sie kein Wort stehen, greift wieder an wie mit Kanonen, verteidigt ihre Genossen auf Teufel komm raus. Wenn es ihr dann doch einmal zu viel wird, zieht sie sich wie eine verwundete Bärin wütend zurück. Sie teilt mir einige Male in Emails mit, dass sie sich diesen ständigen Angriffen nicht gewachsen fühlt, auch wenn sie sich dann immer wieder dem Kampf stellt. Die Seiten in diesem Forum sind klar bezogen, eine kleine MfS Gruppe wehrt sich gegen konstante Anfeindungen der Opfer des DDR-Systems und einigen wenigen Spinnern, die sich für wichtig halten, und umgekehrt. Alles in allem ist es eine gute Bande, die sich dort im Angelo-Forum der DDR Grenze ein Stelldichein gibt. Kyra hat mir ehrlich geschrieben was sie denkt, hat sich für meine Offenheit bedankt. Das bedeutet nichts für mich, hinter dieser Frau steckt mehr. Ich spüre, dass sie reden will, dass da noch einiges verborgen ist. Sie sagt allerdings, dass ich nicht versuchen soll, sie zu ‚entdecken' sie kennenzulernen, daran hätten sich ganz andere die Zähne ausgebissen. Auch, dass sie nach wie vor an Russland hängt schreibt sie mir, und dass sie weniger zu tun hatte mit den DDR Organen. Trotzdem steht sie auf Seiten der MfS Leute und lässt sich nicht davon abbringen, sich auch als Friedenskriegerin zu bezeichnen. Tatsächlich gelingt es ihr immer öfter, zwischen den Streithähnen zu vermitteln. Selbst gestandene Burschen der ‚anderen' Seite bringt sie nach hartem Streitgespräch zum Lachen. Selbst nach stundenlanger Debatte mit dem User ‚Wosch' ueber Gefaengnisse und unzureichende Moeglichkeiten bringt sie es fertig, alles in Frieden und mit Humor zu beenden. Es gibt einige, die sich konstant anfeinden, Kyra redet immer mit beiden Parteien. Ihre Berichte haben Hand und Fuß und weisen auf einen hohen Wissensstand hin. Ich denke, ich wirke jedoch auch beruhigend auf sie ein, wenn ich sage, sie soll sich die Dinge nicht so zu Herzen nehmen. Wenn ich überlege, sind zwanzig Jahre eine lange Zeit, wenn ein Mensch nicht reden kann; und wenn sie mir schreibt, werden ihre Emails immer länger, scheinen kein Ende zu nehmen. Ich lese diese Ausführungen gerne, will mehr erfahren, will wissen was hinter dieser ‚starken Frau' steckt. Sie ist stark, zweifellos ist sie das. Aber ich vermute noch etwas ganz anderes. Und eine gewisse Wut ist auch noch in mir, so viele Jahre nach meiner Flucht, auch das muss ich eingestehen. Ein einigermaßen gutes Leben, indem ich einige Rückschläge bewältigen musste – mir ist nicht nur Gutes widerfahren nach meiner Flucht in den Westen, auch wenn ich meine Flucht aus der DDR nie bereut habe. Ich kann heute mit meinen ehemaligen Peinigern reden, sachlich und vernünftig. Und doch, diese Wut auf die, die ich für die Schuldigen meiner Flucht halte, kam mir immer wieder jahrelang noch in den Sinn, auch wenn ich längst nachsichtig geworden bin, und mich befreit habe von solcher Denkweise, keinen richtigen Groll empfinden kann mehr. Ich kann mit denen reden, die einst die Fäden in der DDR in der Hand hielten. Ein großer Fortschritt, nur denken längst nicht alle so wie ich. Selbst Freunde hauen noch voll auf die Kacke in ihrer Wut gegenüber den Genossen und DDR-System. Ich habe diesen Menschen und diesem Staat längst vergeben. Trotzdem sind die Ereignisse, die mit meinem Lebensweg verbunden sind niemals ganz zu vergessen. Ich rede und tausche mich mit den ehemaligen und noch nach zwanzig Jahren dauerhaft loyalen Genossen aus. Aber ehrlicherweise muss ich eingestehen, dass bei diesem Frauenzimmer diese gewisse kleine Wut in mir aufkommt, wenn ich ihre politischen Ansichten verfolge und wenn sie diese Genossen verteidigt. Kyra hatte direkt nichts mit meinem Lebensweg zu tun, das ist sicher. Kyra kann ich wie vielen anderen des Systems nichts anlasten, aber diese ungeliebte Genossin treibt meine Gedanken in eine Spirale ohne Ende. Und ich bin mir nicht einmal klar warum. Einmal habe ich auch für sie Mitleid, dann wieder nicht, ich hätte nicht Lust dieser Dame zu zeigen woher der Wind weht und würde sie gerne übers Knie legen, und zwar so, dass sie Striemen in ihrer Lieblingsfarbe, nämlich rote, am Arsch zurückbehält. Spiele ich jedoch mit diesem Gedanken, dann kommt auch sofort das Gefühl auf, dass ich sie in den Arm nehmen, an mich drücken und ihre Tränen wegküssen möchte. Unter dieser starken Persönlichkeit vermute ich ein wunderbares frauliches Wesen. Ich kann mir genau vorstellen wie sie war als junge Frau. Einmal sind ihre Aussagen hart und unerbittlich, dann ist sie wieder naiv und kindlich. Ich lasse es mir nicht anmerken, aber ich schmelze auch langsam dahin, es ist als wenn mein Hirn vollkommen in die Hose sackt und ich sie außerdem nur noch beschützen möchte vor dieser Welt. Und das ist, so glaube ich, das was ihr immer gefehlt hat, ein wirklicher Beschützer.

Kapitel VII

Politische Ansichten, harte Diskussionen, unsichtbare Grenzen

Ich lasse Kyra Zeit, das Leben war schwer für sie. Jahrelang hat sie ihren kranken Mann aufopferungsvoll gepflegt. Auch wenn ihr Leben gut und sie finanziell abgesichert ist, so lese ich stets zwischen den Zeilen, und mit Sicherheit fehlt ihr etwas Profundes: jemand der ihr zuhört und eine Schulter zum anlehnen, ich vermute weitaus mehr. Bislang sind unsere Gespräche normal verlaufen, auch wenn es da Anhaltspunkte gibt, die mich überraschen. Kyra wollte bereits am Anfang meinen ehelichen Status wissen. Sie erzählte mir, dass sie sich bei verheirateten Männern sofort zurückzieht. Bis auf einen großen Fehler in ihren jungen Jahren aus dem sie gelernt hat, ist sie nie eine Liaison mit einem verheirateten Mann eingegangen. Ich kann sie in dieser Hinsicht vollkommen beruhigen, weder bin ich verheiratet, noch habe ich zurzeit eine Freundin. Hinzukommt, dass sie heute noch mit dem ‚Rühr-mich-nicht-an-Syndrom' aus ihrer ehemaligen Agententätigkeit belastet ist. Taucht ein Fremder auf, dann kommen ihr Zweifel, wer oder was dieser Mensch sein könnte. So musste ich mich sehr langsam an sie herantasten, zumal sie am Anfang keine Ahnung hatte, dass ich im Grunde ein ehemaliger Feind war. Sie schreibt mir über ihre große Liebe, die sie verloren habe, aber sie sagt mir sie hat mit Männern kein Problem, nur wird sie niemals einen anderen Mann so lieben können wie sie ihren Russen geliebt hat. Und mit einem ehemaligen ‚Klassenfeind' würde sie ebenfalls kein Problem haben, wenn er Mann genug wäre, sich ihrer anzunehmen. Ihre humoristischen Einlagen, vielmehr ihr englischer Humor, ist erfrischend. Die Zeit und das Alter diktiert ihr augenblickliches Dasein jedoch, auch mir läuft langsam die Zeit davon. Weder hat sie vor, unsere Freundschaft in unglückliche Gefilde oder Drama zu führen, sagt sie und sie wird sich mit Sicherheit nicht verlieben. So sagt das Mädel. Das klingt auch für mich gut. Diese Aussage von ihr liegt allerdings einige Monate zurück. Inzwischen schreiben wir uns täglich mehrmals. Ich vermisse es, wenn ich morgens nichts von ihr in meiner Inbox habe. Durch diese unzähligen Emails hat sich eine völlig andere Situation ergeben. Ich habe mich nicht nur an sie gewöhnt und sie an mich, wir haben eine innige Verbindung aufgebaut. Ganz abgesehen davon, dass einiges zutage kommt, das ich nie vermutet hätte, ist mir ihre schriftliche Gesellschaft sehr angenehm. Sie hört mir zu, ich versuche weiterhin sie zu verstehen, kann es kaum glauben, dass ich mit dieser Genossin, mit diesem kleinen roten Teufel sympathisiere. Nicht nur das, es werden Gefühle freigesetzt in mir und wie ich merke, zaghaft auch in ihr. Immer wieder kommen ihr Zweifel, und ich merke immer wieder, dass sie mir noch nicht ganz vertraut. Inzwischen kennt sie mein Leben, und ich ihr Leben, ich fange an, sie zu verstehen, ohne meine Wachsamkeit zu verlieren. Und das hat nichts mit ihrem ausführlichen Buch zu tun, in dem sie viel zu offen ist für meinen Geschmack und das ich inzwischen gelesen habe. In diesem Buch legt sie eine Offenheit an den Tag, die ihr schaden könnte. Sie selbst hat keine Ahnung wie ihr Stand in Deutschland ist – wieder kommt damit ihre Naivität zum Vorschein. Kaum bewusst ist ihr, welche Schlammschlacht im vereinten Deutschland weiterhin gefochten wird um ehemalige Genossen, Wendehälse und Bürger im Westen, die allesamt nicht verstehen wollen, dass die Vereinigung des Volkes in beiden deutschen Staaten auch ohne physische Grenzen weiterhin verhindert wird. Kyra ist nicht nur zu offen, sondern zu ehrlich in allem. Immer mehr kommt dieser Beschützerinstinkt in mir hoch, ich kann mich selbst kaum verstehen. So muss das Frauenzimmer durchs Leben gegangen sein. Ihr Russe musste für seinen Beschützerinstinkt mit dem Leben bezahlen, das hat sie nie überwunden. Sie hat mich aufgeklärt, wie die Beziehung mit ihm, die auf gegenseitiger großer Liebe beruhte, der einzige Lichtblick in ihrem Leben war. Ihr jetziges Leben interessiert mich allerdings viel mehr. Kyra sitzt wie auf einer Insel in den USA. Dort ist sie geschützt vor dem was sich in Deutschland abspielt. Die Amerikaner sind selbstgefälliger, halten sich mit Vorwürfen und Attacken vollkommen zurück. Sehen absolut nicht eine Kriminelle in ihr, wie in Deutschland geschehen. Längst sind die vor Dekaden angelaufenen Angriffe gegen Kommunisten in den USA unwichtig geworden. Kyra kann dort ihre eigene kleine Politik ausleben, sie handelt und lebt nach ihrer Ideologie, die von substantiellen politischen Aktionen weit entfernt sind. Die Amerikaner sehen in der ‚kleinen Hexe aus dem Osten' wie sie tituliert wird, weiter nichts als eine humorvolle freundliche Frau, die sportliche Hoechstleistungen bringt. Ich denke die genießt das, auch wenn sie weiterhin ihr wahres Gesicht nicht wirklich zeigt. Sie darf nicht darauf kommen, wirklich in Sachen Politik tätig zu werden, wovon sie auch weit entfernt ist. Selbst die Genossen sind mit mir einer Meinung, sie kann von Glück reden in Amerika zu leben. Diese Genossen, die sie verehren wie eine Ikone, die auf ihre Besuche in Deutschland warten, sind stets auch um ihr Wohl besorgt. Wenn sie in den Foren ihre Berichte bringt und ab und zu unbewusst in eines der ‚Stasi'- Fettnäpfchen tritt, dann gehen die deutschen Gemüter sofort hoch. Oftmals passiert es, dass sie missverstanden wird, wenn sie sich etwas unglücklich ausdrückt. Stets ist sie hinterher darauf bedacht, die Sache wieder in Ordnung zu bringen und unglaublicherweise schafft sie es immer wieder ihre Gegner zu beschwichtigen, die sich im Nachhinein dann sogar offen zu ihr bekennen. Kyra hat ihre Loyalität durchweg bewiesen, nicht nur während ihrer Tätigkeit für den Osten. Auch hinterher blieb sie standhaft, selbst als sich ihr Agentenleben sie in unangenehme Situationen brachte im Privat- und Berufsleben und die Boulevardblätter sie zerrissen. Mir hat sie sich inzwischen gewaltig, wenn auch nicht ganz, geöffnet, vor allem ihre Gefühle als Frau sind überwältigend, und es macht mir Spaß auf sie einzugehen. Ich habe für meine Freunde weniger Zeit. Habe gesagt, dass ich an einem interessanten Projekt arbeite. Sage nicht, dass dieses Projekt eine Frau ist und Kyra heißt und erwähne auf keinen Fall, dass sie Genossin ist.

Bei Kyra habe ich weiterhin das Gefühl als wenn sie mir nicht ganz traut. Sie sagt es sogar frei heraus, dass sie Überlegungen anstellt und Ängste in ihr hochkommen, ob sie gerade dabei ist einem ehemaligen Republikflüchtigen auf den Leim zu gehen, der eventuell nichts Gutes mit ihr im Sinne habe. Mit Humor und in guten Gesprächen versuche ich ihr diese Angst nehmen, sie zu beruhigen. Inzwischen habe ich ihr Buch durchgelesen. Bestimmte Auszüge habe ich immer wieder lesen müssen. Mein Leben war auch niemals leicht. Aber diese sechshundert Seiten eines elenden Lebens, von Kleinkind an, ausgenutzt und geschändet, ohne jegliche Hilfe, ist ein Aufschrei, nicht nur das. Dieses Buch ist eine Mahnung über das was im Kalten Krieg passierte, und ist lesenswert. Ich schreibe eine Rezension für ihr Buch, in meiner Beurteilung bin ich offen und ehrlich:

Wer mit der „Die Englische Dewushka" ein Buch mit spannenden Agentengeschichten erwartet hat wird enttäuscht sein, obwohl spannend ist das Buch mit Sicherheit; es wird vielmehr das wahre Leben dargestellt, entfernt von allen klassischen Klischees einer Agententätigkeit. ‚Larissa' ist schlau genug vieles für sich für sich zu behalten, hat Zeiten Daten und Namen verändert. Viele der einstigen Kameraden oder Gegner leben noch! Es ist ein ehrliches Buch, ungeschminkt und oftmals sehr direkt. Bereits im Kindesalter werden wir geprägt! So waren für mich bestimmte Verhaltensmuster der Larissa nicht überraschend.. Aufgewachsen in England nach Kriegsende, der Vater deutscher POW (prisoner of war). Sie lernte früh, dass Deutscher für das Böse steht und wird vom Nazivater mit Hass gegenüber der Roten Armee erzogen. Als Kind wurde verlangt zu funktionieren, ihre Bedürfnisse nach Liebe etc. interessierten nicht. Vergewaltigt wurde nicht nur ihr Körper sondern auch ihre Seele. Aus der geliebten Umgebung gerissen, nach Deutschland verfrachtet. Auch da vom Vater Gefühlskälte, die Mutter schwach. Ihr stummer

Schrei nach Liebe blieb weiter ungehört. Sie selbst schiebt nicht ihre verkorkste Kindheit als Alibi für ihr handeln vor, sondern gibt unumwunden zu, bewusst gehandelt zu haben. Das betrifft auch die Zeit vor und nach ihrer Verurteilung. Sie musste funktionieren und sie lernte zu funktionieren. Wie viel Liebe können wir weitergeben, was können wir überhaupt weitergeben von dem, was wir nie hatten? Verurteilen ist leicht. Ich glaube die fehlende Liebe und ihre Sehnsucht danach machten sie besonders empfänglich für Komplimente und dem was sie nun für Liebe hielt. Hoch begabt, sehr intelligent, mit der Nähe zu interessanten Tätigkeiten war sie für das MfS genauso interessant. Hier bekam sie endlich Lob und Anerkennung. Vom trunksüchtigem Ehemann Prügel und Vergewaltigung. Das gut zu funktionieren kam ihr nun zugute. Sie wurde die immer bessere Kommunistin. Das dabei ihre Beziehungen zu den Kindern ins Hintertreffen geriet war die Kehrseite. Ich habe das Buch lieber zweimal gelesen, und versucht auch das zwischen den Zeilen zu lesen. Dieses Buch ist auch ein Befreiungsschlag, auch Anklage, und spiegelt eine Zeit wieder in der sich mächtige Gegner gegenüberstanden. Erst einmal in das Spiel der Geheimdienste" einbezogen, gibt es kein zurück oder aussteigen. Als Larissa nicht mehr richtig funktionierte wurde sie im sowjetischen Lager wieder brutal auf Vordermann gebracht! Zuckerbrot und Peitsche, war für sie nichts Neues. In dem Lager war die Peitsche nur noch größer. Sie war stark genug, und zerbrach nicht. Trotzdem war diese Frau immer auf der Suche nach Liebe!! In ihrem Buch offenbart sie vieles von sich, für mich zuviel. Das macht sie für Gegner angreifbarer. Dem aufmerksamen Leser wird aber nicht entgehen, warum es so kommen konnte. Es ist ein Buch zum nachdenken, es ist kein Agentenbuch im herkömmlichen

Sinn. Es ist ein Buch das betroffen macht, es erklärt warum es so war, selbst wenn es nicht extra so geschrieben steht. Dieses Buch ist ein Zeitdokument was nachdenklich macht. Es ist ein ehrliches Buch, für mich zu ehrlich. Diese Frau hat für ihre Tätigkeit für das MfS oder dem KGB teuer bezahlt. Zu teuer. Nach dem Zerfall der Sowjetunion und der DDR kam ihr nicht in den Sinn zum Gegner überzulaufen um Verrat zu begehen. Viele Angehörige des MfS verhielten sich weniger ehrenvoll. Ich persönlich bin alles andere als ein Kommunist, sehe es aber so, dass durch die Tätigkeiten der Spione, Agenten oder Kundschafter manche Fehleinschätzung vermieden wurde, und es dem Gleichgewicht der Mächte diente.

Inzwischen habe ich ihr Buch zweimal gelesen. Zweimal war mir als Mann das Herz schwer, zweimal habe ich es frustriert aus der Hand legen muessen. Ich sage ihr gleichgültig was kommt, nie werde ich ihre Ausführungen, was auch immer sie mir erzählt, wiederholen – und schon gar nicht ihre intimen Wünsche und Träume preisgeben. Und das meine ich, wie ich es sage. Meine anfängliche Wut gegenüber der kleinen Genossin ist vollkommen abgebaut. Ob Kyra mir wirklich glaubt weiß ich nicht, aber ich werde sie nie verraten und möchte sie immer zur Freundin haben, gleichgültig wie es weitergeht mit uns.

Kyra ist glücklich über meine Ausführungen, so sagt sie mir, und freut sich, über meine Meinung zu ihrem Buch, und dass es gut lesbar und spannend ist. Aber sie sagt auch, dass sie ihr Buch und damit ihren Werdegang nicht als Schutzschild nutzen möchte für ihre sogenannten Verfehlungen. Verfehlungen? Ich will nicht fragen welche Verfehlungen sie damit meint. Vielleicht sind es die

Verfehlungen nur, die ihr im Westen angekreidet werden und die sie in der ehemaligen Republik zum Liebling machen, und nicht nur da. Vielleicht ist es auch etwas völlig anderes. Ich frage sie nicht weiter aus. Denke nur, warum muss diese Frau nach allem was sie durchmachen musste, sich immer rechtfertigen. Sie schwankt nicht zwischen den Fronten, sie steht kerzengerade zwischen den Fronten. Zwar weiß sie wo sie herkommt, aber sie liebt ihre Genossen, und lässt nichts auf diese kommen, die sie nach zwanzig langen Jahren aus der Einsamkeit geholt haben. Langsam aber sicher werde ich eifersüchtig auf diese Genossen.

Kyra freut sich, mit Robert sprechen zu können. Während sie ein schlechtes Gewissen gegenüber den Genossen hat, gewöhnt sie sich schnell an Robert. Trotzdem hält sie sich weiterhin mit ihren Genossen im anderen Forum auf. Immer wenn Ihr von gewissen Leuten die Leviten gelesen werden geht sie ‚nach Hause' in das Genossenforum der Fallis. Hier fühlt sie sich wohl, kann Wunden lecken. Die zwei Genossen, die sie auf ihre ‚Email-Bekanntschaft' aufmerksam macht, haken nach, bemerken eine Veränderung an ihr. Sie hält nicht hinter dem Berg zurück, sagt denen sofort, dass sie ‚irgendwie verliebt' ist. Etwas, das sie noch nicht einmal gegenüber Robert erwähnt hat. Diese geben ihr sofort wieder den Rat vorsichtig zu sein, wollen wissen wer er ist und sagen erneut, dass sie keine Ahnung habe, was sie in Deutschland erwartet. Kyra macht keinen Hehl daraus, wer er ist, sie sagt ihren Genossen, dass ihr neuer Freund ein ehemaliger Republikflüchtiger ist.

Kyra hat sich bereits so sehr an Robert gewöhnt, dass sie langsam aber sicher alle anfänglichen Verdachtsmomente beiseite schiebt. Gleich nach dem Aufstehen schaut sie täglich nach seinen Emails, ist traurig, wenn nichts zu finden ist oder wenn ihr Computer nicht so will wie sie es möchte. Die ersten kleinen Zwistigkeiten ergeben sich in politischer Hinsicht.

Guten Morgen meine liebe Kyra! Du beschreibst das alles sehr gut mit Deiner Gefühlswelt. Ich stelle immer mehr fest, dass unsere Kindheit nicht so unterschiedlich war. Auch Missbrauch, speziell meine Schwester musste darunter leiden, ich selbst habe mal einen Knüppel genommen und auf sein Ding geschlagen, der ließ mich danach in Ruhe. Mein Schatz, uns verbindet mehr als wir vermuten. Und Dein Buch, ich muss Dir nach dem zweiten Lesen sagen, ich mache Dir ein großes Kompliment, es liest sich wirklich sehr gut, man schläft nicht dabei ein!

Einige Spione hatten wahrscheinlich niemals diese Stärke, wurden auf den Müllhaufen der Geschichte ausgekotzt, ohne Verwendung, sind weinerlich, unverstanden, unnütz. Die müssen doch sogar den eigenen Genossen auf den Geist gehen, wenn sie überhaupt tatsächlich Genossen waren und nicht aus einem anderen Grund zu Spione avancierten. Andere wiederum sind mehr als unverstanden, haben heute noch schwer an ihrem Schicksal zu tragen. Und Kyra, auch wenn Du lachst und glücklich ausschaust, in Dir steckt noch viel, das an die Oberfläche möchte, das merke ich sehr genau. Versuche nicht, mich zu hintergehen meine Liebe. Raus mit der Sprache! Aber, Du wolltest wieder über Politik, über diese leidige, beschissene Schlampe Politik reden. Ja, darauf können wir weiter eingehen, auch wenn ich über ganz andere Themen mit Dir reden möchte. Du weichst mir aus in schöneren

Themen kleine rote Socke. Naja, okay, Politik heute. Sozialismus hat versagt. Es ist immer dasselbe, die hässliche Fratze des Kapitalismus lacht sich ins Fäustchen. Längst werden im Orient die Fäden neu gezogen. Der Koenig ist tot, es lebe der neue Koenig, nur solange jedoch bis er nicht mehr von Nutzen ist. Wichtig sind nur die eigenen Interessen, Großkapital, der Gewinn zählt! Was empfindest du heute für Deine Ideologie? Als wenn mir das nicht bekannt ist.

Ich denke immer öfter an Dich, Robert …Kyra antwortet: auch wenn ich heute völlig unpolitisch bin. Ich weiß, das ist ein Witz, kann ich das wirklich sein? ☺☺. Ich kann mich weiterhin und werde auch niemals mich für die andere Alternative, nämlich Kapitalismus, entscheiden können. Das ist nicht so schwer zu erklären für mich. Ich brauche weder auf die Vorzüge von Kapitalismus, noch auf die von Kommunismus/Sozialismus eingehen. Auch ohne Manifeste und intellektuelle Reden war es mir vor vielen Dekaden möglich zu sehen, dass es so nicht weiter geht in dieser Welt. Du sagst es gibt keine andere Alternative, das stimmt. Nur, ich muss mich nicht unbedingt an das halten was auf die Menschheit gedrückt wird, oder anders gesagt, was zurzeit nicht anders durchführbar ist. Es geht mir darum, dass sich endlich mehr um die Menschen gekümmert wird. Was ist so schlecht an solchen Gedanken? Mein Idealismus bezieht sich auf die, die am Rande stehen. Das wiederum sind nicht mal die Geschlagenen am Rande im neuen Kapitalismus in Russland und auch nicht die, die am Rande unserer Gesellschaft stehen in den sogenannten zivilisierten Industrieländern. Schau Dich doch um in der Welt! Wie zivilisiert sind wir? Anmaßung ist das! Sehe

Dir diese Menschheit an, die nichts Besseres zu tun hat als den anderen hinter sich zu lassen. Die Armut in der Welt ist unübersehbar und wächst tagtäglich. Es hat sich in den letzten zwanzig Jahren nichts daran geändert, dass Kinder von für uns unwichtigen Kinderkrankheiten dahingerafft werden, oder dass Milliarden kein sauberes Wasser zu trinken haben auf diesem Planeten. Ich hoffe das gibt Dir zunächst einen kleinen Einblick in meine ‚Ideologie'. Bin ich Kommunistin? Ja, bin ich. Auf Deutschland zu kommen: Die Zusammenführung der beiden deutschen Staaten war ein einmaliges Vorkommnis und wird ein nie zu wiederholendes Geschehen sein mitten in Europa. Die Verantwortlichen, Kohl und Co. haben total versagt. Genauso wie die alten Herren das System vergewaltigt haben und den Untergang der DDR verursachten, haben es heutige Politiker versäumt diese Staaten so zu vereinen, dass für die Menschen Vorteile entstehen konnten in allen Belangen. Es ging wieder einmal nur um Business as usual, als die östlichen Brüder von dem vermeintlichen Sieger über den Tisch gezogen wurden. Aus diesen zwei Staaten hätte, wenn der eine nicht den anderen verschlungen hätte, etwas Einmaliges werden können. Nur meine dumme Meinung Robert. Ich bin davon überzeugt. Deutschland ist es nicht erlaubt zu stark zu werden im Weltgeschehen, deshalb bleibt Deutschland, auch vereint, am Gängelband der Geschichte. Wenn ich die deutschen Politiker sehe, dann ist das die bessere Lösung. Der Faschismus blüht in Deutschland und keiner unternimmt etwas, unfassbar. Weißt Du, ich will es so ausdrücken: Deutschland ist wie eine Frau, die nicht weiß wie stark sie tatsächlich ist und welchen Einfluss sie auf ihr eigenes Wohlergehen haben könnte. Schade darum. Liebe Grüsse, Kyra

Beide scheinen gereizt zu sein, zumal Kyra wieder ihre Genossen im Forum an diesem Tag vehement verteidigt hat. Politische Unstimmigkeiten kommen immer öfter auf.

Robert schreibt: Diktatur! Wir gehen von einer Diktatur in die andere. In beiden müssen wir funktionieren. Kyra! Ich hatte Dir schon einmal geschrieben, wie man Menschen wie Dich gewinnen konnte. Menschen wie Du mussten so gut funktionieren, bis sie selbst glaubten, dass es so normal war. Wenn Menschen wie Du aus dem Ruder liefen, versuchte man sie zu brechen, brutal und mit Gewalt. Ist dieser Mensch stark genug, dann kommt er gestählt auf die Bühne zurück, hat kapiert worauf es ankommt. Böses Kind wird bestraft, und freut sich danach besonders über Lob und Streicheleinheiten. Konntest Du überhaupt Widerstand leisten? Du fingst ganz einfach an, zu genießen. Nein, kein Vorwurf, Deine beschissene Vergangenheit, die Deine Seele geformt hat. Das ändert sich bei Dir nicht. Ist es so, dass Du im Prinzip nur ein Alphatier akzeptieren kannst? Schwache Männer, nein, unmöglich für Dich. Sagte Nietzsche doch bereits: „Wenn Du zum Weibe gehst vergiss die Peitsche nicht."

Ich möchte alles über Dich wissen, einfach alles, besonders wie Du tickst. Dann kann ich mich auch total auf Dich einstellen und Dir vielleicht geben was Du brauchst. Ist im Prinzip einfach, man muss nur ohne Tabu reden. Vielleicht irre ich mich diesmal mit meiner Einschätzung. Auch kein Problem, ich nehme Dich, wie Du bist. Ich bin Dein Engel, der auch Dein Teufel sein kann, wenn Du ihn so möchtest. Gehe nicht gleich in die Luft, lasse Dir Zeit zu antworten, versuche zu verstehen, richtig zu verstehen, was ich geschrieben habe.

Kyra antwortet nicht ausführlich zu seinen Ausführungen zu ihrer Person: „Ja Robert, Du und alle anderen, Ihr wisst wie es war, Ihr wisst wie man dem Mädchen auf die Sprünge half. Denkst Du es war so einfach, wie Du es darstellst. Sicher hast Du in einigen Punkten Recht. Ich hatte allerdings ein eigenes Gehirn, und die politische Situation lässt Du vorsichtshalber gänzlich aus.

Die Gespräche gehen hin- und her.

Warum so sensibel? fragt Robert. Hohenschönhausen und Stasi, es ging um die Opfer die einsaßen, Hohenschönhausen war nun einmal ein Stasi Knast, das muss ich Dir nicht sagen. Viele Leute haben dort ihren Dienst verrichtet. Wie diese die Menschen behandelten, nur aufgrund einer anderen politischen Einstellung, soll nicht unser Thema hier sein. Ich verurteile nicht einmal den Bau der Mauer, habe ich Dir schon einmal gesagt, die DDR wäre sonst viel eher ausgeblutet. Mexikanische Grenze als Vergleich gebracht oder anderes Unrecht in der Welt. Sicher gibt es dieses Unrecht, heute noch. Aber Du haust in die gleiche Kerbe! Diese Vergleiche sind nicht passend. Fehlt nur noch, dass die chinesische Mauer ins Spiel gebracht wird.

Entschuldige bitte, dass ich existiere! kontert Kyra. Du hörst mir überhaupt nicht richtig zu! Nichts Neues für mich, verdammt noch mal, keiner hört mir zu! Ich sehe nun einmal über meinen Tellerrand weit hinaus. Es geht immer nur um die Stasi, die Stasi, die Stasi, die Stasi ist für alles verantwortlich. Und ich sage nicht, dass alles richtig war. Schaue Dir die Beiträge an, eine Hexenjagd ist das. Du redest auch immer von aufeinander zugehen. Es wird doch nicht getan, man lässt dem vermeintlichen Feind die Leviten. Auf eigene Verfehlungen wird nicht geschaut. Immer drauf, um die eigene Unzufriedenheit einzudämmen. Armes Deutschland!

Als Robert fragt:

„Was hast Du denn so toll gefunden am sozialistischen System?" ist Kyra total erbost. Nicht nur erbost, traurig ist sie. Nicht so sehr über die Frage insgesamt, sondern über den Ausdruck: ‚so toll' gefunden. Dieses Problem des nicht richtig verstehens, hat Kyra seit ihrer Kindheit in Deutschland, dass sie oftmals aus einem Ausdruck etwas Negatives gegen sich selbst entnimmt. Daraus resultieren ihre dann wütenden Kommentare.

„Ich bin nicht so dumm, Du schreibst ‚toll gefunden'. Ich finde nichts ‚so toll' das ich nicht kenne. Was denkst Du von mir Robert? Es gibt eine Menge andere Leute, sehr intelligente Leute, viel intelligenter als ich, die sich auch für dieses System entschieden haben, damals und jetzt. Nicht aus Habgier sondern aufgrund ihrer Erfahrungen in dieser Welt" schreibt sie wütend zurück.

Robert kontert sofort. „Ich habe Dir in keiner Weise irgendwelche Vorhaltungen gemacht, ich habe Dich nicht einmal kritisiert. Habe Dir im Gegenteil klar gemacht, dass ich Deine politische Einstellung vollkommen akzeptiere! Du hast Recht wenn Du sagst, es gibt eine Menge andere Leute, sehr intelligente Leute, die auch sich für dieses System entschieden haben.

Nun sage ich Dir aber, auch das könnte ich genauso für mich und meine Ideologie schreiben. Und das will ich Dir auch noch sagen, was hat das DDR System mit alledem zu tun gehabt? Nichts lief ohne Absegnung aus Moskau, überhaupt nichts! Wie hieß es so schön: Von der Sowjetunion lernen heißt siegen lernen. Nun will ich Dich nicht gleich mit Deinem geliebten Mutterland beleidigen, so will ich Dir einiges positive erzählen. Als Kind hörte ich nur schlechtes über die Russen, über die hinterhältigen Partisanen, die ihre Gefangenen vor der Tötung noch quälten. Bitte antworte nicht mit der Gegenfrage, welche Grausamkeiten die Nazis gemacht haben. Auch das ist mir bekannt, ich bin nicht einäugig, auch wenn Du es zeitweise annimmst. Hier spreche ich von meiner Kindheit, denn wie bei Dir, wurde auch bei mir der Grundstein zu meiner Einstellung gelegt. Das Thema von Vergewaltigungen an deutschen Frauen, von Diebstahl und Verhaftungen durch die Sowjets, dann die Bodenenteignungen. Es war eine furchtbare Zeit. Wiedergutmachung! Es wurde demontiert was zu demontieren war und in die Sowjetunion geschafft. Verstehe mich bitte nicht wieder falsch, ich habe durchaus Verständnis für diese Wiedergutmachung, die auch niemals wieder gutmachen konnte was geschehen war. Aber der DDR Bevölkerung ging es nach dem Krieg auch schlecht. Keiner durfte darüber sprechen, dass die Nazis und Sowjets vorher Polen untereinander aufgeteilt hatten. Die Deutschen marschierten nach Polen von links ein und die Sowjets von rechts! Man machte Shake hands und feierte sogar gemeinsam! Die baltischen Staaten wurden annektiert und wurden bis vor wenigen Jahren fest im Griff behalten. Was ist mit Katyn? Die Ermordung und Deportation unter der Gewaltherrschaft von Stalin? Wieso haben die sowjetischen Truppen in Warschau nicht zu Gunsten der Juden eingegriffen als der Aufstand im

Ghetto war? Und später nach dem Krieg, war es besser in der Sowjetunion – wie ist es heute? Alles wurde mit Gewalt niedergeschlagen, Ungarn, CSSR. Die Kritiker der Sowjetunion, das muss ich Dir nicht sagen, die kamen nach Sibirien oder wurden mundtot gemacht. Auf der anderen Seite, was unterscheidet den Einmarsch der Sowjets in Afghanistan vom Einmarsch der Amerikaner heute? Es geht immer nur um Macht und Geld. Na, und ich in der DDR, beschissenes Elternhaus, Kinderheim mit sozialistischer Erziehung und deutlichem Druck von oben. Was sah ich in Leipzig zur Messe? Da kamen die Westler in ihren schicken Autos und hübschen Klamotten. Oh ja, es gab einige im Dorf die Westverwandschaft hatten und Pakete bekamen. Die Trennung war vollzogen, inzwischen die Mauer in Berlin gebaut, entschuldige meine Liebe, nicht die Mauer, für Dich der antifaschistische Schutzwall natürlich, will ich doch dieses Ungetüm nicht falsch benennen. Ich sage Dir, wie man diese auch nannte, sogar ich hatte etwas Verständnis dafür, die DDR wäre sonst viel eher ausgeblutet im Kampf gegen den Kapitalismus. Zu der Zeit verließen täglich hunderte Menschen das Land. Warum sind nicht umgekehrt Hunderte in das Arbeiter- und Bauernparadies gekommen? Das hatten wir vor Augen: Nach wie vor durften die Westler in die DDR reisen. Und wir DDR-Bürger? Eingezäunt wurden wir, wie Kühe, nur schlimmer, mit Stacheldraht und Minen, mit Selbstschussanlagen und Schiessbefehl. Sage mir nicht, dass es heute noch in anderen Ländern an den Grenzen Schiessbefehle gibt. Nicht mal zum großen Bruder konnten die meisten, dahin konnten nur die Auserwählten. Studieren durfte ich nicht, weil ich nicht als linientreu eingestuft wurde. Ich sage Dir was mein Schatz, mein erster Fluchtversuch war mehr oder weniger Abenteuerlust, war völlig ohne politischen Hintergrund. Ja, mich lockte die Fassade des Westens, ich wollte die Welt sehen, wollte nach London, Paris, New York, wollte nichts geschenkt, mir das selbst erarbeiten. Ich bin ehrlich, ich habe es sofort erkannt: der Hintergrund dieser schönen Fassaden war Ausbeutung, Armut, Arbeitslosigkeit, ich hatte vorher noch nie in der DDR eine Suppenküche gesehen, auf den obdachlose Menschen angewiesen waren. Zuchthaus hieß es, nach meinem Versuch auszubrechen von der ‚Umzäunung' mein Liebling. Harte sozialistische Re-Education, kollektive Erziehung hieß das auf gut Deutsch. Musste mich melden wie ein Krimineller, durfte den Bezirk Leipzig mit meinem Sonderausweis nicht verlassen. New York, London, Paris, auch in meinem eng gesteckten Freiraum habe ich nicht die Hoffnung aufgeben, einmal diese Städte zu sehen! Nach dieser Erziehung war mir klar, ich hatte keine Chance mehr in der DDR. Meine Einstellung wuchs, koste es was es wolle, ich wollte weg. Nun sage ich Dir aber auch, die Idee vom Sozialismus ist sehr gut und sogar den Versuch Wert es zu versuchen. Nur, wie man es in der DDR umgesetzt hat, mit Staatsgewalt, Unterdrückung der Menschenrechte, Pressezensur, Verbot der Reisefreiheit, nein, das lehnte ich und das lehne ich auch heute noch ab. Und was wusstet Ihr wie in dieser sozialistischen Gesellschaftsordnung mit andersdenkenden umgegangen wurde damals. Diese Grenze, das dumme Geschwätz von der Friedensgrenze, Zwangsadoptionen. Nun, was ich vom Kapitalismus halte willst Du wissen? Kapitalismus ist brutaler, aber durchweg ehrlicher. Hier bist Du gezwungen, die Ellenbogen auszufahren und musst Dich selbst durchsetzen. Und gerade das können viele Menschen nicht, die sind auf sich alleine gestellt und gehen unter, sehr schnell sogar. Die hässliche Fratze dieses Systems erkenne ich ebenso, zu dem im höchstem Masse Rücksichtslosigkeit, Ausbeutung, Armut, Interessen-Kriege, nur um einiges zu nennen. Nein, bestrebenswert ist der Kapitalismus für mich ebenso wenig wie der Sozialismus, nur, in dieser Zeit gibt es keine Alternative. Der Sozialismus hat seine Chance kläglich verspielt. Du hast Recht mit Deinen Ausführungen zur Zusammenführung beider deutscher Staaten. Es ist jedoch müßig dem nachzutrauern. Richtig! Diese Möglichkeit hat es nur einmal gegeben und diese wurde vertan. Ich denke sogar der Sozialismus wird eine zweite Chance bekommen, nur werden wir beide das wohl kaum noch erleben. Du wirst auf Deiner roten, ich auf meiner schwarzen Wolke vermutlich sitzen und das Ganze können wir dann von oben betrachten. Streit soll es bekanntlich im Himmel nicht mehr geben und Politik mit Sicherheit ebenfalls nicht. Du Kyra, kannst ja weiterhin die Internationale auf der Harfe spielen, ich spiele dann ‚Freiheit, Freiheit … von Westernhagen. Das Aufregendste daran wird wohl sein, dass wir keine Höschen anhaben, sondern nur noch dünne Nachthemden.

So mein Liebling, ich hoffe Du wirst das alles richtig verstehen ohne wütend zu werden, auch wenn Du sicher meinst, ich schimpfe mit Dir. Und außerdem, natürlich weiß ich nicht so viel von dem was sich in Deinem Innern abspielt, trotz Deines ausführlichen Buchs. Wie Du aber mir mehrfach bestätigt hast, lag ich mit mancher

Einschätzung über Deine Person bisher nicht so sehr daneben. Lernt man einen Menschen überhaupt total kennen? Manchmal kenne ich mich selbst nicht einmal. Ich möchte nicht von Dir alles wissen was Du gemacht hast, grob umrissen vielleicht ja, will gerne das aufnehmen was Du mir erzählst. Es hat mich eben interessiert was Du am Sozialismus, Lenin, KGB oder der DDR *so toll* gefunden hast. Entschuldige, dass ich diese Worte benutzte! Da unterscheiden wir uns gewaltig. Vielleicht habe ich es nicht so richtig formuliert. Und es war Dein Leben, jeder sollte das Recht seiner politischen Einstellung haben. Und wenn ich alles richtig bedenke, so sehr unterscheiden wir uns in unseren heutigen politischen Aussagen nicht. Ich bin der Letzte der jemanden wegen seiner Einstellung oder seiner Überzeugung verurteilt, das kann ich nur immer wiederholen. Übrigens war ich heute als Gast-Leser beim Fallschirmforum der NVA Elite, habe von Dir gelesen, tolle Frau, das hat mich aber auch nicht weitergebracht in meiner Einschätzung zu Deiner Person. Es ist mir wichtig, Dich als Person kennenzulernen, ohne politische Polemik! Das können wir beide uns sparen. Was uns alles verbindet wissen wir beide und ich denke mit Verständnis für den Andersdenkenden werden wir Freunde für immer bleiben. Vielleicht schaffen wir es nicht immer, uns gegenseitig die Meinung ins Gesicht zu sagen, aber trotzdem zu wissen, dass der andere immer in der Not für den anderen da ist, das ist etwas Besonderes. Versuche mir nichts vorzumachen meine ‚ungeliebte Genossin'! vielleicht wirst Du meine geliebte Genossin in Zukunft ... Wir fühlen bereits längst mehr als Sympathie füreinander, nur habe ich das Gefühl, Du willst oder kannst es nicht zugeben!

Lassen wir uns treiben, genießen wir die Momente, ich jedenfalls nehme es als Geschenk an, und ich weiß Du tust es auch mein Schätzchen. Wovor hast Du Angst? Du hast Angst! Ich sage wieder, mach mir nichts vor, das musst Du nicht. ‚Die Frau aus der keiner schlau wird?' Ich denke ich habe meinen Beruf verfehlt. Ich mag Dich vielleicht nicht in- und auswendig kennen, aber ich sehe etwas, dass Du nicht wahrhaben willst mein Liebling und so manches Mal denke ich, dass ich mehr erkenne als alle bisherigen Menschen um Dich! Lasse Dich mal gehen, und, wie bereits geschrieben, unsere Freundschaft wird noch da sein wenn diese Episode eines vorübergehenden Glücks der Vergangenheit angehört. In gewisser Weise werden wir uns immer noch verbunden fühlen, das weiß ich jetzt schon. Jetzt möchte ich diesen Ausführungen noch etwas Schönes hinzufügen, und ob Du willst oder nicht, ich tue es. Wieso denke ich, dass Du es willst? Ich denke es nicht nur, ich weiß es mein Liebling! Schlaf gut, ich denke fest an Dich, küsse und umarme Dich aufs Innigste, zärtlicher Kuss … fühlst Du mich? Versuch es, wird Dir gut tun! Dein Robert, der jetzt schlafen geht und an die süße Genossin denkt, die mir graue Haare wachsen lässt.

PS: habe Dir ein Videoclip mitgeschickt. Aber raste nicht gleich wieder aus, bleibe ruhig. Es ist auch ‚Deine Gegend'. Büchen, Lauenburg, unglaublich, unsere Wege waren so verschieden und doch so gleich irgendwie. Wie Du siehst, Liebling, wir haben viele Gemeinsamkeiten, sogar an der DDR Grenze hätten wir aufeinander stoßen können! Manchmal stelle ich mir das so vor: Wir hätten uns damals im Dunkeln über den Haufen gerannt, einer rennt Richtung Westen, der andere Richtung Osten.

Denkst Du wir hätten dann zueinander gesagt ‚mach's gut, und da vorne ist ein Erdloch, pass auf!' Nein, mein Liebling, ich hätte Dir misstraut und versucht, Dich außer Gefecht zu setzen. Möchte gar nicht wissen, wie Du reagiert hättest! Was für eine verrückte Welt, wenn ich mir alles mit Dir und mir durch den Kopf gehen lasse! Es ist doch eine Ironie des Schicksals, ich kann's nicht fassen. Liebe Grüsse, Dein Robert

PS: Dein Beitrag ergänzte sich doch prima mit meinen heute. Ja, es ist das Gefühl in mir, dass wir uns schon lange kennen, dieses Gefühl sagt mir immer wieder, wie wichtig Du mir geworden bist. Und das hat mit sexuellem Interesse nichts zu tun. Ich wünschte mir so sehr, dass unsere Freundschaft und Vertrauen zueinander bleibt!

Kyra ist aufgewühlt. Sie sagt ihm ganz ruhig, er solle sie während der politischen Diskussion nicht wie ein dummes Kind ansprechen. Und von Zwangsadoptionen, er möge verzeihen, davon will sie nichts hören, bringt dieses Thema Erinnerungen zurück, die sie bis heute nicht verkraftet hat. Sie sagt ihm: „Du denkst weiterhin ich habe nichts verstanden. Bleibe in dem Glauben. Ist es ein Wunder, dass ich mich nicht öffnen kann?"

Und Robert! Die letzten Jahre meines Russen mit unserer Tochter waren die schönsten Jahre für ihn, es war sein einziges Kind. Wie ich diese beiden Menschen verlor, war es ein traumatisches Erlebnis, aus dem ich bis heute nicht erwacht bin. Können wir das Thema bitte vergessen? Wie Du siehst, ganz so einfach mit Zuckerbrot und Peitsche war das alles nicht."

Robert entschuldigt sich, er sagt Kyra, dass er keineswegs alte Wunden aufreißen wollte. Es wäre ihm um politische Zwangsadoptionen gegangen. Er bittet Kyra um Verzeihung.

Es geht schnurstracks weiter in Sachen Politik. Nun, da habe ich doch wohl einiges verkehrt aufgefasst schreibt er. Der Begriff Marxismus-Leninismus bezeichnet die offizielle politische Ideologie der Sowjetunion, ab Mitte der 20iger Jahre. Oder bin ich da auch auf dem falschen Dampfer? Diese politische Ideologie wurde ebenfalls von der DDR übernommen. Lassen wir das Thema für eine Weile. Ich sehe, wir reden öfter Mal aneinander vorbei. Zur Normalität zurück, lassen wir unsere Ideologien auf den Schlachtfeldern etwas links liegen, und befassen wir uns mit dem Menschen! Ich ändere diese Welt nicht mehr und Du auch nicht! Und besser wird diese auch nicht werden. Es gibt da ein paar ganz andere Themen meine Liebe.

Robert wird immer aufdringlicher, aber auf nette Weise und er drückt Knöpfe in mir, als wenn er mich seit Jahren kennt. Seine Aussagen schmeicheln mir, ja, ich bin eben eine Frau. Ich bin sauer über seine Aussage … ‚was ich so toll finde an meiner Ideologie‘ … und ich sitze hier und flenne vor dem Computer. Dennoch hebt er mich wieder auf mit seinen Küssen. Ich nehme mir vor, dass er mich so schnell nicht bekommen wird, auch wenn ich mich hoffnungslos zu ihm hingezogen fühle. Ich sage meinen Genossen zwar erneut, dass ich verliebt bin, aber erwähne weiter nicht viel.

Mein lieber Robert, hoffe es wird bald besser mit Deiner Schulter, bis auf die üblichen Wehwehchen, lässt mich mein Knie nur nicht in Ruhe! Alles normal denke ich. Was ist schon normal? Und mein Lieber, für graue Haare gibt es Tönungen! Musste Computer wechseln, jetzt im Dezember schrieb ich nur vom großen PC, da fehlten mir einige Emails von Dir im Laptop. So will ich nicht auf alles eingehen. Nur war ich sehr durcheinander über einige Deiner Bemerkungen. Ist ja ähnlich wie im Forum, dann raste ich eben mal aus. Es tut mir leid, dass ich so reagiert habe. Ich habe Deine vermeintlichen Vorwürfe mir gegenüber etwas genauer betrachtet und ich kann nur sagen, ich habe diese nicht richtig verstanden. Auf der anderen Seite, warum fühle ich mich immer angegriffen Robert? Ist es weil ich zu lange geschwiegen habe und nicht das Gespräch gesucht habe, zumal ich kaum Deutsch spreche hier. Ich muss Dir erklären, ich habe auch früher oft Aussagen falsch verstanden, dann wehre ich mich eben, wenn ich denke, dass diese gegen mich gerichtet sind. Ich hasse Unterstellungen und Oberflächlichkeiten. Ich empfand den Ausdruck von Dir, ‚so toll gefunden' was Sozialismus oder Kommunismus anbelangte, als total abwertend, deshalb habe ich so reagiert. Bitte, nicht sauer sein. Wenn es etwas gibt auf der Welt, ich möchte nur richtig verstanden werden, und auch wenn ich eine andere Meinung habe, akzeptiert werden so wie ich bin und denke. Auf der anderen Seite lese ich so gerne Deine Emails. Ich mache so viel, ich kann so viel Robert, alles unwichtig war das im Leben scheinbar und jetzt bist Du auch sauer auf mich. Meine größte Kunst bestand darin, Menschen zu belügen und zu manipulieren. Einfach ging mir das von der Hand, wie selbstverständlich. Wie oft habe ich mit großen braunen Augen gestaunt und wusste ganz genau, ich würde das mir angeeignete Wissen nur für meine Genossen verwenden, ihnen dieses Wissen sofort zugänglich machen. Ich will nicht darüber diskutieren, ob Geheimdienste notwendig waren oder nicht, das ist Blödsinn. Ich kann doch nichts mehr verändern, ich stehe zu dem was ich getan habe, und Du selbst sagst, jeder muss nach seinem eigenen Empfinden handeln. Dieses Metier ist so alt wie die Welt, bereits in der Bibel heißt es, ‚gehe hinaus in Deines Nachbarn Haus und sehe dort was sich abspielt für Deine Vorteile …' so oder so ähnlich, ich bin kein fleißiger Bibelleser und habe mit der Religion nichts im Sinn, aber daran erinnere ich mich noch! Ganz abgesehen davon, denke ich schon, dass die beiden Blöcke über Jahrzehnte gerade durch die Arbeit der Geheimdienste und der darin wirkenden Agenten in ihren Grenzen gehalten wurden. Richtig wie Du geschrieben hast, lange Zeit haben wir Frieden gehabt. Robert, kann ich das Thema mal wechseln? Seitdem Du mir öfter so schöne Worte geschrieben hast, bin ich ein bisschen durcheinander und ich kann heute nicht an Politik denken. Deine Zeilen haben mich rot werden lassen und es kam ein ganz warmes Gefühl in mir auf. Ich soll dieses Gefühl nicht bekämpfen sagst Du? Ich bin eine große Kämpferin, aber diese Gefühle kann ich nicht bekämpfen. Ich bin doch nicht nur Genossin, bin eine Frau und fühle mich wie so oft im Leben ziemlich alleine. So sage ich Dir, dass ich schon die Befürchtung habe, dass ich etwas Falsches schreiben könnte, obwohl, ich möchte gerne Dir was Schönes schreiben. Ich komme mir vor wie doof. Was schreibe ich also? Du inspirierst mich. Es gefällt mir, mich mit Dir zu unterhalten. Ach, Banane. Was ich wirklich schreiben möchte ist, dass es mir gefällt, dass Du mir so liebe Worte schreibst, dass Du mich innig an Dich drückst, wer hört solche Dinge nicht gerne. Hast Du eine

Ahnung wie ich hier sitze und diese Worte immer wieder lese. Ich möchte auch schreiben wie ich fühle, aber ich habe eben Angst, dass ich wieder einmal im Leben etwas falsch mache. Kann ich Dir vertrauen, sagst Du mir die Wahrheit oder willst Du mich nur aushorchen und wirst meine Worte gegen mich verwenden? Vielleicht schaut mal her, die Genossin lässt sich von einem Republikflüchtigen einlullen, der es nur darauf abgesehen hat sie ins Bett zu bekommen, und womöglich noch ganz was anderes mit ihr im Sinn hat. Wahrscheinlich wirst Du mir sagen, das sind blöde Gedanken, für mich nicht. Lache bitte nicht darüber. Ich bin jetzt ein bisschen aufgewühlt, ich mache lieber Schluss für heute. Vielen Dank, dass Du für mich da bist, liebe Grüsse Robert, Deine Kyra PS: Ich verspreche Dir, Morgen schreibe ich Dir ein paar nette Worte. Und noch etwas, wenn wir auf der Wolke da oben sitzen, kann ich dann lieber eine Balalaika haben und ein rotes Nachthemd haben statt ein weißes? Mir ist nicht so nach Harfe und weißem Nachthemd, passt nicht so ganz zu mir! ☺☺☺ … so, und nun höre ich auch auf mit der Politik, für heute wenigstens!

Es ist das erste Mal, dass Kyra ‚Deine' Kyra schreibt.

Es ist fast Mitternacht in Deutschland, trotzdem bin ich verwundert aber glücklich, dass Robert gleich zurück schreibt.

Mein Liebling, ich musste schmunzeln, aber, denke nicht, dass ich Dich auslache, bist Du erst fünfzehn Jahre alt? – bitte beruhige Dich, es ist gut, dass Dir meine Worte gefallen haben. Ich werde Dir jetzt nur gute Nacht sagen, schreiben werde ich ausführlicher Morgen. Du siehst alles richtig, nur nicht, dass ich Dir nicht solche Zeilen schreiben würde, wenn ich diese nicht Ernst meine. Ich mache mir keine großen Gedanken, genieße unsere Zweisamkeit zunächst via Email, lasse es über Dich rieseln, wehre Dich nicht. Das musst weder bei mir die Powerfrau spielen, noch musst Du Deine Gefühle einschließen. Bei mir nicht. Sei ruhig aufgewühlt, das ist schön, zeigt es doch, dass in Dir so viel Gefühl steckt und Du wieder einmal im Leben ohne wirkliche Liebe da stehst. Habe ich das Blut meiner kleinen Dewushka in Wallung, das Denken der Genossin total durcheinander gebracht? Dann gehe ich davon aus, dass Du schon lange nicht mehr solche Worte gehört hast. Schlaf gut, ich küsse Dich überall, Dein Robert PS: Und Morgen lässt Du Dich mal gehen und schreibst das was Du möchtest oder eher, das was Du fühlst. Merke Dir, auslachen werde ich Dich niemals. Ich stelle mir hingegen auch die Frage: Was macht diese ungeliebte Genossin mit mir? PS: Die Balalaika ist genehmigt. Und ein Nachthemd brauchst Du nicht, weder weiß noch rot! ☺☺☺ …

Ich sitze vor diesem blöden Computer. Groß prangen seine Worte mir entgegen. Ich verliebe mich nicht sehr schnell, bin wohl ein anhänglicher Typ Mensch, aber alles musste immer stimmen bei mir. Menschliches Gedankengut und Intelligenz, Humor und auch der Wunsch nach einem richtigen Mann, der mir den Weg weisen könnte. Deshalb fühlte ich mich wohl zwischen meinen Towarishi immer wohl, auch wenn alles nicht gut aus ging im Leben. Meinen ersten Führungsoffizier räumte ich beiseite, dem zweiten stand ich loyal zur Seite. Die Liebe kam mit einem anderen dazwischen. Nun nimmt das Gespräch mit Robert eine ungewöhnliche Wende. Gibt es diesen

Robert überhaupt? Was weiß ich von ihm? Morgen werde ich nach Fotos fragen. Ich muss wissen wie er aussieht. Ich habe etwas im Internet gesucht. Ja, es gibt diesen Robert in Hamburg, mit Telefonnummern und Handy. Wer weiß, wer *dieser* Robert ist, der mir schreibt? Bin ich eine dumme Gans, nun, so viel hört man was sich über das Internet ereignen kann. Vielleicht ist er ein Serienmörder. Ich muss über mich selbst lachen! Kyra, Du bist eine dumme Kuh. Tatsache ist, dass ich nach seiner nächsten Email giere. Aber ich bin dran sagt er. Nachts werde ich wach, es ist gegen 9.00 Uhr morgens in Deutschland. Ich schmeiße den Computer an und finde eine weitere kurze Email von ihm.

‚Konnte nicht schlafen, hier in Hamburg bricht der Tag an und ich werde im Forum schreiben, warte auf Deine liebe Email, hoffe Deine Feen beschützen Dich, schlafe sanft meine kleine Maus, stelle mir das bildlich vor, wie Du in den Kissen liegst, warm und weich … Kuesschen, Dein Robert.‘

Aus. Herzklopfen habe ich, trinke eine Tasse kalte Milch, haue mir eine ordentliche Portion Haferflocken rein, setze mich auf meine große Couch, ziehe die Beine hoch und löffele und schlürfe die Tasse leer, fühle mich unendlich gut. Auch wenn die Angst mich nicht vollkommen loszulassen scheint, bin ich glücklich. Es gab genug andere Situationen in meinem Dasein die gut waren, und die dann dem Leben zum Opfer fielen. Und wenn dies nur noch zwei Tage dauert sage ich mir, ich nehme es mit. Als die Sonne über Kentucky aufgeht sitze ich bereits nach übrig getaner Arbeit wieder am Computer. Alles geht mir eigenartigerweise so leicht von der Hand, beschwingt erledige ich alles problemlos. Ich nehme mir vor, Robert heranzulassen an mich, er soll nicht nur in meine Seele schauen, er soll mich erwecken zum neuen Leben. Aber zuerst muss ich ihm etwas mitteilen, so setze ich mich wieder an den Computer.

Kyra wird mutiger.

Robertchen, ich küsse Dich, es ist gleich Mittag bei Dir, und hier geht eine herrliche Sonne am blauen Himmel über die Muldraugh Berge bei Fort Knox auf. Diese Zeit am frühen Morgen genieße ich, im Sommer wie im Winter. Robert, ich bin hier schon fast zehn Jahre. Mein Ehemann hat mich gut behandelt. Meine große Liebe hat damals nie die Gelegenheit dazu bekommen, aber alles andere was um mich schwirrte waren Schmeißfliegen oder nicht der Rede wert. So viele Männer waren es allerdings auch nicht. Ich denke die heute fünfzehnjährigen Mädchen haben mehr hinter sich als ich im ganzen Leben. Den Traum von Russland habe ich immer noch, es verbindet mich noch so viel mit diesem Land. Ich habe Freunde dort. Diese werden wahrscheinlich nie nach Deutschland kommen können, aufgrund ihrer ‚Arbeit'. Ja, wie alles miteinander verflochten ist. Manchmal denke ich, ich komme nie aus dem Metier. Ich bin in allem was ich tue eine einsame Wölfin, aber, ich möchte nicht ganz alleine bleiben. Und ich weiß, die lassen mich niemals in Moskau alleine auf die Strasse gehen, einen russischen Mann kann ich später nicht so ohne weiteres betrügen. Ich rede Blödsinn wieder. Einen russischen Mann müsste ich auch nicht betrugen. Kommt Zeit, kommt Rat. Wenn ich hier alles abgewickelt habe, komme ich nach Deutschland, und da werde ich schon machen können, was ich will. Aber andererseits, was habe ich in Deutschland bislang? Meine Kinder brauchen mich längst nicht mehr, die gingen schon früh ihren eigenen Weg, sie mussten es gezwungenermaßen. Trotzdem bin ich zufrieden und die sind es auch, sie bezeichnen sich selbst als sehr selbstständige Menschen, sind froh auf eigenen Füßen zu stehen. Du kennst mich schon etwas besser, bitte schreibe mir weiter und ich werde versuchen, in Zukunft alles richtig zu verstehen und erst dann zu antworten, wenn ich alles verstehe! Gehe aber leise mit mir, ich habe so lange Jahre nicht geredet! Ich wusste immer was ich wollte, man verkennt mich oftmals. Meine Spur zu verfolgen oder überhaupt zu verstehen war nicht einfach. Erst die Flucht and die Grenze, dann die Flucht in die Sowjetunion, und nun sitze ich hier in der Einsamkeit in diesem ungeliebten Land. Ich hasse Amerika nicht, aber ich bin so weit fort von allem, was ich geliebt habe. Alles hat einen Sinn, und ich wiederhole mich, ich weiß was ich will! Aber wenn ich Dein Leben so anschaue, ist es auch nicht immer gut ausgegangen, und Du hast auch nicht aufgegeben. Heute bist Du doch auch mit Dir zufrieden. Ich möchte auf Deine letzten Zeilen eingehen, wenn ich ein bisschen mutiger bin, vielleicht später, habe ins Forum gesehen und mich schrecklich aufgeregt wieder, und nun überlege ich aufzugeben. Liebe Grüsse, Deine Kyra

Robert lässt mit der Antwort nicht lange auf sich warten.

Hallo mein Schatz! Na, die Email war ja aufschlussreich. Du bist weitaus mehr belastet weiterhin, als Du zugibst. Auf einiges werde ich später kurz eingehen. Ich wollte auch einmal aus dem Forum austreten. Du siehst das alles richtig. Bei mir ist es so, dass ich schon sehr viel in diesem Forum geschrieben habe und von Anfang an dabei bin. Ich bekam so viele Bitten zu bleiben. Als ich die Antworten auf meinen Abschiedsbeitrag gelesen hatte, konnte ich nicht anders und blieb im Forum. Ich denke, dass machen viele durch. Irgendwie gewöhnt man sich an die Burschen da, gleichgültig auf welcher Seite diese stehen.

Ja! Ich kenne Dich etwas inzwischen, da gebe ich Dir Recht. Und es ist so schrecklich, was ich alles von Dir gelesen habe in Deinem Buch. Ich kann mich noch nicht ganz davon lösen. Am liebsten möchte ich Dich trösten und immer wieder in den Arm nehmen und Dich ganz still einige Minuten an mich drücken. Rede Dir nur alles von der Seele, auch wenn Du es manchmal falsch anbringst, ich verstehe Dich und gehe behutsam mit Deinen Aussagen um. Merke Dir, ich bin von nun an für Dich da und höre Dir zu, immer. Ich kann das alles was Männer Dir angetan haben, nicht rückgängig machen, aber Dir das Gefühl geben, verstanden und geliebt zu werden. Deine Wunde Seele braucht besonders viel Liebe und Zärtlichkeit. Alles was möglich ist, werde ich Dir geben. Es ist zwischen uns, gleichgültig wie unsere Lebenswege verlaufen sind, so viel Gemeinsames vorhanden. Auch ich hätte ebenfalls gerne als Archäologe gebuddelt, mein Traum war Südamerika oder das Grab von Dschingis Khan. Leider war nie die Möglichkeit vorhanden. Zufrieden muss ich trotzdem sein.

Im Übrigen, Du hast mich mit meinem Beitrag im Forum wieder falsch verstanden mein Schatz. Es ging mir darum, dass wieder ein Thread wie dieser nicht zerredet wird. Da wird unter die Gürtellinie gehauen. Und im Prinzip wollen viele überhaupt keine Versöhnung. Ich denke allein das Wort Versöhnung hat Würde verdient, und muss nicht herhalten um sich anzugiften. Mein Beitrag bezog sich nicht nur auf die letzten Antworten dazu. Kid schrieb, Ihr Agenten habt im Grunde keine Heimat mehr. Nun, ich gab nur zu verstehen, dass Ihr bei Eurem Job immer damit rechnen musstet zu verlieren. Der Sieger allein bestimmt was Recht ist! Wenn es Versöhnung gegeben hätte, und man hätte Euch die Hand gereicht, hättet Ihr leichter eine Heimat finden können. Nur, die meisten sind offenbar dazu nicht bereit dem ehemaligen Gegner die Hand zu reichen. Es ging mir mit Sicherheit nicht darum, Dich oder Kid anzugreifen. Ich kenne die Geschichte von Jeffrey. Habe nun wieder etwas mehr verstanden von dem was Du redest und werde daher nicht wieder damit anfangen, will Dich nur langsam einführen in diese streitbare Welt. Dein Traum von Russland ist tollkühn, und doch sehr mutig. Und Deine Beweggründe kann ich auch verstehen, seitdem ich weiß was Dich mit diesem Land und den Menschen alles verbindet. Ich kann Dir nur die Daumen drücken, dass Du Deinen Wunsch einmal in die Tat umsetzen kannst. Es stimmt, es verbindet mich einiges mit Dir, ich finde Dich attraktiv, höchst interessant, intelligent und auf ganz besondere Weise fühle ich mich zu Dir hingezogen. Das beinhaltet auch körperlichen Sex, den ich in Gedanken schon oft durchführe mit Dir. So jung sind wir nicht mehr und die Chancen werden immer weniger. Ja mein Mädel, ich mag Dich sehr, ich liebe Dich auf eine besondere Weise und werde immer gieriger nach Deinem Körper. Doch ob das alles für die Zukunft genug ist, steht auf einem anderen Blatt. Auch wenn Du mich manchmal falsch verstehst, mach Dir keine Sorgen, zwischen uns ist wieder alles wie es war. Ich werde in Zukunft vorsichtiger sein mit Dir und mich besser ausdrücken, merke doch, wie empfindlich Du oft reagierst. Meine harte kleine Genossin hat so viele kleine offene Wunden. Aber trotzdem sage ich Dir, nehme Dir nicht alles was im Forum geschrieben wird so zu Herzen! Es lohnt sich nicht! Ich umarme Dich und halte Dich, küsse Dich auf den Mund, lasse meine Zunge mit Deiner Zunge spielen und presse Dich fest an mich, damit Du merkst was in meinem Körper passiert – wolltest Du mir nicht ganz etwas anderes schreiben, etwas besonderes, etwas Schönes? Ich warte. Nur zu. Dein Robert, der Dich mit ganz anderen Augen mittlerweile sieht.

Ich habe Herzklopfen und lese so gerne was er schreibt. Jedes Wort sauge ich auf. Nicht nur sein Wissen und seine Erklärungen. Irgendwie habe ich das Gefühl, ich weiche auf, auch wenn meine Standhaftigkeit in Sachen Ideologie weiterhin bestehen bleibt. Eine Sache, die ich mir von niemandem mehr streitig machen lasse. Aber seine netten Worte, die gefallen mir und er wartet darauf, dass ich darauf reagiere. Noch zögere ich. Und außerdem möchte ich ihn warten lassen. Dafür setze ich den Focus weiterhin auf seine Politik und lasse mich weiter aufklären, obwohl ich mich ihm längst hingeben möchte. Was bin ich wieder unehrlich – nicht wirklich, das ist doch mehr eine frauliche Unehrlichkeit. Welch ein Trost für mich, ich bin ganz normal! Wusste ich das doch immer! Am nächsten Morgen geht es wieder mit der leidigen Politik los.

Guten Morgen Liebling, mache Dir nicht so viele Gedanken über Gewesenes. Ich versuche nicht mehr so oft darüber nachzudenken, warum weswegen oder zu was Menschen fähig sind! Denke doch noch weiter zurück zu was die Wachmannschaften in den KZs oder andere fanatische Anhänger dieses 3. Reichs fähig waren. Und dabei waren das studierte Menschen, nicht nur stupide perverse Individuen. Logisch, dass sich ein Mensch mit perversen sadistischen Eigenschaften besonders wohl fühlt, wenn er in seinem Job seine Neigungen ausleben kann. Für mich waren diese Menschen einfach verblendete Kranke. Bei meinem Abtransport damals in Untermassfeld, war der Wärter, der mir damals mit dem Kübel ein Bein stellte dabei, er händigte mir die Effekten aus. Dabei sagte ich leise zu ihm „Dich soll der Blitz beim Scheißen treffen, du perverses Arschloch". Der schaute so blöd, und sagte kein Wort. Ich dachte jeden Augenblick geht das Geschrei los und ich werde in den Verwahrraum gebracht. Es geschah nichts. Es gab auch einen menschlichen Wärter, den ich erlebte, in Leipzig, in der Beethoven Strasse. Im Knastjargon war das die Beethoven Diele. Es kam manchmal ein älterer Wärter in meinen Verwahrraum, steckte sich eine Zigarette an und zog kurz daran, dann ließ er diese für mich liegen. Ich war doch erst 18 Jahre alt, die Zigarette schmeckte und ich war dem Mann dankbar!

Bestie Mensch, der eine war so, der andere so. Manchmal muss man sich schämen dieser Spezies anzugehören. Wir töten untereinander, zerstören unsere Erde, vernichten unseren eigenen Lebensraum. Profit, Profit! spukt es in den Köpfen, wir taumeln benebelt um das goldene Kalb, bis wir tot umfallen. Aber eben manchmal gibt es

Lichtblicke, leider nur wenige. Wir ändern sie nicht mehr, diese Welt. Und der Sozialismus? Nun sag, wie soll der mit diesen Menschen funktionieren?

Hab Dich ganz doll lieb. Dein Robert

Ich merke doch, dass Robert sich aussprechen will. So ruhig wie er sich gibt, manchmal scheint es, als wenn alles hochkocht in ihm. Er ist wirklich beliebt im Forum, hat einen unerschütterlichen Standpunkt, auch Gegner haben höchsten Respekt vor ihm. Er freut sich immer, wenn Leute fair miteinander umgehen.

Er schreibt mir: „Es stimmt mein Liebling, Du hast genug bezahlt für das was Du getan hast, zu viel. Dein Preis war verdammt hoch. Du hast viel verloren. Das schreibe ich aber unabhängig, ob ich Dein Tun nun positiv oder negativ sehe. Es ist einfach eine Feststellung. Deine Haftbedingungen in der BRD habe ich mir so nicht vorgestellt. Du siehst Dich als politischer Häftling. Offiziell gab es so etwas nicht in der BRD. Du warst eher eine enttarnte Ostspionin. Ich verstehe Dich aber! Ich habe kein Recht zu richten, da ich heute viel mehr über Dich weiß, kann ich Dich besser einschätzen. Verstehen werde ich einiges niemals, genauso wirst Du einiges an mir nicht verstehen. Trotzdem sehen wir beide die Realitäten, sehen was Unrecht war und ist. Ich habe keine Ahnung, ob es ein vorgeschriebenes Schicksal gibt. Manchmal denke ich ja. Ich weiß nur, wären wir uns in einem anderen Leben begegnet, hätten wir eine Chance gehabt zusammenzukommen. Ich denke wir hätten auch zusammengepasst. Nun machen wir etwas, damit unsere geschundenen Seelen etwas Leid hinter sich lassen können. Dass es ausgerechnet der alte Klassengegner ist, durch oder mit dem es passiert ist, das ist das menschliche daran!

Über alle Gedanken hinweg, kleine Kommunistin, ich werde Dich vernaschen!

Auch im Falle, dass ich mich wiederhole: Habe Dich ganz, ganz doll lieb. Dein Robert, der es nicht erwarten kann, Dich in die Arme zu nehmen.

Kapitel VIII

Persönliche Grenzen

Liebe Kyra!
Ich habe mich wie immer sehr über Deine Mail gefreut. Deine Paranoia und Angst, dass alles mit uns wieder vorbei ist, ist wieder völlig unbegründet! Nun was soll denn vorbei sein? Hat etwas schon angefangen?? ...*schmunzel* *schmunzel*.

Wir kennen uns doch nicht einmal persönlich. Nette Zeilen wanderten über den Teich. Ich habe Dir wohl im Gegensatz zu den vielen Trotteln um Dich in Amerika, offen geschrieben wie ich Dich sehe. Mir ist klar was Du brauchst und was nicht! Wie Dich die Anderen sehen als unnahbare starke Frau entlockt mir höchstens ein Lächeln. Ich dachte da nur, ihr Blinden. Nun, ich habe wieder die Frau in Dir geweckt mit all ihren Sehnsüchten und Wünschen. Das wollte ich unbedingt, damit Du Dich wieder vollwertig als begehrenswerte Frau siehst. Und das bist Du auch. Liebe versprach ich Dir zumindest bisher nicht. Ich sagte Dir ohne Umschweife, dass ich mit Dir schlafen will, ich will Dich nehmen wie ich möchte. Das werde ich auch tun! Und ich weiß, dass Du das genauso so möchtest, es nur noch nicht zugeben kannst. Du brauchst diese starke Hand, damit Du funktionieren kannst. So viele Jahre hat man es Dir beigebracht zu funktionieren. Es ist in Dir fest verankert. Immer hast Du förmlich um Liebe gebettelt, ich möchte Dir diese geben, werde aber keinen Nutzen daraus ziehen, wie all die anderen in

Deinem Leben, wenn Du das doch endlich kapieren würdest. Aber wenn Du es endlich begreifst, dann musst Du auch wollen. Du musst wieder unter normale Menschen, ich bin einer davon. Nicht, dass Deine Genossen keine normalen Menschen sind, im Gegenteil, flotte Kerle auf den Fotos. Aber bevor einer dieser Genossen wach wird und Dich mir wegschnappt, schlage ich zu … nur, merke Dir, bei mir wirst Du kein Teufel sein auch kein englischer Löwe, sondern das Handzahme Kätzchen in das ich Dich verwandeln werde. Ich werde Dir wieder zeigen dass Du einen Körper hast der nach Liebe und Zärtlichkeit schreit. Diese Freuden bringe ich Dir zurück. Allmählich erkennst Du dann selber was Du ändern musst, um einen richtigen Partner für Dich zu finden. Es sei denn, Du möchtest mit mir zusammen bleiben. Das ist die brutale Wahrheit, die ich Dir heute präsentiere, was anderes kann ich Dir nicht schreiben. Dir muss man es so an den Kopf knallen, damit Du aufwachst. Also was hast Du zu verlieren, es hat doch noch nicht einmal richtig mit uns angefangen. Ich mag Dich, ich möchte Dich haben, Deinen Körper, Deine Seele. *Ich* bin der Teufel, nicht Du. Du gefällst mir immer mehr, warum sollte ich Dich fallen lassen?

Und noch etwas, ich denke nicht einmal daran Dich aufzugeben, Du bist mir lieb und teuer geworden. Kommt Zeit kommt Rat. Wir werden sehen wie sich alles entwickelt. Jetzt denke ich nicht soweit. Du schreibst Du möchtest im Februar kommen. Wann und wie lange bleibst Du? Und wenn Du Deine Ängste überwinden kannst, dann werden wir die schönsten Tage und Nächte zusammen verbringen. Auf Deine Fragen eingehend: Ich bin 187 cm, habe einige Kilos auf dem Körper. Foto von mir schicke ich mit. Ich bin damit nicht der drahtige, sportliche, muskulöse Typ, aber abstoßend bin ich auch nicht! Würde mich eher als eine geballte Ladung bezeichnen. Ich mag Deinen Körper, er ist genau richtig. Du machst mich wahnsinnig. Meine Vorstellungen gehen schon in Tagträume über, und ich stelle mir vor, wann ich endlich diesen warmen Körper an mich drücken kann. Also denke nicht mehr zuviel nach was Du wieder einmal verlieren kannst. Ich habe nicht die Absicht Dich zu verlieren. Und Freunde werden wir bleiben, egal was später kommen wird, ich werde immer für Dich da sein.

Ich grüße und küsse Dich innigst, und öfters ertappe ich mich wie ich mir gerade vorstelle was ich mit Dir machen möchte. Mein kleiner Freund bemerkt meine Erregtheit immer öfter auch.

Noch schönen 2. Advent, Dein Robert.

Gedicht für Kyra von Robert:

Dunkle Nächte im Dezember
Melancholie das Herz erfüllt
Doch der Frühling der kommt wieder
Sonne bald Dein Herz erfüllt
Lass die Hoffnung niemals sinken
Sonst wird Deine Seele krank
Die Liebe auch Dich wird finden
Herz an Herz Dir wieder bringt
Mein 1.Gedicht für meine Kyra, meiner starken und doch so schwachen Frau!

Unbeholfen und krumm kam das Gedicht in seiner Mail an. Es war trotzdem herrlich!

Ich muss einfach sofort antworten, dann hat er meine Email zum Frühstück. Guten Morgen mein lieber Turtle, es ist hier 4.20 am frühen Morgen und ich sende Dir ein paar Zeilen. 187 cm? Da komme ich nicht ganz mit meinen 156,5 cm! Danke für die Email und für die lieben Worte, auch für das Gedicht. Ich konnte wieder einmal nicht schlafen. Und da bin ich sofort an den Computer gegangen. Wollte mir ein paar liebe Worte wenigstens anhören und da waren sie denn auch … Deine Email.

Das Gedicht ist so nett. Danke dafür. Ich werde es ausdrucken und immer lesen, immer wieder. Wie wenig es doch nötig ist, bei mir Freude auszulösen, und ich muss zugeben, mir fehlt solche Freude doch! Bilde Dir nichts ein, aber Du gibst mir etwas mit Deinen Worten. Ja, ich möchte mehr von Dir haben und mich an Dich festklammern, aber ich bin auch vernünftig, obwohl ich nicht wirklich vernünftig sein will! Muss ich das noch in meinem Alter!?

Diese Beziehung zwischen uns ist so wichtig, für mich jedenfalls, und für uns beide ist es, wie Du sagst, etwas ganz besonderes. Ja, unsere Geschichte ist doch gemeinsame Geschichte und wir sind darin wie in einem großen Strom der uns mitreißt und uns kaum zur Besinnung kommen lässt, aber wir halten aneinander fest, das ist wichtig. Die Königskinder, die zueinander nicht kommen konnten – die Du erwähnt hast, das ist ein guter Vergleich, aber wir werden zusammen kommen. Du schreibst ‚meiner' starken und doch so schwachen Frau. Das Wort ‚meiner' löst in mir so verschiedene Gedanken wieder aus. So lange ist es her als einer sagte ‚meine' Dewushka zu mir. Und hattest Du jemals gedacht, dass gerade Du solche Worte an eine ehemalige Gegnerin –Feindin Deiner Lebensauffassung aussprechen würdest?

Ich werde den Mann den ich suche, mit Sicherheit finden schreibst Du? Was macht Dich so sicher? Was macht Dich sicher, dass ich einsame Wölfin einen für das Leben suche? ☺ ☺. Ja, von der Hoffnung handelt mein Gedicht, das ich Dir schickte, auch das gebe ich zu. Ich werde nie aufhören zu träumen, aber ich bin erstmal froh, dass ich da sein kann für Dich und Du für mich in diesen Gesprächen. Ich möchte vielleicht mit Dir zusammen sein später, warum nicht? Mir wird nachgesagt, ich würde nicht erwachsen werden, da wirst Du viel Spaß haben! Okay. So habe ich eben auch das Gefühl oftmals, dass ich auf dem Spielplatz des Lebens stets alleine und abgeschoben in der Ecke stehe. Aber ich will das Thema wechseln und zum 2. Advent etwas fröhlicher sein, wenigstens versuchen kann ich es ja. Und Du brauchst Dir keine Gedanken um mich zu machen in der fröhlichen Weihnachtszeit wo die Kassen klingeln in alt gewohnter Manier!

Es gibt hier kein Advent, keine schonen Lieder, nur ständige Berieselung seit Ende September in den Weihnachtsauslagen. Ein richtiges US Weihnachten, Geschäft wie immer! Ach Robert, was interessiert uns Weihnachten, hier oder da. Weihnachten findet statt.

Du sagst mir, ich soll immer alles schreiben was mich bedrückt. Deshalb muss ich erst etwas bekennen. Ich habe gestern Nachmittag plötzlich Gedanken bekommen, die übliche Paranoia, was wenn er – was wenn er nur aus ist mir zu schaden? Ich las alle Deine Emails wieder durch. Bekam Angst und weinte, es ist so schwer für mich Vertrauen aufzubringen. Dann las ich alles noch einmal.

Und dann sagte ich mir, wenn es dann tatsächlich so ist, dann ist es eben tough shit. Es ist die Wahrheit, die ich schreibe über mich, und wenn Du diese für andere Zwecke benutzen willst, dann ist es so. Wäre nicht das erste Mal, das ‚Mann' mich hintergeht. Für ein paar Tage, Wochen, Monate vertrauen haben und schöne Worte hören, das will ich, wenn dann der Himmel wieder grau wird, bleiben doch ein paar Geigen hängen. Dann habe ich ein paar nette Erinnerungen. So sagte ich mir. Ja, das ist eine Schwäche von mir mit diesem Vertrauen, entstanden aus dem unerbittlichen Leben. Dann ging es mir gut gestern Abend wieder und ich wollte Dir schreiben, aber Du hattest schon schönes Wochenende geschrieben und da wollte ich nicht stören. So bin ich nun, ich bildete mir ein, Du hattest etwas Besseres vor. Ich habe immer Rucksicht genommen auf Menschen, und dabei wird es bleiben. Aber nun schreibe ich trotzdem, weil ich Dich vermisse.

Ich mag auch keinen Rummel, wir haben auch oft gefeiert in Russland aber immer in Familie, wir waren eingeschweißt, ich vermisse diese Familie so sehr. Aber auch diese werde ich wiedersehen und ich werde dort wieder einwachsen. Aber wer weiß wie alles weiter geht, ich will daran nicht so stark denken. Wir leben für den Augenblick ja? das sagst Du immer. So will ich es tun. Russland muss offen bleiben für mich, solange ich keinen Anker in Deutschland habe.

Und, mein lieber Robert, wir können uns lieben, Liebe kann so schön sein. Lese die Worte in meiner Website. Man kann sein Herz verteilen, ich musste es immer, das kann man. Man muss nur auf dem Teppich bleiben, das ist nicht immer einfach, aber es gibt immer einen Weg. Du wartest auf meine schönen Worte an Dich? Die kann ich Dir geben: Ich möchte Dich spüren, ich möchte, dass Du mich lange und intensiv küsst, mich fühlen lässt, dass Du mich haben möchtest. Ich möchte, dass Du mich überall anfasst, mich streichelst und mir nette Worte ins Ohr flüsterst, ich möchte, dass Du mich nie wieder loslässt. Ich werde Dich glücklich machen, auch wenn ich nicht Deiner Meinung immer sein kann, ich werde Dich verwöhnen, ich kann das, Robert – und ich werde es tun. Kuesschen, Deine Kyra

Liebe Kyra, ich habe Deine Zeilen genossen Genossin! Ja, ich werde Dich gewähren lassen, genau wie Du mich gewähren lassen wirst. Wir werden verschmelzen, unsere Sinne werden jubeln. Lasse uns einfach genießen ohne Angst danach. Es gibt so viele schlechte Momente, nehmen wir die schönen Stunden mit. Weißt Du liebe Kyra, eine Frau wie Du braucht doch die Liebe körperlich und seelisch. Welche Verschwendung, dass die Männer um Dich das nicht bemerken. Allerdings hast Du denen auch noch nicht die Chance gegeben und Deine prüden Amis, da läuft wohl nicht viel! Deshalb drängele ich mich jetzt vor! Deine Genossen sind weit weg und ich bekomme langsam eine Ahnung, wie zurückgezogen Du lebst. Ich habe es sofort gesehen, wie stark und auch wie schwach Du bist. Du weißt, ich habe in Deine Seele gesehen. Wir hätten zusammengehört, doch so unterschiedlich wie unsere Vergangenheit war, konnten wir nie zueinander finden. Das Lied „Es waren zwei Königskinder“ fällt mir immer wieder ein. Ich kann nur hoffen, das wird nicht unser Schicksal sein. Die konnten zusammen nie kommen, denn das Wasser war viel zu tief… Ich liebe dieses

Lied, überhaupt traurige melancholische Lieder liebe ich. Besonders auch die russischen, wie Stenka Rasin oder Stalins Lieblingslied Suliko. Meine Kyra, Du hast in mir einen Mann gefunden, der Dich versteht und Dich respektiert und der erkannt hat, wie sehr Dir die Liebe fehlt. Unsere Beziehung wird immer etwas Besonderes bleiben, fühlen wir uns doch in vielem auch verbunden. Unser Erlebtes wird in uns immer bleiben und uns daran erinnern was nur uns angeht. Ich weiß genau, dass Du mir bei Problemen zuhören wirst und mir Hilfe oder Trost spenden wirst. Genauso werde ich für Dich da sein. Du musst erst einmal frei werden von allem was Dich noch belastet. Einfach gesagt, ich weiß.

Bei uns ist es kalt geworden 10°C Minus, Schnee ist gefallen. Unser Kontakt bringt aber Wärme, so gerne würde ich mit Dir kuscheln, Dich wärmen und an mich drücken. Was passiert wenn ich mich in Dich verliebe? Wir kennen uns ja noch nicht mal richtig. Diesen Gedanken verschiebe ich lieber, auch ich habe schlechte Erfahrungen gemacht und wurde ausgenutzt. Wenn am 3. Advent das Lichtlein brennt werden meine Gedanken wieder bei Dir sein. Und, wenn Du fest an mich denkst wirst Du es spüren.

Morgen gehe ich zu einer Weihnachtsfeier, muss mal ein Bierchen trinken und aus dem Haus kommen. Bleib tapfer mein Mädchen, denke positiv es wird alles besser werden. Habe Geduld bis wir uns umarmen können. Liebe Grüße und einen dicken Kuss, Dein Robert

In dieser Nacht schläft Kyra gut. Sie hat endlich ihren Gefühlen keinen Zwang angetan, hat locker und liebevoll mit Robert geredet. Nun scheint Robert auch nachdenklich zu werden, am Morgen erhält Kyra eine weitere Email.

Liebe Kyra, nun muss ich doch noch einige Zeilen schreiben. Immer wieder sage ich mir, es ist doch Ironie des Schicksals für Dich, das gerade ich mit meiner Vergangenheit in Dein Leben getreten bin. Oder war es Vorsehung? Am Anfang stand die andere Seite, welche Besitz von Dir ergriff, nun schließt sich der Kreis mit mir? Ist schon manchmal schwer zu verstehen wie und was sich alles ändern kann im Leben. Oft habe ich das Gefühl, dass Du mir schon lange bekannt bist. Mir ist als sehe ich tief in Dein Innerstes! Dabei wird mir vieles logisch und erklärt sich von selber. Vertraut kommst Du mir vor, einfach unglaublich vertraut! Aus einem mir unbekannten Gemisch aus Neugier und Begierde fühle ich mich mit Dir stark verbunden. Du wirst es nie einfach haben, nach Deinem aufregenden Leben den passenden Mann zu finden, welcher stark genug für Dich ist. Mit einem Normalo oder Softy kannst Du nichts anfangen. Jede Frau möchte begehrenswert sein und als Frau bestätigt werden. Dich muss kein Mensch bestätigen, Dich muss ein Mann beschützen, das sage ich mir. Und ich mache mir keine großen Hoffnungen, aber warum nicht einige schöne Stunden gemeinsam verbringen und angenehme Erinnerungen mit nach Hause nehmen. Schlechte Stunden werden wir noch genug im Leben haben, und wie viel Zeit bleibt uns noch? War ich nun zu offen? Ich denke im Grunde willst Du es auch und es ist vorprogrammiert, dass es so kommen musste, dass unsere Gefühle über den Atlantik fließen, die sich nicht mehr aufhalten lassen. Ohne Liebe und Sex verkümmert manche Seele, aber mit uns, ich fasse es zeitweise einfach nicht, es ist so schön. Ich denke vielleicht auch zu viel nach, nun musst Du mich trösten! Mache Dir ein schönes Wochenende, ich erwarte Deine lieben Worte.

Liebe Grüße und eine dicke Umarmung, Dein Robert

Kyra konnte nicht sofort nach Deutschland fliegen. Das erste Weihnachtsfest fand deshalb zusammen mit Robert über Skype statt. Sie lässt ihren Unmut über das US Weihnachtsfest aus.

Robert, die Geschäftemacherei hier in den USA geht mir seit September auf den Geist. Die konstante Berieselung der Musik überall, wohin man auch geht, ist es Jingle Bells und I'll be home for Christmas. Das macht mich langsam krank. Eine junge Verkäuferin sagt mir, diese Lieder sind konstant in ihrem Kopf. Es gibt keine Weihnachtsmärkte, keinen Glühweinstand, keine schöne Geschäftigkeit wie in Deutschland, keine Basteleien der Kinder, keine Fischbrötchen, keine geschäftige Fröhlichkeit auf den Weihnachtsmärkten und Schnee ist hier auch rar! So kommt für mich kaum Stimmung auf. Die Weihnachtsfeste in Europa, vor allem in England, Deutschland und Russland sind herzlicher, sind familiär ausgerichtet. Hier ist alles nur zielgerichtet auf Gewinn. Die albernsten Sachen stehen zum Verkauf, der Sinn des Weihnachtsfestes wird dabei absolut vergessen. Dem blassen und weichgekochten Puter ziehe ich ohnehin Ente oder Gans vor. Ich bin weder religiös noch ein Weihnachtsfan, aber hier alleine zu sein in der Weihnachtszeit ist alles andere als erfreulich. Ich weiß allerdings, dass es das letzte Weihnachtsfest für mich in der Fremde sein wird, gleichgültig wo ich sein werde im nächsten Jahr, hier werde ich nicht mehr sein. Das gibt mir Hoffnung und hebt meine Stimmung ein wenig. Ich habe bereits mit den Kindern über Skype Heilig Abend in Friesland und Bremerhaven erleben können. Geschmückt habe ich kaum an diesem Weihnachtsfest. Eine Kerze steht auf meinem Tischchen neben mir, mein Glühwein duftet. Meine Gedanken zu Weihnachten gehen immer dahin, dass ich an die denke, die ich verloren habe. Es sind friedliche Gedanken und die gehen auch nach Deutschland zu den Menschen, die mir begegnet sind und zu meinem Leben gehörten in guten wie in schlechten Tagen. Leider gibt es ein Weihnachtsprogramm entsprechend dem übrigen US Fest, das ziemlich flach und langweilig ist. Allerdings werde ich mir später ‚A Christmas Carol' von Dickens anschauen. Ich sehe immer wieder gerne die Geister der Vergangenheit, Gegenwart und der Zukunft an, die dem alten Geizhals und geldgierigen Scrooge die Leviten lesen! Diesen Film liebte ich seit der Kindheit. Auch nehme ich mir vor, einen anderen meiner Lieblingsfilme anzuschauen. „It's a Wonderful Life'. Ein Film der die Wege eines Menschen und die Veränderungen aufzeigt, falls der Mensch nie geboren worden wäre. So denke ich mir, wie wäre es dann in meinem Falle? Versuche nicht weiterzudenken, möchte nicht feststellen, dass ich eventuell als Mensch völlig überflüssig gewesen bin.

Ich weiß, dass Robert zu einer Weihnachtsfeier wollte und hatte ihn noch nicht zurück erwartet. Habe schreckliche Sehnsucht, vermischt mit Heimweh. Was, wenn er eine andere in der Zwischenzeit kennenlernt? Ich mag nicht daran denken, versuche mich von solchen dunklen Gedanken zu lösen. Mir kommen aber die Tränen. Seitdem ich mit Robert schreibe und wir uns doch sehr viel näher gekommen sind, laufen diese Tränen, bin ich näher am Wasser gebaut wieder. Nach einer heißen Dusche mache ich es mir bequem, nippe an mein Christkindl-Glühwein, und versuche zufrieden mit mir zu sein. Da kommt plötzlich sein Video Call. Ich höre ihn, sehe ihn aber nicht. Als die Kamera das Bild sendet zündet er gerade die vierte Kerze an, im Hintergrund leuchtet ein kleiner Weihnachtsbaum auf. Er singt alle Jahre wieder, obwohl er überhaupt nicht singen kann. Dann hat er wieder einen seiner humoristischen Einfälle… „Habe Dir einen Vierjahresendflügler gekauft Genossin! Hier sitzt das Ding!" sagt er in unverkennbarem Leipziger Dialekt. Ein kleiner Engel prangt auf dem Adventskranz. Ich hatte ihm vorher erzählt, dass mir nicht so nach Weihnachten ist. Natürlich bin ich überglücklich. „Was machst Du mein Schatz, mein roter Vierjahresendflügler? Fröhliche Weihnachten! Ich habe eine Überraschung für Dich" sagt er. Habe ihm vor kurzem erzählt, dass es keine Adventskränze in Kentucky gibt, und ich auch keinen Baum mir besorgt habe in diesem Jahr. Alle vier Sonntage haben wir die Kerzen zusammen über Skype angezündet. „Heilig Abend gibt es Jeschenke in Deutschland." sagt er mit tiefer Stimme, „Da kommt dieser dicke Kerl mit dem roten Mantel. Ach, des muss een volljefressener Jenosse sein!" sagt er. Ich muss so lachen. „Und Du kleene Jenossin, Du kannst seine Schneeflocke sein, musste aber een weisses Kleidschen anziehen!" „Du Witzbold, was machst Du?" frage ich. „Ich habe gestern am späten Nachmittag etwas bekommen" sagt er mir dann geheimnisvoll. „Ein Päckchen aus Amerika, das erste Päckchen, das ich jemals aus Amerika erhalten habe! Ich armer Tropf aus Leipsch, so sehr habe ich mich jefreut über das Päckchen meiner Jenossin aus USA“. Ich hatte die gute Flasche Makers Mark Whiskey etwas zu spät abgeschickt, habe ihm nichts gesagt, hoffte immer, das Paket würde ihn bis Weihnachten erreichen. Jetzt kommt auch Stimmung bei mir auf, ich freue mich riesig. „Habe auch einige Flaschen an meine Genossen geschickt, bilde Dir also nicht zu viel ein“, sage ich lachend!

„Das darfst Du doch auch mein Mädel, dass will ich nicht, dass Du Deine Genossen vernachlässigst auch noch meinetwegen ...“

„Mein Mädel ich freue mich, danke für das Geschenk“ sagt er. „Hast Du etwas zu trinken?“

„Ja, Glühwein“ sage ich lachend. „Der wird langsam kalt, aber das macht nichts, ich bin so glücklich, dass Du wenigstens auf dem Bildschirm bei mir bist.“

„Ja, wenn Du erst bei mir bist“ sagt er leise. „Ich vermisse Dich, diese Sehnsucht ist furchtbar, kann es nicht erwarten, Dich in die Arme zu schließen meine Kleine. Ich bin einsam ohne Dich, weißt Du das? „Ich auch“ sage ich ihm. „Schatz, ich habe auch so viel Verlangen nach Dir, ich kann es bald nicht mehr aushalten. Ein paar Wochen noch, dann geschieht das Entsetzliche“. „Das Entsetzliche? Was meinst Du damit, was soll den das wieder heißen?“ fragt er. „Das Entsetzliche, das ist, wenn wir uns persönlich kennenlernen, und Du mich nicht magst“ sage ich ihm mit ernstem Gesicht. Er schüttelt den Kopf. „Wenn ich Dich jetzt fassen könnte, dann würde ich Dich schütteln“ sagt er lachend. „Einmal weil Du Genossin bist und einmal weil Du solchen Blödsinn redest.“ „Ja, das wäre auch schön“ entgegne ich. Dann sagt er mit ernster

Stimme: „Ruhe jetzt, ich habe etwas für Dich. Weil Du Dein Geschenk nicht selbst aufmachen kannst, muss ich es für Dich tun.“ Unbeholfen wickelt er ein Püppchen aus einem Karton. „Schau mal, eine richtige kleine Schildkrötpuppe, die magst Du doch oder?“ „Oh nein, die ist so schön, das ist so lieb von Dir.“ „Ich möchte Dich küssen“ sagt er. „Ich habe Gefühlswallungen in mir, die ich nicht mehr beherrschen kann. Genossin, das ist ein ernsthafter medizinischer Zustand den Du in meinem Körper verursachst. Dieser Zustand muss behoben werden, damit ich keinen Dauerschaden zurückbehalte.“

Wir unterhalten uns und lachen viel, bis der neue Tag, der erste Weihnachtstag anbricht, es ist frühmorgens in Hamburg, und auch wenn wir nicht wollen, wir müssen loslassen, er ist müde und ich muss auch ins Bett. „Ich werde an Dich denken“ sage ich ihm. Am Ende sind wir beide nicht nur etwas beschwipst sondern einigermaßen körperlich erregt und wir einigen uns, Bibel und Manifest bei unserem ersten Treffen wegzulassen und nach Art der Kamasutra zu verfahren. Wie wir das allerdings in unserem fortgeschrittenen Alter durchführen wollen, darüber gibt es geteilte Meinungen, aber trotzdem herrliche Ansichten. „Entweder wir brechen uns einen ab und fallen aus dem Bett“ sagt er etwas lallend, „oder wir müssen den Notarzt anrufen, damit der uns beide auseinander fädelt.“ In jedem Fall lachen wir uns kaputt, kichern wie die Kinder, bevor wir uns am Bildschirm ganz ernsthaft Gute-Nacht-Küsschen geben. Wir lachen überhaupt viel. Wenn mir etwas gut tut, ist es sein Humor. Es ist schwierig solche Nächte zu beenden. So und ähnlich verliefen unsere gemeinsamen Stunden bisher ab. Ich habe das Gefühl, dass es bei jedem Online Treffen tiefer in die Materie geht, auch in die sehr persönliche. Das soll sich in etwas drei Monaten, wenn ich alles hier in den USA erledigt habe, und endlich nach Deutschland kommen kann, ändern. Ich will ein vermietetes Haus verkaufen. Bis alles erledigt ist geht noch eine Weile drauf. Ich habe hier keinen der für mich übernehmen könnte. Robert allerdings rät mir, unbedingt noch mein anderes Haus, in dem ich hier wohne, vorläufig zu behalten. Ich nehme seinen Rat an, zumal auch einige Genossen mir ebenfalls sagen, dass ich diesen Wohnort mit dem lebenslangen Residenzstatus auf keinen Fall aufgeben soll, zumal ich alle Vergünstigungen der US Army aus Nachlass meines Mannes auf Lebenszeit behalte. Ich solle Deutschland ‚erst einmal ausprobieren' sagt Robert. Genau das sagen mir die Genossen, auch wenn diese mich gerne in Deutschland haben wollen. Hat sich Deutschland, haben sich die Deutschen so sehr verändert? Einen gewissen Abstand hatte ich immer. Nun, es sind nicht mehr zwei deutsche Staaten vorhanden und sicher ist viel Zeit ins Land gegangen und das Leben wie es scheint, ist für alle Beteiligten, ob Ossis oder Wessis, nicht einfacher geworden nach zwanzig Jahren Einigkeit und Recht und Freiheit und im globalen Kampf einer am Abgrund stehenden wirtschaftlichen Situation. In Berlin und in den einzelnen Bundesländern wurde die Situation zum Seiltanz, als die Kosten in allen Lebensbereichen astronomische Höhen erreichten, die Arbeitslosigkeit und die Probleme einer weltweiten wirtschaftlichen Rezession sichtbar wurden und damit nicht nur in Europa, sondern auch in den USA endlich, aber zu spät erkannt wurde, dass die Ausgaben weit über die Einnahmen hinausgingen.

Kriege, die nur Wochen oder Monate andauern sollten, dauern bis heute an und haben sich ausgeweitet, wobei noch lange keine Lösung in Sicht ist.

Robert und Kyra verbringen auch die Silvesternacht gemeinsam am Skype-Bildschirm. Sie ist etwas niedergeschlagen, er schafft es jedoch, sie wieder aufzumuntern. Er ist bereits im Jahre 2011 und sie muss sechs Stunden zurückbleiben im Jahre 2010. Kyra fragt Robert dabei etwas besorgt, ob sich ihre Ideologien miteinander vertragen werden nach allem was beide durchlebt haben. Er antwortet nicht auf ihre Frage, sagt nur, er möchte sie küssen und nicht mehr loslassen. Die ganze Nacht hält er mit ihr durch und wartet, bis die sechs Stunden Zeitunterschied aufgeholt sind. Als die große beleuchtete Neujahrskugel auf der Times Square in New York heruntergezählt wird, stoßen beide nochmals auf sich und auf Kyras Rutsch ins Neue Jahr 2011 und auf ihre Zukunft in Deutschland an.

„Siehst Du, nun habe ich Dich hineingeholt ins Neue Jahr, nun sind wir wieder auf einem Planeten und alles andere wird sich genauso gut in unser Leben einfügen, Ideologien hin oder her." Kyra, die immer Optimistin ist, bleibt in diesem Falle etwas skeptisch.

Im Neuen Jahr und in den darauffolgenden Wochen hat Robert einiges zu erledigen. Er muss öfter mal als Zeitzeuge zur Verfügung stehen, erhält eine Entschädigung für die Reisen und für seine Aussagen. Es scheint als will die Bundesregierung mit Zurschaustellung aller Unannehmlichkeiten die Schuld der Staatssicherheit am Leben erhalten. Kyra denkt so, wirft es Robert jedoch nicht vor.

Im Jahre 2011 kehrt Robert zum ersten Mal nach Boizenburg zurück, an die Stelle, wo er es 1968 schaffte, die Grenzanlagen zu überwinden. Kyra wusste wo er war und sie dachte an ihn an diesem Tag, war nervös wegen der eventuell aufkommenden negativen Erinnerungen, die ihn vielleicht übermannen würden. Mittlerweile kannte sie seine Geschichte und wie alles abgelaufen war, in und auswendig.

Robert schreibt Kyra nach seinem Besuch in Boizenburg:

Liebste Kyra! Es war ein anstrengendes Wochenende. Wir saßen alle und plauderten am ersten Abend zusammen, stellten uns vor. Als wir am Vorabend ankamen in Boizenburg, kam mir diese kleine Stadt doch irgendwie vertraut vor. Ich dachte kurz an das Mädel, das ich damals als Vorwand benutzt hatte, um an diese Grenze zu kommen. Ich weiß nicht mal mehr ihren Namen, ich glaube es war Irene, erinnere mich nur noch vage an ihr junges Gesicht. Was hat sie gedacht, als ich mich nie wieder meldete. Womöglich hat die Stasi unsere Bekanntschaft nie im Zusammenhang mit meiner Flucht gebracht, vielleicht ja, ich weiß es nicht. Wäre sicher interessant mit ihr zu sprechen, ihr zu erklären was damals geschah mit mir, aber dann überlegte ich mir, dass sie genauso alt wie ich sein muss, also fast sechzig Jahre alt, wer weiß wie das Leben mit ihr gespielt hat. Zeitverschwendung dachte ich nur, die kann sich wahrscheinlich nicht mal mehr an mich erinnern. So ist sie ohne Name und doch ein Teil meiner Geschichte.

Möchte Dir Deine Fragen beantworten zu meinem weiteren Aufenthalt im ehemaligen Grenzgebiet. Als ich in Boizenburg angekommen war musste ich an meine letzte Ankunft dort denken. Bislang war ich nie zurückgekehrt über all die Jahre. Damals, das ist so lange her, ich erinnerte mich nur noch grob an einiges, an den kleinen Marktplatz mit dem Rathaus, an die Kirche, an das Kopfsteinpflaster und die kleinen Bauernwege, die im Nichts vor dem eigentlichen Sperrgebiet endeten. Damals hatte ich keinen einzigen Blick für dieses Städtchen, hatte nichts anderes als nur meine Gedanken, die in Richtung Grenze gingen. Die ungefähre Richtung hatte ich im Kopf, mehr nicht. Jetzt wo ich wieder an den Platz dieser ehemaligen Grenze stand, war ich innerlich genau so ruhig wie damals. Ich sah alles ganz klar vor mir. Vom einstigen Schrecken, welche diese Grenze verbreitete, sah man allerdings nichts mehr. Wo wir standen waren keine Spuren vorhanden, absolut nichts. Keine Sandstreifen, kein Stacheldraht, auch nicht den Hauch einer Erhebung oder der Rest einer Mauer oder eines Wachturms. Die Natur hat sich alles zurückgeholt, es blüht und grünt in dieser schönen Uckermark. Nur da wo man absichtlich die Natur etwas zurückhält kann man erahnen, wie es damals war. Ich jedenfalls konnte es Kyra. Heute stand ich also wieder an dieser ehemaligen Grenze, die keine mehr ist. Mit einem ehemaligen Pionier von dieser Grenze, stand ich da, mit Grenzer, die Wache gestanden haben, und die nicht gezögert hätten, die Waffe gegen mich einzusetzen. Einer war dabei der genau dort Minen gelegt hatte und SM 70 Selbstschussanlagen montiert hat. Nach anfänglichem Zögern und gute Gespräche haben wir uns die Hand gereicht, ich hatte keinen Hass mehr, es war eine seltsame Ruhe in uns. Ich weiß, auch er ist heute noch Genosse. Es war Respekt auf beiden Seiten vorhanden. Dieser ehemalige Grenzer selbst war ebenso in Gedanken versunken als wir standen und über die Wiesen in Richtung Westen und dann in Richtung Osten schauten. Ich habe schon lange meinen Frieden gefunden. Ich sehe es einfach so, dass ich nicht das Recht habe, jemanden der aus Überzeugung handelte, zu verurteilen. Der Staat der DDR war ein anerkannter Staat und die Menschen hatten ihre Pflicht zu erledigen, nicht nur diese Grenzer. Alle in dieser Runde waren aber froh, dass sie nicht in eine Situation geraten sind, wo sie sofort entscheiden mussten: schießen oder nicht schießen. Vielleicht hatten einige den Gedanken vorbeizuschießen, was dann auch für sie erhebliche Schwierigkeiten zur Folge gehabt hätte. Freiwillig waren diese Grenzer nicht alle zum Grenzdienst gekommen. Als junger Mann dachte ich, dass diese Grenzer, die da an diesem Monstrum stehen alles 100%ige waren, die keine Gnade kennen. Durch Kennenlernen und Gespräche sehe ich nun den Menschen, der sich hinter diese Truppen verbarg. Schießwütig waren die alle bestimmt nicht! Meine kleine Genossin, ich musste aber immer wieder daran denken, wie furchtbar diese Grenze war. Und ich musste auch daran denken, wie viele an dieser Grenze ihr Leben verloren haben und wie viele der Zwangsaussiedlung zum Opfer fielen. Diese Grenzer, die ich traf, waren wie Du, meine einstigen Gegner. Die Geschichte und die Menschen haben diese Grenze weggefegt. Grenzen gibt es überall. Andere Grenzen und Verstöße gegen die Menschlichkeit interessieren mich auch in diesem Zusammenhang. Es kann aber bei allem anderen Übel in der Welt nicht vergessen werden, dass diese Grenze Menschen getrennt hat, ein ganzes Volk, ein Volk, das zusammengehörte. Diese Grenze wurde deshalb auch zu einem Symbol der Freiheit, denn diese Grenze war immer Unrecht. Ein Unrecht war auch die Aufteilung von Deutschland 1945 als die ehemaligen Verbündeten sich bei der Aufteilung darum stritten, wer was abbekommt. An die Menschen in Ost und West wurde damals nicht gedacht, um die ging es nicht. Als die Schwerter der beiden Blöcke aufeinanderschlugen ging es lediglich um Eigeninteressen, nicht um das deutsche Volk. Später war diese Grenze militärisch völlig sinnlos, Bomben hätten auf beiden Seiten dieser Grenze alles Leben vernichtet – hatte diese Grenze doch fuer die Deutschen nur einen Zweck, Menschen mit aller Macht davon abzuhalten, die DDR zu verlassen. So wuchsen die Menschen mit dieser innerdeuschen Grenze auf, die auch zwei Welten voneinander trennte, das ist auch wahr. Du meine Kyra wirst mir sicherlich erwidern, dass diese Grenze, in Deiner Vorstellung, dieser antifaschistische Schutzwall in Deutschland der Mittelpunkt des Geschehens in Ost und West war, quasi den Eisernen Vorhang besiegelte und damit den gesamten Ostblock abriegelte, als Grenze zwischen zwei Militärblöcken. Ich sehe es von meinem Standpunkt aus, aber auch Du hast Recht. Diese Grenze durch Deutschland war tatsächlich der Mittelpunkt eines Ost-West Konflikts. Kyra, ich hätte es nie für möglich gehalten, hätte nie in Betracht gezogen, auch nicht einmal über viele Jahre daran gedacht nach meiner Flucht aus dem Osten, dass es einen Menschen geben könnte, der versuchen würde, es umgekehrt zu versuchen, nämlich vom Westen in den Osten über diese Grenze zu gelangen. Diese Sache beschäftigte mich an

Ort und Stelle sehr. Zweiundvierzig Jahre her ist meine Flucht, noch niemals vorher kam mir dieser Gedanke. Sicherlich wusste ich, dass Agenten wieder in ihren sicheren Hafen in den Osten gingen. Aber so wie Du versuchtest auf Deiner Flucht Richtung Osten über die Anlagen zu kommen und in die DDR zu gelangen – nein, das ging mir an diesem Tage sehr nahe. Es ist gut, dass wir nicht wissen was uns bevorsteht im Leben, denn das was ich mit Dir in den letzten Monaten erlebt habe, hätte ich nie in meinen kühnsten Träumen vermutet. Ich stand also da und blickte über diese ruhige und herrliche Landschaft und musste sofort an Dich denken, und ich wusste, dass es zumindest eine Frau gab, die keinen anderen Ausweg gesehen hatte. Als ich so da stand und an Dich dachte, war das Absurde an der Sache, dass gerade Du mir – mir als Republikflüchtiger sehr, sehr vertraut geworden bist inzwischen. Einst unvorstellbar, dass gerade unsere Wege sich kreuzen würden! Oder kreuzen mussten? Nein, ich hatte genauso wenig Hass auf Dich Genossin, wie auf meine ehemaligen Gegner oder Peiniger. Ich versuchte bislang immer, Dich zu verstehen, nicht nur, weil ich Dich mittlerweile kenne und etwas besser verstehe, sondern weil Dein Leben eben in eine völlig andere Richtung ging als mein Leben. Und diese Tatsache musste und kann ich akzeptieren. Ich sagte mir auch da an Ort und Stelle, aber nicht zum ersten Mal in meinem Leben: wenn man vergeben kann, lebt es sich leichter – Hass frisst die Seele auf! Eine Überzeugung ist kein Grund zum hassen, nicht auf der einen und nicht auf der anderen Seite. Selbst als geläuterter älterer Mann war ich heute einigermaßen aus der Bahn geworfen am Ort des damaligen deutschen Geschehens, und es überkam mich eine Wehmut; Kyra, ich hätte Dich gerne bei mir gehabt in diesem Moment. Ich habe mich zusammengerissen Kyra, ich glaube wenn Du da gewesen wärst, hätten wir beide geweint und wir hätten uns gegenseitig trösten können. Mit diesem Gedanken habe ich diesen herrlichen Landstrich verlassen und hatte einen seltsamen inneren Frieden als ich an Dich dachte.

Denn auch das sage ich mir: Wer Unrecht auf sich geladen hat, wird es selber wissen. Leben muss der Mensch selbst damit, keiner kann ihm das abnehmen. Das gibt meiner Meinung nach keinem anderen das Recht zu verlangen, dass diese einst vermeintlichen oder tatsächlichen Schuldigen zu Kreuze kriechen müssen. Diese handelten nach anderen Gesetzen und Überzeugungen. Es gibt eben Dinge, die über dem normalen menschlichen Verständnis stehen, Gesetze, die uns leiten in einer Demokratie, Gesetze, die wir auch in unserem manchmal einseitigen Denken, nicht übergehen dürfen, weil ein Schicksal niemals dem anderen gleicht. Nur wer grundsätzlich ohne Schuld ist, der werfe den ersten Stein. Für mich heißt das: Ich habe nicht das Recht anzuprangern. Ich werde mich Morgen mal ausruhen und in mich gehen müssen. Liebe Grüsse und Kuss, Dein Robert.

Wenn Robert mir solche Berichte sendet, dann bin ich immer sehr schweigsam und nachdenklich. Gerade dieser Bericht von ihm ging mir sehr nahe. Ich möchte nicht, dass er traurig ist. Er muss ziemlich aufgewühlt gewesen sein und ich bin immer noch ängstlich, dass er auch mir diese Grenze oder seine Schicksalsjahre anlasten wird.

Ich habe so viel gehört und gelernt von ihm, musste auch einiges zur Kenntnis nehmen, das mir nicht gefiel, und, auch Dinge begreifen, die abgelaufen sind und mir völlig unbekannt waren. Andererseits sagt er mir, dass er einiges mit anderen Augen sieht seitdem er mich kennt. Trotzdem hat sich weder an seiner, noch an meiner Einstellung, etwas geändert. Sicher ist, dass wir beide unseren Horizont in Sachen Politik erweitert haben. Er muss mit meiner Ideologie leben und ich muss hinnehmen, dass er mir seine Überzeugung deutlich darlegt. Er tut es stets sachte, aber er zwingt mich, Überlegungen anzustellen und umgekehrt, auch ich habe ihn nachdenklich gemacht. Als Friedenskundschafterin hatte ich mich nie um innere Angelegenheiten in der DDR zu kümmern, meine Blickrichtung ging eh nur in Richtung Sowjetunion. Nach meiner Schulung in der DDR blieb mir nie die Zeit, auch wenn mein Führungsoffizier immer versuchte, mich mit seinen Antworten zufriedenzustellen. Bohrte ich eben zu tief, dann hieß es: „Kümmere Dich nicht" oder er sagte: „Das erkläre ich Dir später." Immer war er darum bemüht meine Fragen zu beantworten, aber wenn es ums Eingemachte ging, dafür war eben keine Zeit. Ich habe nicht nur für dieses System, für das kollektive System der sozialistischen Länder gearbeitet, ich war eine Friedenskriegerin. Ich habe jedoch diese Grenze nicht gebaut, noch trage ich irgendeine Schuld daran. Auch in der westlichen Hemisphaere gab es Kameraden wie mich, und das soll keinesfalls mein Vorgehen entschuldigen. Seit tausenden von Jahren betreiben die Menschen dieses Spiel, mit und ohne Grenzen. Bei uns Genossen jedoch, und vor allem bei der Staatssicherheit wird diese Schuld noch im nächsten

Jahrtausend gesucht werden, während die wahren Schuldigen, die dieses Chaos und dieses Unrecht verursacht haben, fast alle biologisch das Zeitliche gesegnet haben. Allerdings wurden diese Herrschaften im Rechtsstaat der BRD wie Schoßhündchen behandelt und bekamen alle dicke Renten vom neuen Staat zugesprochen, während die einfachen Arbeiter in der DDR weit unter Wert nur 70% der Löhne und Gehälter der Brüder und Schwestern im Westen erhielten. Vermutete man doch bei einigen der hohen Tiere eine wahre Freundschaft über Jahre mit den BRD Klassenfeinden. Das ist die Politik der guten Kadaver. Gute Renten sicherten dann eben diese Freundschaften weiter und über einiges wurde Stillschweigen weiterhin bewahrt. Ich und viele andere jedoch, haben unsere Ideale verfolgt innerhalb dieses Systems und wir leiden auch heute noch an den eigenen Verlusten, wie alle anderen auf beiden Seiten, die in und mit dem geteilten Land leben mussten. Später im Labyrinth der Geheimdienste hatte ich weder die Zeit noch die Kraft mir große Gedanken zu machen. Es ging um die Menschheit, darum den Frieden zu erhalten. Und das haben wir getan, seit 1945 haben Kundschafter und Agenten auf beiden Seiten des Eisernen Vorhangs dafür gesorgt, dass das Gleichgewicht der Mächte gehalten, und sich oftmals anstehende Kriegshandlungen nach direkten Informationen auf beiden Seiten erübrigten. Ich war wie ein Schaeferhund darauf ausgerichtet, Information zu bekommen und diese meinen Herren zu bringen, das habe ich getan. Das haben ebenso meine westlichen Counterparts bewerkstelligt. Ich bin weder schuldiger als diese, noch bin ich für irgendetwas anderes in der DDR zuständig. Über Menschenrechte in der DDR, über die fehlenden können wir reden, dann aber über alles was damals und noch heute in der Welt mit Füßen getreten wird. Den langsamen Zerfall der DDR bekam ich in meiner Situation kaum noch mit. Ich war auch um das Wohlergehen meines russischen Mannes und meiner Tochter besorgt, die zu der Zeit in der DDR waren, und die ich im Taumel der Ereignisse in einem ebenfalls zerbrechenden sowjetischen System verlor. Aber auch stand ich im Dienst für den Osten und ich war bis zum letzten Tag dieser Verpflichtung treu. Als ich die Flucht nach vorne antrat und versuchte, mich in die DDR abzusetzen, war mir kaum bewusst, was vor sich ging in der DDR. Die Verwahrung und Haft im Westen brachten ebenfalls keine weiteren Erkenntnisse, ich war von der Außenwelt völlig abgeschirmt. Und wenn ich völlig im Bilde gewesen wäre? Wenn ich keine Lieben dort gehabt hätte? Nein, ganz klar: offen und ehrlich sage ich, ich hätte die DDR nicht im Stich gelassen. Meine Flucht in Richtung Osten hätte ich trotzdem angetreten, das ist für mich auch zweiundzwanzig Jahre danach keine Frage.

Zu der Zeit als ich Robert kennenlernte habe ich nie versucht, diese Ereignisse, die auf mich damals einstürmten, zu vergessen. Im Grunde lebte ich damit wie Robert über die Jahre mit seiner Fluchtgeschichte lebte. Vergessen kann man nie! Ich lebte mit meinen Verlusten. Ich stand damit auf, ich ging damit zu Bett, auch während der Ehe mit meinem Amerikaner. Wenn ich nachts nicht schlafen konnte ging ich hinaus, sah hinauf zum Mond und zu den Sternen und fragt so oft, warum es so gekommen war, warum mein Leben so viele Verluste aufweisen musste. Tretet mich wo ihr wollt. Ich gebe mir keinesfalls die Schuld am einzelnen Desaster, habe mir nichts zuschulden kommen lassen an der Unterstützung der DDR. Diese Schuld, die mir und anderen Genossen heute noch nachgesagt wird, weise ich weit von mir. Nicht wir Kleinen waren die Schuldigen! Wohl trage ich die Schuld für persönliche Verluste, diese werden mir allerdings nicht angelastet von den Menschen. Meine Verluste interessiert diese Menschen, die mich anklagen, überhaupt nicht. So ist das Leben! Nur einige wenige sagen mir, dass ich diese persönlichen Verluste nicht auf meine Kappe nehmen darf, diese Verluste brachten die Zeit und das System mit sich. Das kann ich annehmen und ich bin auch dankbar für dieses Verständnis. Trotzdem will und muss ich eine Teilschuld dafür übernehmen. Ich kann aber nichts mehr ändern daran, so sehr ich mich selbst geißele. Jeder Kriminelle wird in Ruhe gelassen wenn er seine Strafe abgesessen hat. Es interessiert niemanden mehr, wenn es nicht unbedingt zur Sprache kommen muss und dieser sich nichts mehr zuschulden kommen lässt. Bei mir aber heißt es pausenlos weiter, auch nach Dekaden, dass ich mich als Systemunterstützer schuldig gemacht habe. So sei es dann. Ich habe nachrichtendienstliche Arbeit verrichtet, genau wie die Agenten im Westen. Ich habe meine Strafe verbüßt, ich habe mich sogar mit denen ausgesprochen, die mir einst in westlichen Gefilden ‚gebrauchen' konnten. Der ehemalige Leiter der K15, den ich im neuen Domizil in einer ehemaligen Kaserne am Niedersachsendamm aufsuchte, hat mich freundlich aufgenommen, hat mir nicht einmal etwas vorgeworfen, sprach mit mir ohne jeglichen Vorwurf. Meine Arbeit für diese Leute war selbstverständlich, nur meine Arbeit fuer den Osten nicht. Nach so vielen Jahren bin ich es leid, dass andere mich als kriminelles Subjekt titulieren und ich angeprangert werde. Dagegen wehre ich mich. Ich weiß wann und wo mein Leben in eine andere Richtung ging und wenn man es genau sieht, so stelle ich die Frage: war ich nicht ebenfalls in einer Demokratie? Stand es mir nicht zu mich nach links zu bewegen und eine andere Ideologie anzunehmen? Ach, richtig, diese war gegen die freiheitlich rechtliche Verfassung gerichtet? Dann sage ich: Was bedeutet diese freiheitlich rechtliche Verfassung für die Menschen, die am Boden liegen und denen keiner die Hand reicht? Zu meinen persönlichen schmerzhaften Erfahrungen kam eine politische Umwälzung, wie kein Mensch diese wenige Monate zuvor für möglich gehalten hätte zwischen den Blöcken, einhergehend mit der Transformation der UdSSR. Ich gehe davon aus, dass auf uns Genossen noch bis in alle Ewigkeit geschlagen wird, wie Robert beschreibt mit Judas. Diese Tatsache lässt sich nicht nur politisch hervorragend von anderen Unzulänglichkeiten ablenken. Eine Parallele sehe ich, dass unsere Kindes- und Kindeskinder mit dem Makel der Nazizeit seit 1933 behaftet sind. Nationalisten gibt es heute in jedem Land. Wir schreiben das Jahr 2011. Ich will, dass es für meine Kinder aufhört! Diese Kinder und Nachkommen haben nichts damit zu tun, dass ihre Vorfahren sich große Schuld aufgeladen haben. Das heißt keinesfalls, das wir vergessen dürfen was die Deutschen sich zuschulde kommen lassen haben. Ebenso möchte ich nicht, dass meine Genossen, die glaubten ihre Pflicht zu tun, weiterhin geknüppelt werden, weil sie eine andere Ideologie haben. Ein solches Verhalten hat weder mit Demokratie, noch mit Menschlichkeit zu tun. Leider wird dieses Vorgehen von Politiker heute unterstützt, die von ihrem eigenem Fehlverhalten in Wirtschaft und Politik ablenken wollen. Für diese Politiker scheint es gleichgültig zu sein, dass sie die bestehende Schlammschlacht munter vorantreiben, und damit wertvolle Energie und Zeit für weitaus wichtigere Dinge verloren geht. Gerade heute ist der Widerstand gegen der Heuchelei und Unzulänglichkeit der Politiker, die keine Ahnung mehr haben wie es in der Basis der heutigen Gesellschaft aussieht, so wichtig.

Ich lebte mit allem was ich verloren hatte weiter, jedoch mit Scheuklappen. Ich ließ nichts an mich herankommen. Auch meinem US Ehemann erzählte ich später unverhohlen, dass ich niemals einen anderen Mann als meinen Russen lieben könnte, und dass er sich damit abfinden müsse. Mein alternder Ehemann nahm es damals gelassen hin, er war froh, dass ich für ihn da war. Es kam eben anders, ich liebte meinen Ami, ich konnte endlich nur den Menschen sehen! Robert versuchte ich es auch am Anfang zu erklären. Ich sagte ihm, dass ich nie mehr in meinem Leben einen Menschen so lieben könnte. Habe ihm von meinem Russen erzählt, von der Seelenverwandtschaft die wir hatten, kamen wir auch aus so unterschiedlichen Kreisen, wie stark und doch wie kindlich der große Mann sein konnte, der nichts anderes im Sinn hatte mich zu beschützen und mich glücklich zu machen. Robert hat mir damals geantwortet, dass er mich verstehen könne. Seinen Ausführungen entnahm ich auch etwas anderes, etwas, das mich zum ersten Male nachdenklich stimmte. Robert schrieb folgendes:

Liebe Kyra, mir ist bekannt Du trauerst noch, aber auch sehe ich wie sehr Du unter Vergangenem leidest. Nach dem Lesen Deiner Zeilen über Deine große Liebe komme ich nicht umhin, etwas klarzustellen. Bei Dir hat doch im Prinzip jeder Mann von Anfang an keine richtige Chance. Du wirst alle Männer mit Deinem geliebten Russen vergleichen, dessen Liebe Du nie vergessen kannst und der Dein Schicksal mit Dir teilte. Denkst Du es würde mir gefallen, ein ‚besser als nichts' zu sein? Schon deshalb mache ich mir keine Illusionen. Den Maßstab den Du ansetzen wirst, ist verdammt hoch! Dein Leben ist seit zwanzig Jahren von diesem Mann überschattet, gib es zu! Selbst das gute Leben mit Deinem liebevollen amerikanischen Ehemann. Komme ich da überhaupt mit, mit Deinem geliebten Russen? Es macht mich ein wenig betrüblich, wie sehr Du ihn noch ‚bei Dir hast' und wie sehr verliebt Du über ihn schreibst. Ich weiß Du kannst ihn nicht vergessen, und das sollst Du auch niemals, das würde ich niemals von Dir verlangen. Aber werde ich bestehen können neben ihm? Da habe ich große Bedenken. Erhebliche Zweifel habe ich deshalb, weil er mit seinen damals siebenundvierzig Jahren jung und frisch für Dich bleibt auf ewig. Verzeih mir, wenn ich die Angelegenheit richtig betrachte, wäre er heute immerhin fast zehn Jahre älter als ich, also über siebzig! Ich bin inzwischen fast zwanzig Jahre älter als er damals war, und da ich auch nur ein Mensch bin, stelle ich Dir die Frage: Was ist wenn ich mich richtig in Dich verliebe meine ungeliebte Genossin? Liebe schmerzt, Dir muss ich das nicht sagen. Was dann, wenn Dir plötzlich einfällt, dass Du, verzeih mir, dass Du Deinem toten Russen treu bleiben musst? Was dann für mich? War dann alles Zeitverschwendung, umsonst? Wir bleiben einfach Freunde und ständige Gegner in den Reibereien des Zeitgeschehens? Ich weiß nicht, ob ich das akzeptieren könnte, auch wenn ich immer davon rede, dass wir immer Freunde bleiben werden. Schatz, alles nur Nebengedanken, aber vielleicht hast Du ein paar Minuten Zeit, einmal darüber nachzudenken. Wie wäre es für Dich, wenn es umgekehrt so laufen würde? Wenn ich eine Frau hätte, die ich nicht mehr aus meinem Leben blenden könnte? Wie würdest Du Dich fühlen? Würdest Du überhaupt eine solche Beziehung mit mir eingehen, die ständig vom früheren Partner überschattet ist? Ist eine solche Beziehung nicht von vornherein zum Scheitern verurteilt? Du musst diese Fragen nicht beantworten, nur mal kurz darüber nachdenken. Ich will Dich zu nichts zwingen. Im Gegenteil, ich möchte Dich nur glücklich machen. Ich wollte dieses nur einmal erwähnt haben, denn auch Du hast mir gesagt, ich sollte mich aussprechen, und Dir sagen was ich denke und fühle.

Ich hab Dich lieb, Dein Robert

Ich stelle mir sofort vor, was Robert meint. Ich stelle es mir sogar bildlich vor, wie es wäre, wenn ich bei jedem Zusammensein an meine große Liebe denken würde. Und wenn er einen ähnlichen Schatten bei sich hätte, nein, das wäre furchtbar für mich, ich könnte das nicht ertragen.

Ich sage mir, dass, egal was kommt, ich Robert so nicht verlieren will. Vielleicht passen wir nicht zusammen wenn wir uns persönlich kennengelernt haben, vielleicht reicht es nicht, sich gut zu verstehen und auf der anderen Seite politisch so unterschiedlicher Meinung zu sein. Aber, aufgrund eines Toten will ich mir nicht den Weg auf ein paar glückliche Stunden verbauen. Immer werde ich diesen Mann im Herzen haben, ihn immer lieben, ihn nie vergessen. Aber gerade er hat mir den Weg gewiesen, so sehr ist mir noch in Erinnerung, als er mir sagte: „Lasse Dich nicht von den Narben des Lebens den Weg weisen". Ich weiß nur, dass ich Robert antworten möchte. Ich bin ihm keine Erklärung schuldig, trotzdem macht er mich auf Dinge aufmerksam, die mir sonst keiner so deutlich sagt.

Mein lieber Robert, ich habe mich über Deine Zeilen gefreut, und dass Du auch Deine Gefühle offenbart hast. Was soll ich sagen? Ich verstehe voll und ganz was Du mir sagen willst. Und ich verstehe, dass eine gewisse Eifersucht in Dir aufkommt, wenn ich so vom Vergangenen Leben schwärme. Vielleicht ist es nicht einmal Eifersucht von Deiner Seite, es ist aber einfach kein Vorbeikommen an diesen ‚anderen Mann' der nun schon seit zwanzig Jahren nicht mehr lebt. Ich habe Deine Zeilen immer wieder gelesen. Und ich kann Dir versprechen, dass ich mein Verhalten ändern werde. Natürlich werde ich Dich nicht konstant mit ihm vergleichen. Ich muss Dir nicht sagen, dass ich Juri im Herzen behalten werde auf immer und ewig. Ich will aber nicht, dass er zwischen uns kommt. Nie hatte ich vor ihn mit Dir zu vergleichen, aber es ist so wie Du sagtest, er bleibt der jüngere starke Mann auf ewig und außerdem rede ich zu viel über ihn. Das ist Dir gegenüber unfair. Nein, ich würde es sicherlich nicht dulden, wenn Du Dich so verhalten würdest. Ich hoffe Du verzeihst mir doch?

Robert sagt er hat nichts zu verzeihen. Er wollte nur mal seine Empfindungen loswerden. Er freut sich aber, dass Kyra ‚zur Besinnung kommt' was ihre frühere Beziehung angeht, wie er es ausdrückt.

Es gehen viele Zeilen und viele Worte hin und her. Und wenn einmal die Forumsgespräche Hauptthema sind, dann kracht es im Gebälk, und zwar kräftig zwischen der Genossin und dem Republikflüchtling.

Es folgen immer Diskussionen über die Beiträge im Forum. Robert schreibt nach einem Beitrag von Kyra im Forum:

Kyra! Dein Betrag hat mir gefallen, wir beide sind ja fast im selben Alter ich habe sie auch miterlebt die Jahre Ende 60 Anfang der 70iger mit den vielen Demonstrationen. Demos gegen den Schah, oder gegen den Vietnam Krieg, gegen Kernkraft und alles was damit zu tun hatte! Es ist richtig, dass die Menschen auf die Straße gingen und sagten was ihnen nicht passt! Was man alles erreichen kann haben die jüngsten Ereignisse in den arabischen Staaten gezeigt. Demos in der DDR kannte ich nur welche, die von der Staatsführung erwünscht waren. (1.Mai. Tag der Republik) Als die Menschen die Scheu und Angst ablegten und für ihre Interessen zu demonstrieren begannen, bedeutete das gleich das Ende der DDR. Sicherlich hat die Einheit nicht allen das erhoffte Glück gebracht. Viele wussten mit ihrer neuen Freiheit nichts anzufangen oder haben das missverstanden! Sie wurden kalt in ein anderes System geworfen. Du Kyra wirst sagen, sie selbst haben sich hineingeworfen, in der Hoffnung ihnen würde alles in den Mund fliegen im Schlaraffenland. Siehst Du, auch da gebe ich Dir Recht mit Deiner Aussage. Mir ging es viel zu schnell, da war noch lange nichts zusammengewachsen, es wurde buchstäblich zusammen geschmissen! Allen die damals besonnen gehandelt haben, müssen wir Deutschen dankbar sein. Hierbei möchte ich ausdrücklich die Führung der sowjetischen Streitkräfte in der DDR mit einbeziehen. Kyra, Du schreibst im Forum:

„Unrecht in der DDR. Diese gilt es aufzuarbeiten. Ich kann nur nicht begreifen, dass dieses nicht inzwischen geschehen ist."

Dazu musst Du nur viel im Forum lesen und Du wirst merken, es ist nicht einmal offen im Forum möglich! Ich habe keine Lust mich jetzt groß zu ärgern, daher bringe ich jetzt keine Beispiele. Im Prinzip sind zwei Lager auch hier klar zu erkennen. Du müsstest es genau wissen wovon ich hier schreibe. Zum Aufarbeiten gehört es auch, Fehler zuzugeben oder einfach zu sagen, ja das war Unrecht, das hätte anders gemacht werden müssen. Wie Du es auch bereits gesagt hast vielfach. Allerdings zu vergeben, gehört natürlich auch dazu! Doch reden ist einfach, aber auch so zu handeln, nein – für die meisten Menschen ist das einfach unmöglich.

Ich schrieb heute im Forum: Also streiten wir uns hier im Forum weiter, schieben so manchen Beitrag, wenn es nicht mehr geht und die Auswüchse zu groß werden, in den Müll. So einfach wird verfahren! Werden die Beleidigungen zu groß, werden die Zeilen gelöscht oder der Schreiberling bekommt eine Auszeit. Aber danach darf er meist wieder auf ein Neues. Dabei sind mir die, welche offen ihren Frust ablassen, und manch unbedachtes

Wort schreiben (ist meistens sowieso nicht so gemeint, aber man muss halt am eigenen Image festhalten) lieber als die hinterhältigen anonymen Schreiber ohne Arsch in der Hose! Vieles ist noch zu tun in unserem Deutschland damit es besser wird. Gute Ansätze finden sich auch hier. Wir reden wenigstens miteinander in diesem Forum! Das ist immer der Anfang zum MITEINANDER! Grüsse an alle ‚Turtle'

Na Schatz, siehst Du, das obengenannte habe ich gerade auf Deinen Beitrag geantwortet, Daher musst Du verstehen, dass jetzt natürlich meine Schreibwut verpufft ist in diesen Stunden. Aber antworten muss ich Dir schon, habe es auch versprochen! Schön, dass Du Dich wieder beruhigt hast, ich habe es auch. Natürlich kannst Du schreiben was Du möchtest.

Außerdem: Du schreibst meine Art Vermittlung kommt nicht an. Ich sah das nicht als Vermittlung, sondern klar auf eine Seite stellen. Bei Dir kommt eben die alte Genossin durch, das sollst Du auch weiterhin so halten. Treu zur Stange! Deine Vergangenheit als Genossin ist ja bekannt! Ich werde schon antworten wenn mir was nicht gefallen hat. Du kannst mir ja genauso kontra geben. Was bringt Dich nicht alles auf die Palme!

Für einige im Forum ist die Stasi ein besonderes Feindbild. Für diejenigen, welche länger im Forum sind ist das nichts Neues. Es kommt immer wieder Kontra zurück von Alfred, Merkur, FeliksD und Gilbert. Auf der anderen Seite Wosch und Gert und dann die ‚gemischten', die händeringend versuchen, mit beiden Seiten auszukommen. Dazu gehoerst Du mit Sicherheit, auch wenn Du nie aufhoerst Deine Fahne zu schwingen. Von Euch gibt es zwar nur wenige, aber es ist doch ein Anfang, miteinander zu reden. Und einige sind nur auf Konfrontation aus, so ist es eben. Bei einigen ist auch viel Neid und auch Wut vorhanden, wenn bekannt wird, dass es den Ex Feinden, sprich Stasi, heute wieder gut geht. Du hattest oder hast doch auch immer noch Deine sozialistischen Ideale. Kontakt mit den Menschen die diese Ideologie, oder besser gesagt wie diese Ideologie verwirklicht werden sollte ablehnten, hattest Du kaum! Du hast, wie ich merke, und worüber ich sehr froh bin, doch Deine Ansichten in manchem überdacht, auch wenn Du nicht von Deinen Idealen abgehen musst. Ja bestimmt sogar hat dazu auch der Kontakt mit mir beigetragen! Ich habe durch den Kontakt mit Dir ebenso dazu gelernt und sehe einiges seitdem mit ganz anderen Augen. Mit Deinem Buch weiß ich nicht was besser gewesen wäre, als Kommunistin outen oder nicht! Auf der einen Seite kaufen es mehr alte Genossen. Die Gegenseite ist natürlich die, welche Kommunisten ablehnen und die annehmen müssen, dass Dein Buch eine kommunistische Verherrlichungsschwarte ist, was absolut nicht der Fall ist, es ist ausgewogen und ehrlich. Es wird von Dir ja noch ein weiteres Buch geben, mit oder ohne Outen, ist egal, ich sage Dir noch mal – Du schreibst herrlich.

So mein Schatz Schluss für heute, mir tut der Arsch vom sitzen weh, die Finger vom Schreiben und habe noch ein ganz anderes Problem, wenn ich an Dich denke …
Liebe Grüße und Küsse, bis Morgen, Dein Robert

Hallo lieber Robert, guten Morgen, hoffe, Dein Arsch hat sich erholt, Deine Finger haben sich entkrampft und auch alle anderen übrigen wichtigen Teile haben sich beruhigt!

Also weniger Sex, mehr Politik heute bitte, sonst bekomme ich auch noch Krämpfe! Wo sage ich Dir nicht!

Und, damit es gleich richtig fetzt! *Du* hast mich wieder einmal nicht richtig verstanden. *meine* Art der Vermittlung meinte ich, kommt eben nicht an, nicht *Deine* Art! Deine Art kommt scheinbar immer gut an. Ich bin eben eine Genossin, die mit dem roten Fähnchen weißt Du! Die sehen oftmals nicht was ich schreibe, sondern nur das rote Tuch! Ich will lernen, das tue ich auch. Für meine Begriffe gehört vieles unter ‚persönliche Rubrik'. Warum werden Genossen wegen ihrer Lebenslage angegriffen. Wollten doch alle diese Freiheit oder nicht, dazu gehören diese Genossen ganz genauso dann auch. Und wenn es ihnen gut geht heute, ja, was dann? Sollten die alle auf einen Felsen gesetzt und in die Luft gejagt werden? So schrieb mir ein sehr intelligenter Mensch, ja intelligent, ein Akademiker. Da wird diese Hexenjagd veranstaltet, die weder Vorteile noch Genugtuung bringt, im Gegenteil. Wer Wind sät, wird Sturm ernten. Neid der Besitzlosen würde ich das nennen, von welcher Seite auch immer. Hatte einen Bericht gestern Abend geschrieben und aber gleich wieder herausgenommen. Habe das Sticheln satt. Robert, ich besonders stehe immer noch zwischen den Fronten, auch wenn ich weiß wohin ich gehöre. Das war früher und ist auch heute nicht einfach.

Robert ist sauer, hat am darauffolgenden Tag nach einem neuen Bericht von Kyra im Forum ordentlich etwas auszusetzen:

Fuck! Jetzt reicht es mir! Du begreifst es nicht Genossin! An seinem Avatar kannst Du sehen, dass er immer noch nichts dazu gelernt hat. Für ihn sind Republikflüchtlinge wie ich nur Verbrecher. Auf meine direkten Fragen via PN, bekam ich nie eine Antwort. Ich kann auf der anderen Seite verstehen, dass es Menschen gibt, die nicht verstehen können, dass einer wie er, der den Kapitalismus damals und heute noch ablehnt und bekämpfte, es so schnell schaffte wieder oben zu sein. Ich habe diese Leute kennengelernt, ich verurteile nicht ihre Mitarbeit für die Staatssicherheit, ich verurteile ihre Uneinsichtigkeit. Tut mir Leid mein Mädchen, bleibe Genossin, rot und knallig, eventuell passen wir doch nicht zusammen, und Du solltest Dich lieber unter Gleichgesinnten bewegen. Er, den Du verteidigst kann speziell sehr gut austeilen. Und weil das so ist, muss er auch einstecken können. Aber Du musst ihn noch verteidigen! Von mir aus schreibe aber was Du willst. Mir passt aber nicht, wenn durch andere Beispiele das Unrecht in der DDR abgeschwächt wird! Diese Gruppen bekämpfen sich im Forum schon lange. Mal beleidigt der eine, dann der andere. Weiter so Genossin, hau drauf. Gute Nacht.

Gute Nacht schreibt Robert. Ohne Kuss und ohne ‚Dein Robert'. Einfach gute Nacht. Arschloch. Ich hasse ihn und werde es ihm auch mitteilen.

Robert, ja, vielleicht ist es tatsächlich besser ich bewege mich nur unter Genossen, wie Du schreibst: Gleichgesinnten. Wie sind diese denn ‚gesinnt'? Sind das Arschlöcher in Deinen Augen, die keine Menschen, sondern eben nur schlecht sind. Naja, so etwas gibt es bei den Kapitalisten wie Euch nicht. Ihr habt alle einen Heiligenschein! Du musst nicht antworten. Ich will nichts mehr von Dir hören! Bleibe Du bei Deinen ‚Gesinnten'. Dir muss auch nichts leid tun im Zusammenhang mit mir! Meine

Gleichgesinnten beleidigen mich wenigstens nicht, auch wenn sie mir mal die Leviten lesen. Gut, wenn Du eben meinst, dass wir nicht zusammen passen, Du überheblicher Tropf! Ich verteidige wen ich will, das merke Dir! Und außerdem, wie ist es, wenn Deine tollen Spezis mich angreifen, dann sagst Du nichts, das ist normal? Ich muss das hinnehmen, aber Du regst Dich auf! Ich könnte Dir einiges noch dazu sagen, aber *ich* habe Respekt vor dem Andersdenkenden. Du hast Recht und ich meine Ruhe! Und Du willst von ‚auf den anderen zugehen' sprechen, ‚die Hand reichen? Ein Arschloch bist Du, genau wie alle anderen. Und nun kannst Du gehen und die Genossin lächerlich machen, das wolltest du doch nur von Anfang an. Du kanntest meine Gesinnung. Ich werde Dir nie wieder schreiben, und auch Deine Emails sofort blockieren. Ich hasse Dich nicht, aber ich habe keinen Heiligenschein und passe nicht zu Dir, ich brauche den auch nicht, und Dich schon lange nicht! Kyra

Die Tränen laufen bereits, als sie diese Email schreibt. Kyra weint sich in den Schlaf. Schaut nach einer Antwort von Robert und bricht jedes Mal in Tränen aus, wenn nichts von ihm erscheint.

Robert lässt Kyra gewähren. Er leidet auch, wartet aber einige Stunden ab, kann es dann nicht länger aushalten. Er kennt mittlerweile ihre kurze Lunte wenn es um diese verdammte Politik geht. So leicht ist sie in Rage zu bringen. Es kommt hinzu, dass ihre Vermittlung als ‚Friedenskriegerin' einfach oftmals nicht anerkannt wird zwischen den Streithähnen. Robert weiß, dass sie leidet und es tut ihm weh. Als kein Zeichen von ihr kommt, schreibt er ihr.

Liebling, bist Du noch da? Oder geht meine Email gleich in den ‚trash'? Melde Dich doch mal. Es geht mir nicht gut, ich wollte Dir nicht wehtun. *Ich* bin Dein Gleichgesinnter, ich alleine, bei mir bist Du gut aufgehoben, bei mir und bei keinem anderen. Ich bin sehr traurig, ich vermisse Dich, ich weiß, dass Du meine Worte schwer genommen hast, so meinte ich es doch nicht. Und heute sende ich Dir doppelte Küsse, weil ich gestern Abend keine schickte… Dein Robert, den Du so sehr hasst wohl, der Dich aber lieb hat und an Dich denkt. Und wenn Du endlich bei mir bist versohle ich Dir tatsächlich den Arsch, damit Du endlich nicht immer alles so schwer nimmst.

Robert weiß sehr wohl, dass Kyra eine lange Durststrecke hinter sich hat. Ihr Scharfsinn, ihre Verteidigermentalität weisen auf eine starke Persönlichkeit hin, denn sie ist, anders als viele nach der Wende, ihren Genossen treu geblieben. Selbst als Nichtgenosse gefällt ihm ihre Loyalität, und dass sie nie schwankte. Jedoch weiß er längst, dass diese Frau auch Unsicherheiten aufweist. Sie will endlich mitmischen in der Auseinandersetzung um das Geschehen und kommt scheinbar immer an die falschen Leute, auch wenn von den Genossen unterstützt, wird sie oftmals von beiden Seiten angegriffen, eine Tatsache die nicht von der Hand zu weisen ist. So steht sie meist als Friedenskriegerin auf verlorenem Posten, keiner will ihre Blümchen haben.

Robert wartet ungeduldig auf Kyras Antwort. Als diese nicht kommt schickt er sich gerade an, ihr erneut zu schreiben, als ihre Antwort, kurz und bündig, und ganz entgegen ihrer gewohnten Art, dazwischen kommt.

Robert! Ich war so traurig und ich fühlte mich total verlassen. Ich dachte Du wolltest mich loswerden. Du hast mir wehgetan. Aber das macht nichts, Du bist nicht der Erste, ich verzeihe auch Dir. Kyra

So ist sie, denkt Robert. Kurze Lunte, schrecklich wütend werden, sagt was sie niemals sagen wollte, quält sich selbst am meisten, dann zieht sie sich in ihre Schale, schmollt und spielt ‚rühr mich nicht an', kommt ganz langsam wieder hervor, wie ein unartiges Kind. Robert macht sich Sorgen, leidet mit ihr.

Meine liebe Kyra,
es ist noch ein weiter Weg mit uns, aber vergessen wir erst einmal den ganzen Mist! Höre mir zu kleine Genossin, Du bist mir wichtiger als alles andere. Ich bitte um Entschuldigung, und Deine Entschuldigung ist angenommen. Wir machen alle unsere Fehler und Missverständnisse entstehen schnell. Sei nicht wieder voreilig mit dem Schreiben bevor Du nicht alles gelesen hast im Forum! Außerdem ist es oft so, dass Du etwas völlig missverstehst. Es stimmt was Du sagst, Kanne wird oft angegriffen, er fordert es aber manchmal mit heraus. Dieses ewige hin und her mit Wosch oder Gerd! Es gehört einfach alles dazu. Alle gehören dazu, wie waere es ansonsten langweilig! Du warst zu lange ohne Gespraechspartner, und musst Dich an diese harten Diskussionen in Deutschland gewoehnen. Mich persönlich verbindet mit Kanne so etwas wie gegenseitige Achtung! Neuerdings wanderten schon einige private Mails ohne das Forum dazwischen zu schalten, hin und her. Auch wegen Sette schrieb er mir, dass er ein solches Verhalten eines Genossen ablehnt. Auf bestimmte Beiträge antwortet Kanne mir lieber privat, damit er nicht zerrissen wird, von denen, die das Niveau für eine sachliche

Auseinandersetzung nicht haben. Ich empfand Deinen Bericht als Seitenhieb gegen mich, hätte ich nicht tun sollen. Ich raste oftmals genauso schnell aus wie Du, das gebe ich zu. Na, haben wir auch das gemeinsam! Verdammt noch mal, ich mag Dich, noch viel mehr als das. Und so unterschiedlich sind wir überhaupt nicht. Aber komme mir nicht wieder mit der roten Sarah, die mag ich wirklich überhaupt nicht, verschone mich mit der. Es reicht mir, wenn ich mit Dir streiten kann. Liebling, beruhige Dich wieder, so schnell wirst Du mich nicht los. Ich freue mich wenn ich weiß, dass es Dir besser geht. Wir sollten ein paar Tage diese verdammte Politik vollkommen links liegen lassen, meinetwegen auch rechts oder in der Mitte, wo auch immer. Wir hängen im Fluss des Lebens, wir sollten uns aneinander festhalten, damit die Strömung uns nicht wieder in verschiedene Richtungen trägt.

Kyra antwortet.

Lieber Robert, weißt Du was ich denke. Es ist eigenartig, warum tun die Deutschen sich so schwer? Hier in den USA gibt es immer noch dieses Nord-Süd-Gefälle. Witze und auch sogar Beschimpfungen gehen noch hin und her, auch wegen der Redneck Flagge, immer geht es noch um den Buergerkrieg und um die Sklavenbefreiung. Aber die Nordstaatler und die Südstaatler sind immer ein Volk, diese stehen in Reih- und Glied nebeneinander und sind am Ende des Tages nur alle Amerikaner. Das wünsche ich mir für Deutschland auch. Und ja, ich habe gelitten, weil ... aber das sage ich Dir nicht, noch nicht. Deine Kyra.

Kyra fängt wieder an, sich für alles was in Deutschland abläuft, zu interessieren, sie liest viel Zeitung online und schaut sich deutsche Nachrichten an aus der Ferne. Da scheint einiges nicht so nach Programm zu laufen mit der deutschen Politik.

Es gibt zwischendurch einiges zu bereden, und es wird dabei auch geschimpft als beide ihre Seite der heutigen Politik darstellen, dennoch kommen die beiden sich auch in ihren gegenseitigen politischen Ansichten näher. Bezeichnend dabei ist, dass sich bei Aussagen zur heutigen Politik große Übereinstimmungen ergeben.

Robert schreibt über das, was er vermisst hat in der DDR, Kyra beschreibt ihr Leben im ‚kapitalistischsten aller Länder' wie sie die USA nennt.

Was denkst Du Robert wie es aussieht hier im Lande? Welche Träume haben diese Menschen, die ihre Familien und ihr Hab und Gut verlassen, um hier in den Ghettos der Großstädte anzusiedeln. Anzusiedeln ist zu viel gesagt, diese werden angesiedelt. Für diese Außenbezirke reicht es gerade, in die feineren Wohngegenden geht es nicht, schon gar nicht in die vornehmeren Siedlungen. Ich war in Chicago im vorigen Jahr, habe eine russische Familie besucht außerhalb der Stadt, eben in einem dieser sogenannten ‚polnischen Bezirke'. Eine winzige Dreizimmerwohnung, fünf Leute teilen sich die Wohnung, ein Baby unterwegs, zu mehr reicht es nicht. Der Vermieter hält die Hand am 1. des Monats unmissverständlich auf, wer nicht zahlen kann, der fliegt sofort. Ich bin mit denen in die Geschäfte gegangen in ihrer neuen tollen Umgebung. Eine Ecke der schlimmsten Art mit verfallenen Gebäuden, wo die Arbeitslosen an jeder Ecke stehen und die

Kriminellen nur auf ihre Chance warten zuzuschlagen. Die Billigläden müsstest Du sehen, da hörst Du nur polnisch oder russisch! Welch ein Glück ist es für einige, in diese ausrangierten und billigsten Waren zu wühlen. Russische Schlachterei, russische Teestube, da sitzen nicht nur die alten Männer während die Frauen im 7. Stock sitzen und ihre Süppchen kochen oder illegale Drecksarbeit verrichten – und heimliche Sehnsucht nach ihren alten Holzhütten und Gärten in der alten Heimat haben. Aber so entfernt sind die Menschen nicht dem amerikanischen Leben, durchaus nicht. Es leben viele weiße und auch farbige amerikanische Nachbarn dort, das sind die, die sich auch gerade dort die Wohnungen leisten können. Auf dem Flughafen Koffer schleppen, putzen, die schmuddeligsten und schwersten Arbeiten für unglaublich niedrige Stundenlöhne verrichten, selbstverständlich ohne Kranken- oder Rentenversicherung! Ihre Diplome werden nicht anerkannt als Schwester, Lehrer oder Fachkräfte. Autos und Swimmingpool, davon träumten diese Menschen als sie noch eine halbe Welt entfernt waren, nun sind sie dem auch nicht näher gekommen als in einer Illustrierten. Aber, in unserem Kapitalismus sind nicht nur diese Menschen Gefangene des Systems. Denn in den ‚besseren' Wohngebieten sitzen die, die vor Schulden nicht mehr in den Schlaf kommen. Die über den Tisch gezogen wurden von den Banken, das sind arbeitswillige Menschen aller Rassen, die sich mit manchmal sechs Arbeitsstellen rund um die Uhr gerade über Wasser halten. Aufgrund der Gesetze, verzeih mir, aufgrund der *fehlenden* Gesetze, sind diese Menschen alleingelassen in ihrem Dilemma. Menschen werden hier so schnell auf die Strasse gesetzt, dass sie gerade einmal ihre wichtigsten Dokumente fassen können. Im Handumdrehen verlieren sie alles wofür sie jahrelang geschuftet haben, ohne ein Bein auf die Erde zu bekommen. Ihre Habe wird auf die Strasse geworfen, ob es ein Tag vor Weihnachten ist oder ob Kinder davon betroffen sind, das ist völlig bedeutungslos. Es geht dann ins Obdachlosenasyl oder in kakerlakenverseuchte alte Wohnmobile der schäbigsten Art. Es gibt die Möglichkeit in einen anderen der fünfzig Staaten zu gehen, allerdings stets verfolgt vom Schuldenberg! Und trotzdem, es gibt eine ganze Menge Menschen, die scheinbar dieses dem harten russischen Leben vorziehen. Trotzdem leiden diese Menschen. Sie leiden, weil sie hier, genauso wie da wo sie hergekommen sind, am Rande stehen. Wenn Deutsche diesen Weg nehmen kann ich es überhaupt nicht begreifen. Diese finden meist sehr schnell heraus, welch ein soziales Sicherheitsnetz sie in Deutschland trotz aller Probleme hinter sich gelassen haben, denn Krankenversicherung und gesetzliche Rente sind hier Fremdwörter. Geht hier eine Firma nach dreißig Jahren kaputt, bekommst Du keine Rente vom Staat. Hier kann man das Alter fürchten lernen Robert. Du mit Deinen sechzig Lenzen und in Rente!? Da lacht hier Chicken Little! Leute arbeiten bis sie umfallen hier, Achtzigjährige müssen arbeiten, weil ihre winzige Rente trotz jahrzehntelanger Arbeit und Einzahlungen ihre Rechnungen nicht bezahlen können. Eine Sache ist nur sicher, der Tod. Bitter ist es sehen zu muessen, wie Menschen in den Apotheken abgewiesen werden, weil sie keine Krankenversicherung haben. Alle Beteuerungen krank zu sein helfen nichts, ein aelterer Mann verlangte die Diabetesmedikation fuer seine Frau, er weinte, was ist das fuer ein Land in dem die Menschen an letzter Stelle stehen? Doch es gibt etwas, will ich nicht ungerecht sein: Nie wird dieser Kampf im Kapitalismus einem vorenthalten! Diese Ausbeutung darf man sich jeden Tag aufs Neue stellen, bis man quasi aufhört zu existieren.

Robert beschimpft ebenfalls die hässliche ‚Fratze des Kapitalismus' und Kyra wirft ihm vor, dass er diese große Freiheit schließlich wollte und auch, dass er es nicht darstellen soll, als ob er diese erst seit gestern kennt. Robert erwähnt auf der anderen Seite auch, dass er es ebenfalls nicht versteht, dass viele Russen oder andere ehemalige Ostblockbewohner unbedingt in die USA wollen.

Es geht einige Male noch heiß zur Sache als Kyra von ihrem Standpunkt die Genossen zu verteidigen, nicht abgehen will. Robert wettert dann, wenngleich er etwas vorsichtiger ist als vorher.

Er wirft Kyra vor: Es war die Politik, die Systeme, die menschenverachtend waren, insgesamt der Kalte Krieg. Und ich habe das Recht mich zu ärgern, wenn ich lese, dass es den Peinigern von gestern finanziell besser als ihren Opfern geht. Denen wurden keine Rentenzeiten wie mir abgezogen, verdammt noch mal! Dass bei Dir immer noch die Genossen und Kommunisten einen so hohen Stellwert haben, verstehe wer will, ich nicht! Ist mir aber langsam egal, Hauptsache, Du versuchst bei mir keine Gehirnwäsche anzuwenden Genossin. Das hätte bei mir niemals Erfolg mein Liebling. Bei mir wirst Du Frau sein, eine Frau die liebt und voller Hingabe ist! Wenn ich auch Deine kommunistische Seele nicht beherrsche, Deinen Körper nehme ich mir, und das sage ich Dir, das ist ein Versprechen, den werde ich beherrschen, liebe Grüsse und Küsse, Dein Robert

Kyra kontert wieder einmal: Robert, siehst Du denn nicht, dass Du auch der Kapitalistenfratze im Grunde zum Opfer gefallen bist mit Deiner Rente oder willst Du Deine neue Rentenberechnung und die Abzüge auch der Stasi anlasten? Wasser auf meine Mühle! Ach Schatz, wenn Du jetzt bei mir wärst, würde ich Dich ins Bett ordern, Du müsstest Dich erst auf den Bauch legen und bekämst eine herrlich entspannende Massage, so dass Dir die Sinne vergehen. Kapitalist bist Du dann nicht mehr, nur noch ein Mann. Alle Sinne werde ich in Dir wecken. Du kannst mich beherrschen, nein nicht mich, aber meinen Körper überlasse ich Dir mein Robertchen, ich freue mich schon darauf. Ich verspreche auch keine Gehirnwäsche durchzuführen, aber ich werde es fertig bringen, dass Du an nichts mehr denkst, an nichts Unangenehmes jedenfalls, und, wehren wirst Du Dich nicht mehr können. Kann es nicht erwarten, vermisse Dich immer mehr, liebe Grüsse und Kuesschen, Deine Kyra

Ein paar Tage später ist der Teufel los im Forum der DDR-Grenze. Einige Leute der kleinen MfS Gruppe haben anonyme Anschreiben und Emails erhalten, bei einigen wurde bei den Arbeitgebern angerufen in dem Versuch diese zu Denunzieren. Die Wogen gehen auf beiden Seiten hoch. Kyra erhält ebenfalls Emails und wird auf schlimmste Weise beschimpft, alte Kommunistensau unter anderem, ist schmeichelhaft bei allem was ihr gesagt wird. Ihr wird gedroht, dass sie es nicht wagen soll, nach Deutschland zu kommen, und sie erhält das Versprechen, dass man sie finden wird, und dass das was Adolf Hitler nicht zu Ende bringen konnte, endlich erledigt wird im Jahre 2011. Robert erhält eine Email, worin er bezichtigt wird, mit der ‚Stasi zu klüngeln'. Er ist sehr ungehalten über die Aussage, da er stets versucht, mit beiden Seiten zu reden. Zwei User der MfS Gruppe nehmen ihren Hut, stellen wortlos ihre Berichte ein und verlassen das Forum, einer lässt seinen gesamten Account löschen, so auch Kid, ein grosser Diamant des MfS. Seaman ebenfalls ein Top-Agent hat sich bereits vorher verabschiedet. Kyra wehrt sich, stellt sich den Anfeindungen öffentlich, stellt teilweise ein, was ihr angedroht wurde. Der Forumsbetreiber kann nichts anderes tun als zur Besinnung aufrufen. Ob diese anonymen Schreiber dem Forum länger angehören und sich unter den normalen Usern befinden, kann nicht festgestellt werden. Eher wird vermutet, dass diese sich als ‚Guests' eingeschrieben haben um Unruhe zu stiften. Der Forum Besitzer wird auch via Emails derb beschimpft von anonymen Schreibern und lässt folgendes verlauten:

Liebe Mitglieder im Forum, leider kommt es immer öfter vor, dass hier Mitglieder öffentlich oder per PM wegen ihrer Vergangenheit diffamiert werden. Wir vom Forums-Team sagen zu diesen Attacken ganz klar NEIN! Und wir werden in Zukunft solche Angriffe nicht mehr dulden. Sollten uns Fälle innerhalb des Forums gemeldet werden, werden die verantwortlichen Mitglieder sofort aus dem Forum entfernt. Wir haben in der letzten Zeit langjährige und wertvolle Mitglieder hier im Forum verloren, weil sie per PM, Email oder sogar am Arbeitsplatz wegen ihrer Vergangenheit diffamiert worden sind.

Jeder von Euch hat eine Vergangenheit und es kann nicht sein, dass in meinem Forum mittlerweile Menschen förmlich abgeschlachtet werden, nur weil diese beim Ministerium für Staatssicherheit oder für den Osten ihren

Dienst versahen. In diesem, meinem Forum, ist jeder willkommen, der irgendwas zur Vergangenheit der DDR und deren Grenze beitragen kann. Das Forum der Grenze ist kein reines Forum fuer Grenzer, sondern für alle Sparten der ehemaligen Grenze und der DDR und für jeden anderen steht die Diskussion mit diesen Mitgliedern aus Ost und West frei. Mir wird teilweise schlecht, wenn ich mitbekomme, wie hier auf Menschen eingehackt wird.

Aus diesem Grunde haben wir die Regel 11a dahingehend abgeändert, dass gezielte Angriffe per PM bei Meldung sofort geahndet werden, und zwar mit dem sofortigen Ausschluss aus dem Forum, und das auf Lebenszeit. Ich vertrete hier alle Gruppen und bin auch kein Stasi-Freund, aber irgendwann ist es einfach genug. Blinder Hass gegen eine Gruppe von Menschen bringt hier in diesem Forum nichts und wird wie beschrieben oben, nicht mehr geduldet. Grüsse, Angelo, Forum der DDR-Grenze

Kyra fragt Robert in diesen Tagen, ob sie es tatsächlich so sehen kann, dass sich das ‚Neue Deutschland' wie sie es nennt, hier im Forum abspielt. Robert kann diese Frage von Kyra nicht unbedingt verneinen.

Weißt Du Kyra, die meisten Deutschen verstehen sich. Aber immer noch ist eine Abneigung oder sind große Vorurteile vorhanden, und diese Vorurteile werden mit sehr unsachlichen Mitteln gehandhabt.

Wenige Tage später geht alles seinen gewohnten Gang, jedoch bedeutet das Austreten der Genossen, die interessantes Wissen mit eingebracht haben, herbe Verluste. Alle User sind darüber bestürzt. Selbst die Klassenfeinde bitten die User der anderen Seite zu bleiben. Gleichgültig auf welcher Seite sie stehen, sind diese über die zuteil gewordenen Erkenntnisse bestürzt. Es findet nicht oft statt, aber ab und zu muss ein User gesperrt werden, der nicht nur eine andere Meinung hat, sondern konstant andere persönlich angreift. Nazis werden meist sofort erkannt, dennoch geben sich einige aus gutem Grund nicht zu erkennen. Eine schwierige Situation, die von allen getragen werden muss.

Kyra erhält in den Wochen danach weiterhin Hassmails. Diese schickt sie an Robert und teilt dieses auch ihren Genossen mit, die gewaltig mit Vorhaltungen kontern, dass sie viel zu offen wäre und nach wie vor keine Ahnung von dem hat, was sich in Deutschland abspielt. Und, sie sagen ihr, dass sie lernen muss, den Mund zu halten.

Über einige Emails ist Kyra sehr aufgebracht. Ein Schreiber wirft ihr vor, Schiffe auf der Ostsee beobachtet zu haben, die dann von der DDR Küstenwache gestellt worden waren, es wird ihr auch vorgeworfen, bestimmte Familien ins Unglück gestürzt zu haben. Einer behauptet sogar, sie wäre in Vietnam gewesen 1967. Sie klagt ihr Leid an Robert, schickt ihm die Emails. „Siehst Du Robert, nun habe ich den Russen schon in Vietnam zugearbeitet. Ja, sicher, da war ich noch nicht einmal siebzehn(!) und schwanger mit meinem ersten Kind, sicher bin ich mit meinem dicken Bauch in den schmalen Untergrundbunkern der Vietnamesen gewesen!" So aufgebracht ist sie wieder. Kyra ist es seit zwanzig Jahren nicht gewohnt, sich diese Anklagen anzuhören, die zwar allesamt nicht ein Fünkchen Wahrheit enthalten, aber sie doch in Aufregung versetzen. Langsam scheint es aber, dass sie die Hexenjagd lockerer nimmt. Und das ist ebenfalls nicht in ihrem Interesse.

Es kracht und ballert weiterhin im Grenzer Forum, aber auch wenn einige vehement ihre Standpunkte verteidigen, geht es meist respektvoll zu. Auch bleiben humoristische Einlagen nicht aus. Robert schreibt im Forum folgendes:

„Niemand wird es schlechter gehen! Niemand hat die Absicht eine Mauer zu bauen! Und wir werden bald alle in blühende Landschaften wandeln! Wer dem Geschwätz der Politiker glaubt, dem ist sowieso nicht zu helfen! Hat man Euch im Osten nicht immer die hässliche Fratze des Kapitalismus gezeigt, im schwarzen Kanal z.B. Warum wollten die meisten Menschen trotzdem lieber dieses System? Warum gab es offiziell keine Arbeitslosen?

Beschäftigte ein Privatunternehmer (ja, die gab es auch in der DDR) auch von Staats wegen Leute, die er nicht unbedingt als Arbeitskraft brauchte? Logisch war der Osten nach dem Mauerfall erst einmal ein großer Absatzmarkt, und hat auch viele zwielichtigen Typen oder Glücksritter angezogen. Hier war die Chance für gewissenlose Geschäftemacher Leute nach Strich und Faden über den Tisch zu ziehen, zu lügen und zu betrügen. Gewarnt wart Ihr! Die schnelle Mark bot sich an, und der Umstand wurde wahrgenommen. Viele Ossis mussten schwer Lehrgeld bezahlen. Mir ging es damals als ich nach dem Westen kam, auch nicht anders. Aber habt ihr damals nicht mit dazu beigetragen, dass die VEB Betriebe noch schneller am Ende waren? Wer kaufte noch einheimische Waren? Musste es nicht Ware aus dem Westen sein? Das war plötzlich so wichtig! Ja, schaut einmal heute nach Bitterfeld, Leuna, oder wo Uran abgebaut wurde. Sehen die Häuser immer noch so verfallen aus?

Wenn ja, liegt es zum Teil an die Menschen, die nicht von der Stelle zu kommen scheinen und die weiterhin glauben, dass im Kapitalismus ihnen alles in den Schoss fallen wird. Weit gefehlt! Blühende Landschaften sind es jedoch allemal nicht! Aber müsst ihr immer noch Angst haben, dass ein unbedachtes Wort eine Abholung zur Klärung eines Sachverhalts zur Folge hat? Ist der Lebensstandard wirklich schlechter als damals in der DDR!? Wartet ihr auf ein Einheitsauto immer noch ewig? Habt ihr heute nicht alle ein Telefon und dürft damit die Nummer frei wählen, egal ob der Teilnehmer in Rostock oder New York ist. Wie hat sich das Reiseverhalten geändert? Kommt mir nicht damit, dass längst nicht alle überhaupt reisen können.

Der Kapitalismus ist härter und gefräßiger, da sind Selbstinitiative und die Ellenbogen gefragt. Hört endlich auf zu jammern was besser war und jetzt schlechter in der DDR ist.

Wacht endlich auf und helft lieber mit zu verändern, was heute schlechter oder schlecht ist in der Gesamtrepublik, damit es besser wird!

Zu guter Letzt ihr habt das Recht zu demonstrieren, von mir aus – „wir wollen unsere DDR zurück?" Vielleicht bekommt ihr Helgoland geschenkt und dürft eine neue Diktatur aufbauen.

Das erspart sogar die Mauer, Minen, SM70 und die Grenzer. Auf der Insel müsst Ihr nur den privaten Bootsbesitz verbieten, damit Euch keiner entwischt, und da für die Insel das Fahrrad reicht, gibt es keinen Ärger mit der langen Wartezeit für ein Auto. Nur, wie machen wir es den Helgoländern klar, dass sie die Insel verlassen müssen?

Eigentlich ist das auch einfach zu lösen. Wir lassen sie mit auf der Insel, die Genossen haben alte Erfahrungen mit Zwangsaussiedlungen, so müssen die dann nur ein bisschen nach Norden rücken. Ihr müsst nicht alles so furchtbar ernst nehmen was ich geschrieben habe, trotzdem – das Fünkchen Wahrheit wie es immer so schön heißt, das findet ihr bestimmt in meinen Zeilen. Wenn nicht meldet Euch mit für Helgoland an! Gruß an alle Turtle."

Kyra kontert öffentlich im Forum auf ebenso humoristische Art wie einige andere User. Da keiner weiß, was sich zwischen ihr und Robert auf privater Basis abspielt, kann sie sich auslassen.

@Robert. Hello Turtle Robert, wie geht es Dir und Deinen Gedanken? Hast Du gute Einfälle! Helgoland? Eine schöne Insel, nur ein bisschen klein. Aber es gibt ein Ober- und ein Unter-Helgoland. Und es gibt einen Aufzug, da musst Du allerdings 60 Cent bezahlen. Wie zu DDR-Zeiten, die Dame regiert eisern, bezahlst Du nicht, wird die Türe nicht aufgemacht! Und die Helgoländer stimmen bald ab, ob sie ihre Insel erweitern wollen, das heißt, die Düne soll mit der Hauptinsel verbunden werden! So passen noch eine ganze Menge mehr Leute drauf! Aber, so ganz ohne Autos? Das wird weder den Jenossen, noch den Kapitalisten jefallen! ☺! Wie wäre es andererseits, wenn wir junge Ossis und Wessis auf die Insel setzen, die dann fuer Nachwuchs sorgen! Hätten wir da nicht eine gesunde Mischung aus Kapitalismus und Kommunismus? Da hätten wir doch mehr erreicht als die BRD Regierung mit all diesen ‚Umfallern!' Damit wir nicht wieder Off Thema kommen. Zu Deinen Ausführungen über den Tisch ziehen. Das wurde auch mit Deiner freiheitsliebenden Regierung durchgeführt. Ich sehe noch die Menschen in der DDR, die in den Läden stehen nach dem Mauerfall, wenn die Westler mit ihrer Deutschen Mark kamen und alles restlos aufkauften was es zu kaufen gab. Ich habe noch nie gierigere Menschen in meinem ganzen Leben gesehen. In manchen Bezirken musste die noch DDR-Bevölkerung zusehen, dass die überhaupt noch Lebensmittel bekamen. Einkaufskörbe voller Fleisch und für BRD Buerger leicht erschwinglich mit der Westmark damals, das war ekelhaft und zeigt wie der Mensch gebaut ist, vor allem der gierige Westler, der ohnehin mehr als satt hatte. Es ging nur darum noch ein paar DM zu sparen, ohne Rücksicht auf Verluste, diejenigen, die an den Ellenbogenkampf gewöhnt waren die kamen und zeigten wie es gemacht wird. Die kannste alle auf Deine Insel setzen, der Mensch ist die größte und dümmste Bestie aller Zeiten. Da wurde es nicht mehr beim guten Bleikristall oder sonstigen Waren in den Kaufhäusern belassen, nein, es musste geramscht werden auf Teufel komm raus! Da kamen diese Westler und gaben ein denkbar schlechtes Bild ab. Gesehen habe ich nicht nur einmal, wie BRD Buerger sich schlecht verhielten, nein, keinesfalls verhielten sich diese wie die Rächer der Enterbten! Im Gegenteil. Ein älterer Mann fuhr mit seinem Mercedes an eine Tankstelle in Leipzig. Er rief um Hilfe, konnte mit der Benzinpumpe nicht klarkommen, es war auch keine Selbstbedienung noch nicht! Dämelack! Viele BRD Leute tankten an diesem Tage bei ihren Touren durch das neu erworbene Land Billigbenzin. Als es ihm zu lange dauerte fing er an, den Tankstellenjungen lauthals zu beschimpfen. „Beweg

Deinen Arsch hierher, Du arbeitsscheues Stück! Das Arbeiten, das werden wir Euch demnächst beibringen hier im Osten, ihr faulen Säcke!" Der junge Mann wurde rot, wusste nicht wie ihm geschah und auch nicht, wie er sich verhalten sollte. Er ging zögernd an die Pumpe und auf den ‚freundlichen' Herrn zu. Ich bin ausgestiegen und rief dem verstörten Jungen zu, dass er sich nicht um den BRD ‚Nimietzki' kümmern sollte, er habe es nicht nötig sich so beschimpfen zu lassen. Nach meiner Aussage fühlte er sich etwas besser glaube ich, er drehte sich tatsächlich um und ließ den Besserwessi stehen. Der ältere Mann war außer sich, brüllte noch lauter, stieg aber dann ins Auto und wie es schien, brüllte er auch seine Frau an, dann zog er mit quietschenden Reifen davon. Sicher hat es sich an der nächsten Tankstelle ausgelassen. Ist das die langersehnte Vereinigung fragte ich mich damals. Nicht erst in diesen Tagen war uns allen klar, dass es Schwierigkeiten geben würde. Menschen, die von Geburt an, an der Hand geführt und geleitet worden waren, trafen teilweise auf Großschnauzen, die scheinbar alles besser wussten und die Menschen im Osten, völlig zu Unrecht, als dumme kleine Brüder betrachteten. Aber das mit Helgoland überlege ich mir! Gruß an alle, ‚Larissa'

Nach den Ausführungen von Robert und Kyra wurde es ‚laut' im Forum, es gab nachdenkliches aber auch wieder Streit, als ziemlich alles auf den Tisch geknallt wurde. Es wurde allerdings auch wieder viel gelacht.

Robert schrieb dann auch an Kyra privat. Kyra! Ich gebe Dir teilweise Recht. Aber nur teilweise. Ich weiß wie einiges abgelaufen ist. Alle Bundesbürger haben sich nicht so verhalten sage ich einfach mal, aber doch war fast konstant diese ‚Belehrungssituation' vorhanden, das stimmt. Das Verhalten, das Du beschreibst war auch geprägt von Hass, und zwar was mir auffiel, kam dieser Hass von Menschen, die kaum Ahnung von der DDR und dem System hatten. Eben Besserwisser. Das gefiel mir und sicher vielen anderen Menschen auch nicht. So sehe ich heute, dass wir doch einige Schritte weiter sind in Deutschland, auch wenn wir nicht da sind wo wir eigentlich sein sollten. Es gab ein anderes Leben in der DDR, wovon Bundesbürger keine Ahnung hatten, manche bis heute nicht. Die Menschen waren untereinander deutlich hilfsbereiter. Keiner musste Angst vor einer Altersarmut haben oder befürchten, dass er arbeitslos wird. Ich sage als Republikflüchtiger, wer glaubt, die DDR Buerger befanden sich in allen Lebenslagen in einer steten Unterjochung, der irrt gewaltig. Es gab nie die Angst am nächsten Tag auf der Strasse zu liegen. Keine richtige Arbeit? Mag sein, aber diese Menschen waren beschäftigt. Nicht vergessen dabei, was das am Selbstwertgefühl ausmachte! Sicher wurde diese bestehende Arbeitslosigkeit versteckt, aber der Mensch braucht Arbeit, sollte sich nicht vom Staat aushalten lassen, wie er es im Westen dann lernte. Das alles bemerkte ich erst viel später, nachdem ich abgehauen war. Darum hatte ich mir vorher kaum Gedanken gemacht. Die Kehrseite der Medaille war, dass die DDR an dieser ‚Arbeitsweise' zerbrochen ist. Die DDR Wirtschaft, wenn man diese Planwirtschaft so nennen konnte, hat es nicht verkraftet, unproduktiv zu sein. Wie viele DDR Buerger waren nie im Grenzgebiet zur BRD, waren nie an den Grenzanlagen. Diese DDR Buerger lernten innerhalb des Zwangs frei miteinander zu leben! Das hört sich paradox an, ist es aber nicht! Das war so. Und diese Differenzen, gepaart mit Unwissenheit auf beiden Seiten schlugen aufeinander, daraus resultierend wurden neue Schranken aufgebaut, kaum dass die alten physischen Grenzen abgetragen waren. Diese Schranken bestehen auch noch zwei Dekaden nach der Vereinigung in vielen Köpfen! Wer verstanden werden will, muss die Geschichte akzeptieren – oder zumindest versuchen zu verstehen, wie die Brüder und Schwestern im Osten und andersherum, wie die Brüder und Schwestern im Westen erzogen wurden – und dieses sollte weit entfernt der heutigen Politik geschehen. Diese Politik muss man gemeinsam angehen!

I love you Comrade, your unloved ??? Robert

Ich liebe Dich Genossin, Dein ungeliebter ??? Robert

Kapitel IX

Persönliche Grenzen überschreiten

Kyra und Robert versuchen die getrennte Lebenssituation zu gut wie möglich überbrücken, bis Kyra in Deutschland sein kann. Einfacher gesagt als getan. Als es kaum noch auszuhalten zwischen den nicht nur durch die Politik erhitzten Gemüter, entschließt sich Kyra, früher als geplant nach Deutschland zu fliegen.

Von Louisville, Standiford Field Airport geht es nach Washington DC. Von Washington direkt nach Frankfurt. Punkt morgens um 7.10 Uhr setzt nach fast neunstündigem Flug über den Atlantik, die Maschine von United Airlines auf dem Frankfurter Flughafen auf. Von Frankfurt geht es wenig später mit Lufthansa 36 nach Bremen, um 9.50 setzt die Boing 737 auf dem kleinen Flughafen am Neuenlander Feld auf. Robert wird nicht auf dem Flughafen stehen, wenngleich er diese Entscheidung von Kyra akzeptierte, wäre er gerne bei ihrer Ankunft zur Stelle gewesen. Er muss noch einige Tage warten. Ihre Kinder holen sie ab und wenige Stunden später sitzt sie bei einer Tasse schwarzem Tee, Sahne und Kluntjes unweit der Nordseeküste. Aufgeregt und müde braucht sie ein paar Tage, bis sie den Jetlag überwunden hat. Sie telefoniert allerdings sofort mit Robert als sie in Friesland angekommen ist. Ihren Genossen teilt sie auch mit, dass sie sich in Deutschland befindet. Immer wieder musste ihre Ankunft vorher verschoben werden.

Soweit wie sie es machen konnte hat sie alles in den USA geregelt, jedoch noch längst nicht alle Zelte abgebrochen.

Kyra freut sich auf Deutschland, auf ihre Kinder, auf ihre Genossen und ganz besonders auf Robert, der es nicht erwarten kann sie zu sehen, und der sich still und geduldig im Hintergrund verhält. Als sie es auch nicht länger aushält, teilt sie Robert mit, dass sie nach Hamburg kommen wird. Unbelastet möchte sie ihren Cyberspacefreund, der inzwischen zu weitaus mehr avanciert ist, kennenlernen. Mit kleinem Gepäck bringt ihr Schwiegersohn sie zu einem Autoverleih und von dort aus fährt sie alleine in einem schwarzen Mercedes vom Bremer Kreuz in Richtung Autobahn Hamburg. In guter Umgebung und ohne Einschränkungen will sie Robert persönlich kennenlernen. Kyra kann nicht glauben, dass sie in Hamburg ist. Einiges ist ihr noch sehr in Erinnerung, vor allem die JVA Hamburg, den schmuddeligen Verlies wird sie nie vergessen können. Die Alster glitzert und erinnert sie an ihre Gänge an die verschiedenen Botschaften als ihre nachrichtendienstliche Tätigkeit begann und sie zur damaligen Zeit für eine ausländische Marine Visas besorgen musste. Stolz sticht das anspruchsvoll aussehende riesige Gebäude des US General Konsulats mit riesigen weißen Säulen hervor. Kyra ruft Robert erst an, als sie sich in Hamburg im Hotel InterContinental befindet. Robert hatte Hotel Atlantik vorgeschlagen, wo allerdings keine Reservierung für das Wochenende möglich war. Die allererste Begegnung soll ohne Störungen verlaufen, ohne ein verpflichtendes Zuhause, lieben Menschen oder Nachbarn. Zu dem Zeitpunkt kann Kyra kaum noch an sich halten, sie will Robert, ihren Republikflüchtigen, endlich kennenlernen. Er will am Abend eintreffen, sie verabreden sich in einem der kleineren Hotel Restaurants. Kyra hat sich den Tisch ausgesucht, es sind keine anderen Gäste in dem Raum, der mit Korbmöbel bestückt ist, und der vom Sonnenlicht durchflutet ist. Sie spricht gerade mit dem Kellner, und sagt ihm, dass sie Gesellschaft erwartet. In diesem Moment hat sie nicht wahrgenommen, dass Robert bereits das Restaurant betreten hat. Auf dem Weg zum Tisch betrachtet er verstohlen die Genossin, die ihn seit Monaten in Atem hält. Das dunkle Haar umrahmt ihr immer noch schönes Gesicht, Zöpfe hat sie wie auf den meisten Fotos. Sie ist braungebrannt. Als er plötzlich vor ihr steht, klopft ihr Herz. Robert ist ebenfalls nicht ganz ohne Hemmungen. Sie schaut ihn mit großen Augen an. Er bleibt vor ihrem Tisch stehen und schaut sie an, als sie langsam aufsteht sagt er: „Du bist noch kleiner als ich gedacht habe" das sind die ersten Worte, die er murmelt. „Entschuldigung, dafür kann ich leider nichts" sagt Kyra leise und bleibt stehen. Beide gehen aufeinander zu. Der junge Kellner scheint die Situation zu erfassen und entfernt sich dienernd höflicherweise. Für Momente bleiben beide stehen, sichtlich in ihrer eigenen Welt verloren. Etwas fassungslos räuspert sich Robert als sie sich auf die kleine Bank hinter dem Tisch zurückfallen lässt. Robert setzt sich ihr gegenüber. Kyra holt tief Luft als sich beide für Momente gegenübersitzen, ohne ein Wort zu sagen. Robert schaut sie an, nichts bewegt sich in seinem Gesicht, nur die Augen lachen. „Na, Genossin, kleine Genossin, wie fühlen wir uns in Hamburg?" „Ich weiß nicht, wie Du Dich fühlst, aber ich komme mir vor wie – ganz weiche Butter … " sagt Kyra. Robert hält es nicht mehr auf seinem Stuhl. Er steht auf und setzt sich ohne zu fragen neben ihr auf die gepolsterte Bank. Es bedarf nicht vieler Worte als er seinen Arm um sie legt und Kyra langsam den Kopf auf seine Brust fallen lässt. Der Druck mit dem er sie umarmt wird fester als er sagt: „Endlich bist Du bei mir, endlich sind wir zusammen." Beide sind befangen wie fünfzehnjährige beim ersten Ausgang. Das Kennenlernen ist anders als in Cyberspace. Hier sitzt der leibhaftige Mensch mit allen seinen guten und weniger guten Vorzügen. Beide kennen sich schon so lange, sind über die intimsten Geheimnisse und Ansichten miteinander vertraut und nun ist die Atmosphäre zum zerreißen gespannt. Der Kellner kommt mit Cognac und ein Gläschen Wein. Hunger kommt nicht auf. Kyra versucht sich zurückzuhalten in allen Belangen, hat sich vorher eingeredet, dass es entweder gut geht oder überhaupt nicht gehen wird. Eine andere Alternative gibt es nicht für sie. Robert will ebenfalls nichts falsch machen, versucht sich so zu geben, wie er normalerweise ist, und sich so zu benehmen, wie er sich Kyra gegenüber all die Monate verhalten hat, allerdings versucht er sich etwas zurückzuhalten. Sie unterhalten sich gut. Beide lenken unbewusst vom offensichtlichen Geschehen ab, geben beide nicht zu, dass sie sich zum anderen stark angezogen fühlen. Es ist, als wenn beide diese Tatsache nicht wahrhaben wollen, vor allem Robert. Er sagt ihr nach einer knappen Stunde, dass er sich nach einem letzten Getränk verabschieden möchte. Kyra versteht nicht ganz, was er damit meint, sie bleibt höflich, und versucht, sich nichts anmerken zu lassen. Ihr war klar, dass es unter Umständen nicht so ausgehen würde, wie sie es sich wünscht. Robert hingegen hat Gedanken, die ihn nicht loslassen. Er ist vom Moment an der Begegnung vollkommen hingerissen von der Genossin

Kyra. Seine Liebe, die er über all die Monate zurückgehalten hat, wo er sich nur in Cyberspace auslassen konnte, schmerzt plötzlich. Das wovor er sich immer gefürchtet hat ist eingetroffen. Er ist verliebt in Kyra. Immer blitzte es in seinem Gehirn auf, diese passende und doch unpassende Rolle zu spielen mit der Genossin. Hat sogar Schadenfreude gespürt, als er daran dachte, diese Frau den Genossen wegzunehmen, und er sich dabei ertappte hämisch zu grinsen bei diesem Gedanken. Er hat mit allen Eventualitäten gerechnet, auch dass sie sich anders besinnen würde und nichts wirklich mit ihm anfangen könnte. Als er neben ihr saß kamen diese Gedanken alle wie eine warme Sintflut über ihn. Nun war er plötzlich vor Tatsachen gestellt, die ihn an seine persönliche Grenze brachten. „Scheiss Grenzen" konnte er nur denken, als er Kyra sagte, dass er sich verabschieden müsse.

Kyra zeigte nicht, dass sie erschrocken war. Sie ging mit ihm ins Foyer und verabschiedete sich artig. Zu dem Zeitpunkt waren ihre Gedanken nicht ganz klar, sie wollte das was geschah, nicht wahrhaben. Auf keinen Fall wollte sie Robert zeigen wie sehr enttäuscht sie war. Spontan baute sie eine Fassade auf, eine Kunst die sie einst so meisterlich beherrschte, und die ihr immer noch in schwierigen Situationen meisterhaft gelingen konnte. Er verabschiedete sich, wollte sie küssen, aber sie drehte ihr Gesicht zur Seite, und hielt ihm ihre Wange hin. Mehr wollte sie nicht. Nur alles in Würde und mit Fassung ertragen und beenden in dem Moment, das wollte sie. Sie sah ihm kurz nach und machte sich auf den Weg in ihr Zimmer, wo sie nach einer kurzen heißen Dusche ihr enttäuschtes Gesicht im Spiegel betrachtete. „Ich darf nicht enttäuscht sein, nein das darf ich nicht, ich habe meine große Liebe gehabt. One Love, dabei wird es bleiben. Ich darf nicht enttäuscht sein." Sie war jedoch mehr als enttaeuscht, versuchte sich weiterhin einzureden, es wären herrliche Jahre, und ihr Leben waere gut gewesen. „Es wird weiterhin auch gut sein, auch ohne diesen Republikfluechtigen. Ganz klar, Robert mochte mich nicht, er zögert wahrscheinlich, eben weil ich eine rote Socke bin. Er kann darüber nicht hinwegsehen, das wird es sein" redete sie sich ein. Am liebsten hätte sie losgeheult. „Verdammt" sagte sie, als sie einen dünnen Seidenslip hochzog. „Alles für die Katz, ich kann machen was ich will, diese Schlappschwänze sehen nur diese ungeliebte Genossin in mir."

Es waren kaum zwanzig Minuten vergangen. Sie nahm sich vor, den Abend im feinen Hotel alleine zu genießen und am Morgen nach Berlin zu fahren und einige Genossen zu besuchen. Dort überlegte sie, würde sie ihren Frust um Robert schnell vergessen können, obwohl ihr Herz schwer war. Gerade als sie ins Bett schlüpfen wollte, klopfte es an der Tür. Sie kam nicht dazu die Frage zu stellen, wer ist da. „Ich bin's" hörte sie nur. Als sie die Tür öffnete war es ihr völlig gleichgültig, dass sie nur den Slip trug. Wortlos ließ Robert seine Jacke fallen und riss sie an sich. Danach folgte ein Inferno. Das Abziehen seiner Kleidung dauerte kaum Sekunden. Dann schmiss er sie aufs Bett, zog ihr mit einer Hand den Slip runter und begann, sie wild und leidenschaftlich zu küssen. Kyras Körper bäumte sich auf als sie sich ihm hingab. Das ‚Liebesgespräch' wurde zum Flüstern, als alle Worte und Bewegungen eine Nacht voller Leidenschaft und Gefühle entfachte. Kyra hing an ihrem Republikflüchtling und er an seine ungeliebte Genossin. Einmal behielt er die Oberhand, dann erwachte sie nach heftigem Stöhnen wieder zum Leben und diktierte das Geschehen. Kyra wurde von Robert gezähmt, sie wurde zum Kätzchen, wie er es vorausgesagt hatte, ihm war es jedoch genauso angenehm, wenn sie die Initiative ergriff und ihre Klauen zeigte.

„Mein Gott, war das gut“ sagte er als er nach stundenlangem Austausch der Säfte erschöpft in die Kissen fiel. „War das alles?“ fragte Kyra hechelnd neben ihm, ihre langen schwarzen Haare zerzaust, fielen auf sein Gesicht. Er griff nach ihr und zog sie heran. „Was sagst Du da? Jetzt ist es Zeit, es gibt endlich den Arschvoll, den lange angekündigten“ murmelte er. „Wage es ja nicht“ sagte sie und versuchte ihren bloßen Hintern zu verdecken. Er gab ihr trotzdem leicht die Hand. „Aua! gemeiner Hund“ sagte sie und kniff ihn da, wo Männer sehr empfindlich sind. Dann lagen sie sich beiden wieder in den Armen. Nach langen Schmusestunden kamen beide auf den gleichen Gedanken. „Ich habe solchen Hunger – und auch Durst“ sagte Kyra. Nach einem angenehmen gemeinsamen Bad nahmen sie gegen 4.00 morgens den reichlich gedeckten Rolltisch in Empfang. Der Sekt wurde eingeschenkt und als der Kellner den Raum verließ, machten sich beide über Steak und Kaviar her. „So lebt es sich gut“ bemerkte Robert. „Ja, so lebt es sich gut, und alle sollen daran teilhaben Robert, nicht wahr?“ Robert konterte in alt gewohnter Manier: „Eigentlich sollte ich Dich festbinden und Du müsstest dann zuschauen wie ich esse, aber, ja, heute darfst Du teilnehmen am Reichtum in unserem kapitalistischen System mein Schatz. Morgen gibt’s trockene Schrippen!“

„Robert, warum bist Du erst weggegangen heute Abend?“ wollte Kyra ploetzlich wissen.

„Ich wollte Blumen holen.“

„Lügner, wo sind die Blumen?“

„Weißt Du nicht warum? Ist doch nicht schwer zu erraten. Nun bin ich Dir verfallen Genossin, und das wollte ich so ohne weiteres nicht.“

„Hat der Sex mit mir Deine Meinung geändert, oder habe ich, ich als Kyra, als Mensch, Dich beeinflusst? fragte Kyra und blickte ihn herausfordernd an.

„Du kleiner roter Teufel komm her“ sagte er und zog sie an sich. „Ich werde Dich so lange lieben wie ich kann, ich werde Dir zeigen was Leben heißt. Komm mir nicht damit, dass Du weißt was das ist. Ist mir schon bekannt alles was Du hattest, auch das was man Dir vorenthalten hat. Ich will Dir ganz einfach Liebe zeigen und geben. Ungezwungen und wie es sich gehört. Alles andere kommt von selbst. Und wenn es nur diese eine Nacht wird mit uns, wir werden es beide für immer mit uns nehmen können. Es ist als wenn wir heute an unsere persönlichen Grenzen gekommen sind heute Nacht. Und diese persönlichen Grenzen haben wir niedergerissen, zwischen uns gibt es keine Grenzen mehr. Ich liebe Dich.“

Es blieb nicht bei dieser einen Nacht. Kaum war Kyra wieder in Friesland war sie am Telefon mit Robert und umgekehrt. Einige Wochen blieb sie bei Robert in Hamburg. Die Nächte in den Hamburger Sommer waren warm und stickig als beide sich das nahmen und gaben, wonach sie sich sehnten. Liebe und Verständnis. Kyras größter Wunsch war es, nach Büchen zu reisen und sie wollte Robert unbedingt dabei haben. An einem Samstagmorgen machten sich beide auf den Weg. Als die ersten Schilder auf der Autobahn die Abfahrt Büchen zeigten, bekam Kyra Herzklopfen. „Hier ist es Robert, hier bin damals getürmt, über Hamburg, dann mit dem Zug bis nach Büchen. Oh Robert, da kommen Erinnerungen auf."

Es gab keine Züge mehr die langsam einfuhren nach Schwanheide. Der Verkehr war seit zweiundzwanzig Jahren durchgehend. Der kleine Bahnhof hatte ein vollkommen neues Aussehen, nur die Schienen und auch der dichte Wald waren erkennbar für Kyra. Es hatte sich ansonsten in der ländlichen Gegend nicht viel verändert und doch. Es gab keine Systemgrenze mehr, Systemgrenze – innerdeutsche Grenze, existierten nicht mehr, wie immer man sie nannte damals. Beide saßen ein Moment im Auto, sagten nichts. Es war das allererste Mal, das Kyra an ihrem ehemaligen Fluchtweg zurückkehrte. Nach einer Weile stiegen beide wortlos aus und gingen ein Stück des Weges auf den Eisenbahnschienen, die Richtung Osten führten. Kyra hielt die Hände über die Augen und sah in die Ferne, beide Seiten der Schienen waren wie damals vom Wald umgeben. „Es ist so weit, wenn ich in die Ferne blicke, so weit. Ich bin bis zur Biegung nach Schwanheide kilometerweit auf diesen Schienen gelaufen. Es war arschkalt damals Robert, aber die Sonne schien an einem blauen Himmel. Nichts deutete darauf hin, dass einige Stunden später ein Schneesturm aufkommen würde, jedenfalls nicht hier draußen." Sie verließen die Schienen und machten eine Abkürzung quer durch den Wald in Richtung Osten und gingen dann eine Weile in südlicher Richtung. Von einer Lichtung im Wald waren die Schienen, die nach Osten bogen deutlich in einiger Entfernung zu sehen. Kyra unterbrach den Fußmarsch. „Hier muss es gewesen sein, genau hier stand die alte BGS Hütte. Da drüben konnte ich die Züge sehen, im Schneesturm nur noch die roten Lichter, wenn die Waggons langsam humpelnd nach Schwanheide zur Bahnhofsgrenze einfuhren. Auf dieser Strecke konnte ich nicht mehr gehen, der Bundesgrenzschutz hätte mich gefasst. Hier Robert, hier ist die Stelle an der ich lag, ziemlich genau denke ich. Auch hier hat sich die Natur alles zurückgeholt. Da, der kleine Bach, der kleine Bach plätschert noch hier, in den bin ich gefallen. Da drüben sah ich den im Regen-Cape, der den Zaun einer Inspektion unterzog. Ich kam nicht zu ihm. Hier wurde früher einiges abgeräumt, das heißt, es blieb einiges liegen an Stacheldraht, das war mein Nachteil, ich blieb im alten Stacheldraht hängen. Damals ging hier kaum einer spazieren. Alles andere weißt Du ja."

Beide ließen sich auf den weichen trockenen Waldboden am Rande der Lichtung fallen. In sich versunken saßen beide da und blickten in den Osten. Robert merkte nicht, dass Kyra weinte. Sah nicht, dass dicke Tränen langsam über ihr Gesicht rollten. „Ich wollte in die DDR damals Robert. Ich wollte nach Hause und hatte nicht mehr die Kraft an den hohen Zaun hochzukommen. Und wenig Monate später gab es diesen Zaun nicht mehr, es gab unsere Republik, die DDR, nicht mehr. Ich blieb hier hängen mit all meinen Verlusten." Jetzt erst bemerkte Robert, dass sie weinte. „Ach Schatz" sagte er nur, zog sie heran, hielt sie fest und küsste sie. Beide saßen eine ganze Weile da und schauten auf den Wald und die Felder vor ihnen, ohne ein Wort zu sagen. Kyra wurde zuerst munter.

„Wenn mir jemand damals gesagt hätte, dass ich mit einem Republikflüchtigen hier sitzen würde, dann hätte ich demjenigen einen Vogel gezeigt“ sagte sie lachend, als sie sich die Tränen aus dem Gesicht wischte. „Na, wer hat denn nu gewonnen?“ sagte sie überheblich, stand auf und lief auf das offene Feld. Robert begab sich etwas schwerfälliger hinterher. Er holte Kyra ein und nahm sie in den Arm, ihr Lachen war laut hörbar. Er drückte sie auf den Boden und fiel auf sie. „Du bist jetzt im Osten“ sagte sie lachend. „Ich komme nicht wieder mit in den Westen.“ „So, meinst Du! Ich werde Dich knebeln und fesseln, und außerdem Genossin, es gibt weder Osten noch Westen, es gibt nur noch Deutschland.“ „Dann gehe ich eben nach Russland“ sagte sie lachend und versuchte sich zu befreien. „Du entkommst mir nicht mein Liebling, nicht hier und auch nicht später“ das merke Dir. Kyra stieß einen schrillen Schrei aus, als er anfing sie zu kitzeln. Kurz danach wurde das Bellen eines Hundes hörbar und eine tiefe Stimme sagte: „Was ist den hier los?“ Ein älterer Mann mit Hund stand vor ihnen. „Muss ich hier eingreifen oder was wird hier gespielt?“ fragte er dann etwas freundlicher. „Robert stand auf, zog Kyra hoch, die sich das Gras von der Kleidung schlug. „Wir spielen hier Osten und Westen“ sagte Kyra, die sich vor Lachen nicht mehr halten konnte. „Ja meine Lieben, Osten und Westen, damals war ich neunundfünfzig Jahre alt als die Grenze hier verschwand“ sagte er mit fester Stimme. „Bin mit dieser damaligen Grenze groß geworden, genau hier am Knackpunkt der Geschichte. Für die einen war es ein Sicherheitswall um das Ausbluten der DDR zu verhindern, der antifaschistische Schutzwall, für die anderen war es eine Grenze, die mächtige Systeme voneinander trennte. Wie diese auch genannt wurde, meine Familie musste gezwungenermaßen mit ihr fertig werden, die Hälfte von uns lebte in Büchen, die anderen lebten wenige Kilometer entfernt auf der anderen Seite. Beide blickten den alten Mann an, Kyra tätschelte verlegen den Hund. Der alte Mann, Hans, erklärte ihnen wie die Grenze im Zickzackkurs verlief wegen der Bahnschienen. Es war genauso wie Kyra sich daran erinnerte in der Nacht, als sie fast verblutet und verfroren wäre. „Wir kennen diese Grenze" sagte Kyra respektvoll. „Beide kennen wir diese Grenze" sagte sie als sie Robert ansah. „Na, dann macht mal weiter" sagte der alte Hans. „Ich muss nach Hause, oder wollt Ihr beide mit mir gehen, Abendbrot essen?" „Klar wollen wir das" sagte Kyra sofort. Robert, Kyra und der alte Mann mit Hund gingen über die von Wiesenblumen übersäte grüne Wiese. Hinter einer Baumgruppe in der Nähe einer schmalen Landstrasse, die nach Schwanheide führte, ging er auf ein altes Haus zu. Zeit seines Lebens war er im Sperrgebiet ansässig. Beide setzten sich an den Küchentisch, während er mit dem Kaffeekochen beschäftigt war. „Hier hat sich nichts verändert" sagte er. „Es gibt nur eine Sache, die mir fehlt zum Glücklichsein. Meine Frau hat damals die Vereinigung von BRD und DDR nicht mehr erlebt, sie starb am 5. November 89. Immer wollte sie zu ihrer Schwester auf der anderen Seite, Zwillinge wisst ihr" sagte er, „die sind noch mehr als alle anderen Menschen miteinander verbunden," als er mit dem Rücken zu ihnen gewandt einen duftenden Filterkaffee mit aufbrühte. Wir hatten ein gutes Leben, ein ruhiges Leben an dieser Grenze im Sperrgebiet, aber diese Besuche waren so begrenzt, ich konnte nichts für die beiden tun. So nahe waren sie und kamen nicht zusammen zu Lebzeiten. Na, wenigstens zu ihrer Beerdigung hier gab es dann nach der Grenzöffnung keine Probleme mehr.“ Robert bemerkte, dass Kyra in sich gekehrt war und nahm ihre Hand. Seiner Freundin liefen Tränen übers Gesicht. „Was ist liebe Frau?“ fragte der alte Mann erschrocken, als er sich umdrehte und mit dem Kaffee an den Tisch kam. „Ach, das sind immer diese Allergien, die ich bekomme wenn ich auf dem Lande bin“ sagte Kyra und versuchte sich zusammenzureißen. Es gab eine herrliche Landleberwurst und Schwarzbrot. „Leider gibt es auch Nachteile im neuen System“ kam der alte Hans auf die Politik. „Nun sind gewisse andere Kräfte am Wachsen in unserem Land. Kräfte, die wie im Jahre 1933 plötzlich da waren und die damals wie heute nicht genügend hinterfragt werden. Neo-Nazis, alles bekommt einen neuen Namen, auch wenn sie nichts anderes sind als damals. Wer hätte das jemals für möglich gehalten nach dem verdammten Krieg. Haben wir nichts dazugelernt? Kaum eine ordentliche Verarbeitung der Politik ist erlaubt, es wird auf tote Hunde geschlagen, dabei wird übersehen, dass die Wölfe bereit sind, wieder über uns herzufallen. Das gefällt mir überhaupt nicht“ sagte er entrüstet.

Am Ende war der Besuch an der ‚Grenze ihres Lebens‘ wie Kyra es nannte, gut ausgegangen. Es schien als habe sich diese Grenze, die für beide noch vorhanden war als Robert in Boizenburg und Kyra in Büchen stand, nun vollkommen aufgelöst. „Robert ich danke Dir so sehr, dass Du bei mir warst“ sagte sie später. Robert auf der anderen Seite hatte weitere Einsichten in Kyras gescheiterte Flucht bekommen und es war ihm möglich, jetzt mit ihr zu leiden, wenn sie von ihrer Flucht in die DDR sprach.

Es folgte eine sonnige Zeit zusammen. Mal bei den Kinder, dann wieder wenn beide unterwegs in deutschen Landen unterwegs war. „Ich möchte mit Dir einmal auf die Insel Jersey“ sagte Kyra eines Tages. „Die Insel Jersey“ sinnierte Robert. „Die Insel liegt im englischen Kanal vor der französischen Küste. Habe von dieser Insel gehört.“ „Diese Insel ist herrlich Robert“ sagte Kyra voller Begeisterung. Sie hatte eine Art ihr Wissen plastisch dazustellen, und sie geriet vollkommen ins Schwärmen. „Diese Insel hat alle Vorzüge der rauen Nordseite des Atlantiks, und des suedlichen warmen Stromes und hat englischen und französischen Einschlag. Lavendelfelder so weit das Auge reicht. Bunte Häfen, viele Segelboote, Fischerboote, uralte kleine Kirchen hoch oben über dem Meer, und schöne kleine saubere Städte, Buchten gibt es dort mit Palmen und exotischen Pflanzen, mit Sandstränden und klarem Wasser – und riesige englische Burgen gibt es auch, diese befinden sich teilweise im Meer, das Betreten ist von Ebbe und Flut abhängig. Herrliche alte Burgen, riesig sind die, aus festem dickem Stein, einige stehen im Meer“ sagte sie und dann versagte ihre Stimme und sie blickte in die Ferne als ob sie sich an etwas erinnerte. Robert bemerkte es und nahm sie in den Arm. Er wusste woran sie dachte. „Er wollte so gerne eine englische Burg sehen“ sagte sie leise. Es war als wenn beide sich verstanden, ohne das viele Worte gewechselt werden mussten. Er wusste in diesem Moment, dass sie an ihren Russen dachte. „Schatz, möchtest Du dahin?“ fragte sie leise. „Ja, würde mir schon gefallen dort“ sagte Robert. „Ich werde Dir alles zeigen wenn wir dorthin fahren, auch die große Burg im Meer, alle Burgen dort werde ich Dir zeigen" sagte Kyra.

Das normale Leben dominierte, nahm ihnen aber nicht die Luft. Stets konnten beide allem entwischen und ihr Leben genießen. Vor allem wenn Robert in Friesland war machten beide lange Spaziergänge am Dangaster Strand, schauten auf die Sonnenuntergänge und genossen die klare Nordseeluft. Nur einmal gab es für Robert ein paar nachdenkliche Minuten, als er Drohbriefe in seinem Postkasten fand, die ‚auf die Freundin' anspielten. Auf keinen Fall wollte er Kyra beunruhigen, er sagte ihr nichts davon, versteckte die Drohungen, die man ihm zweimal schickte. Bei einem Spaziergang in Hamburg wurden sie einige Wochen später an einem warmen Sommerabend Zeugen einer Nazi-Demonstration. Robert versuchte Kyra zum Rückzug zu bewegen, die aber verfolgte gebannt und entsetzt das Geschehen, das sich vor ihren Augen abspielte. Von der wütenden Menge von Zuschauern, die im Pulk auf beiden Seiten hin- und hergeschoben wurden, war Kyra nur wenige Minuten von Robert getrennt. Laute verbale Attacken und Reden wurden geschwungen, zusammen mit Fahnen, eine Schande für Deutschland und ein beängstigendes Szenario für alle friedliebenden Menschen. Robert war aufgeregt, er fand Kyra dann am Rande gedrängt, vor dem Gitter eines Geschäfts stehend, einer der Nazis hatte sie dorthin verfolgt und schrie sie aus Leibeskräften an. Sie hatte scheinbar den Fehler gemacht, und einen Versuch gestartet, sich mit ihm unterhalten zu wollen. „Dieser Weg ist falsch junger Mann, wir haben alle verschiedene Ideale, ich bin Genossin, ich weiß wie es ist, wenn man mir nicht zuhört. Aber so geht es nicht!"

Robert hörte nur ihre letzte Bemerkung, stürmte auf die beiden zu und stellte sich vor ihr. Beide standen dem Fahne schwingenden blonden jungen Mann für kurze Momente gegenüber. Er kam Robert nicht bekannt vor, auch als das schwarzes Tuch herunterrutschte, und sein Gesicht teilweise sichtbar wurde. Er meinte allerdings einen Mann aus seiner näheren Umgebung zu erkennen. Kurz danach war die Polizei mit einem Grossaufgebot zur Stelle, der Kurzgeschorene mit Springerstiefel blieb unbehelligt, drehte sich um und zeigte immer wieder auf Kyra mit dem Zeigefinger in drohender Manier. Es gab ein letztes vermummtes Heil Hitler und er tauchte mit seiner rot-weiß-schwarzen Flagge und seinen tätowierten Armen in der Gruppe der Neo-Nazis unter. Ein Missbrauch, diese Flagge des Kaiserreiches als Ersatz für die verbotene Hakenkreuzflagge zu benutzen. Ein Missbrauch, und der Versuch, das konservative und reaktionäre Bürgertum, wie einst unter Hitler, an sich zu binden. Diese Nazis wurden von der Polizei nicht an der Demo gehindert, nur in eine andere Bahn gelenkt. Kyra beruhigte sich schnell wieder. „Fange keine Gespräche mit denen an, das ist nicht gut“ schimpfte Robert auf dem Weg nach Hause. Ihre Aussage „Robert ich versuche mit allen Menschen zu reden“ machte ihn sehr wütend. Er blieb stehen, drehte sich zu ihr um, Griff ihre Arme, schüttelte sie und sagte, „Kyra, höre mir zu endlich. Verstehst Du denn nicht, diese Typen wollen nicht reden, und schon gar nicht mit Dir Genossin!“ „Du tust mir weh“ sagte sie nur und versuchte seinem Griff zu entkommen. „Ich will Dir nicht weh tun, *die* wollen Dir wehtun, begreife das endlich! Wenn die bei einer solchen Gelegenheit erfahren wer Du bist und wie

Du denkst, ist Dein Arsch Grass! Und das merke Dir, das ist auch nicht anders in Amerika! Die sind überall! Und wenn Du mir nicht glauben willst, dann höre auf Deine Genossen, verdammt noch mal, Deine Naivität schreit zum Himmel! Du sollst positiv über Menschen denken, aber es gibt Dinge in der heutigen Zeit, die nicht zusammenpassen." Robert war sichtlich wütend, er schüttelte sie noch einmal, zog sie dann zu sich heran und hielt sie für Momente fest. „Ich will Dich beschützen, Deine Genossen wollen das auch, sei nicht so leichtsinnig, höre auf uns!" sagte er wohlmeinend. Ein leises „Okay" war die Antwort von Kyra. Am Abend wurde nicht mehr darüber geredet und für Kyra war die Angelegenheit beendet. Für Robert noch lange nicht.

Kapitel X

Grenzenlose Liebe für die Ewigkeit

Die Zeit in Deutschland verging viel zu schnell. Vier Monate später musste Kyra in die USA zurück. Robert brachte sie nur widerwillig nach Bremen zum Flughafen und stand mit ihren Kindern auf der Aussichtsterrasse als das Flugzeug mit ihr in Richtung München abhob. Auch wenn der Abschied beiden schwerfiel, die Trennung sollte nicht lange dauern, beide freuten sich auf das nächste Wiedersehen. Robert reiste nur vier Wochen später in die USA.

Inzwischen hatten beide sich so aneinander gewöhnt, dass ein gemeinsames Leben geplant war. Beide versuchten ihr durch die Liebe unterbrochenes Leben wieder aufzunehmen. Es wurde munter in den Foren weitergeschrieben, Kyra war mit vielen anderen Aufgaben beschäftigt. Ansonsten überschattete die Liebe der beiden alles, auch politische Diskussionen, mit einem warmen Hauch. Kyra überlegte bereits, ihr Leben in den USA endgültig aufzugeben, alle Zelte abzubrechen und mit Robert nach Europa zurückkehren. Nach gutem Zureden von ihren Genossen und auch von Robert, entschied sie sich jedoch dafür, ein Standbein in den Vereinigsten Staaten zu behalten. Die beiden planten Reisen und ein gutes Leben für die Zukunft. Kyra sollte aus ihren Büchern lesen und beide wollten auf das aufmerksam machen, was sie gemeinsam erlebt hatten.

Kyra nahm die Gelegenheit wahr und zeigte Robert einige Staaten der USA, er hatte ein Dreimonatsvisum erhalten, das durchaus hätte verlängert werden können. Immer wieder kam es zu lebhaften Diskussionen, die meist im Bett endeten. Auch wenn Kyra noch immer eine kurze Lunte hatte wenn es um die Genossen ging, Robert verstand sie weitaus besser. Er liebte die Frau, nicht ihre Ideologie, dennoch kamen beide meist auf einen unerhört gemeinsamen Nenner, was das gegenwärtige Leben anbelangte. Die Genossen hatten sich respektvoll damit abgefunden, dass ‚ihre' Genossin sich einen von der ‚anderen Seite' geholt hatte. Darüber kamen keine Unstimmigkeiten auf. Das Leben war jedoch nicht ganz ohne Probleme.

Das Telefon klingelte öfter, am anderen Ende waren nur Geräusche zu hören, keiner meldete sich. „Hat einer sich wohl verwählt – oder eines dieser automatisierten Anrufe wegen der Wahl" sagte sie dann nichtsahnend. Kyra machte sich keine Sorgen. Robert war vorsichtiger. Was er zuletzt in Deutschland in seinem Postkasten vorgefunden hatte waren eindeutige Drohungen gegen Kyra. Er konnte sich keinen Reim daraus machen, wer dahinter stecken könnte. Er wusste nur, dass es Naziparolen waren, die eindeutig gegen ihre kommunistische Gesinnung gerichtet waren. In der Umgebung von Fort Knox war Kyras Haus mit Alarmanlage gesichert. Ein Deutscher Schaeferhund hielt Wache auf dem Grundstück, das gänzlich mit einem hohen Zaun umgeben war. „Ich fahre kurz raus und Du kannst Nickerchen machen mein Schatz, bin gleich wieder da" sagte sie eines Nachmittags. Er war eingeknickt und erstaunt, als sie zwei Stunden spaeter noch nicht zurück war. Er rief sie über Handy an. „Ich konnte dich nicht anrufen, ich bin hier mit der Polizei" sagte sie mit zitternder Stimme. „Hat doch ein Idiot mich fast gerammt, und gegen einen verdammten Tankwagen gedrückt mit seinem Fahrzeug. Ich bin ein bisschen aufgeregt, nichts passiert, mein Arm tut nur etwas weh. Die haben den Idioten nicht mehr bekommen. Großer SUV wie unser Trail Blazer, verdunkelte scheiben. War wohl aus Versehen. Bin gleich zuhause Schatz, mache Dir keine Sorgen, ich weiß nur nicht, was ich falsch gemacht habe."

„Nein" sagte Robert in sich hinein. „Du hast nichts falsch gemacht." Aufgeregt nahm er sie in Empfang. Kyra war bereits wieder munter und beantwortete seine Fragen. Es war auf der kurzen Zufahrtsstrasse passiert, ähnlich einer Landstrasse, die zur Siedlung führte. Der schwarze Trail Blazer kam aus dem nichts, der Lkw-Fahrer hatte sofort reagiert, hat den SUV wohl im Spiegel kommen sehen und vorausgesehen, dass er Kyras Fahrzeug von links an seinen Tanker drücken würde. Der LKW-Fahrer scherte sofort total nach rechts aus, sodass sie Platz hatte auch nach rechts zu ziehen, dann hing er selbst plötzlich halb im Graben mit seinem Gefährt. Quietschende Reifen und der Typ mit dem schwarzen Trail Blazer zog ab wie Mario Andretti in seinem Rennwagen, Kennzeichen war unkenntlich. Der Lkw-Fahrer gab bei der LPD, der Louisville Polizei an, es wäre eindeutig seiner Meinung nach Absicht gewesen.

„War schon ungewöhnlich" meinte Kyra am Ende. „Ich bin sicher, das Fahrzeug stand neben mir als ich vom Einkaufen raus kam. Ich kann mich an die Sticker erinnern. Irgendwas mit 311. Die 311, habe mir nichts dabei gedacht, das ist hier die Telefonnummer für die Metro Auskunft, die man anrufen kann. Das vergaß ich dann, bis zu diesem Vorfall. Robert, meinst Du der wollte was von mir? Ich meine, es gibt diese Stalker usw. Ich kenne aber niemanden der das tun würde bei mir."

Robert war sichtlich konsterniert, zeigte es aber nicht. Ihm war die Bedeutung von 88 und auch von 14 = die Bekenntnis der internationalen Nazibewegung bekannt. Die 311 bedeutete auf diesem Fahrzeug mit Sicherheit KKK, der elfte Buchstabe des Alphabets, 311 = dreimal die Nummer Elf.

Was Robert nicht verhindern konnte, ebenso wenig wie die Genossen von Kyra, dass seitdem sie ihr Schweigen gebrochen hatte, sie immer mit der Wahrheit herüber kommen wollte und sie ganz ungeniert erzählte, wenn von Politik die Rede war, dass sie Kommunistin war. Sie nahm die Warnungen der Genossen und ebenso die Vorhaltungen von Robert weiterhin auf die leichte Schulter. Egal wer es war, ob im Forum oder anderweitig im Leben, sie war davon überzeugt, dass sie auch mit allen Menschen reden und Verständnis erwarten konnte, auch mit Nazis. Sie war intelligent, nur ihre Leichtfertigkeit, vielmehr ihre Naivität und Freundlichkeit gegenüber gewissen Subjekten war gefährlich. Und dieses wollte sie partout nicht einsehen.

Beide verbrachten noch die restlichen Wochen in Amerika und freuten sich bereits wieder auf Europa. Kyra wollte zu ihrer Skydive Schule herausfahren am letzten Wochenende und auch Robert dort vorstellen, dann mit ihren Springerkollegen einmal springen und damit den Abschied feiern.

„Ich mag nicht, dass Du noch springen willst, muss das sein?" sagte Robert. Er hatte kein gutes Gefühl, er war seit dem Beinaheunfall, mehr als sonst um sie besorgt, ohne es sich anmerken zu lassen. Dennoch gab er nach. Eine große

Torte wurde besorgt am Tag vor ihrem Geburtstag. Als sie merkte, dass Robert doch einigermaßen nicht bei der Sache war, verlangte sie Aufklärung von ihm. Er konnte nicht umhin, ihr von den Drohungen in Hamburg und brachte seinen Verdacht auf den vermeintlichen Unfall zur Sprache. „Du weißt doch, wir haben immer diese Drohungen und diese Hassemails im Forum erlebt, mache es doch nicht wichtiger als es ist. Wenn wir uns von diesen Typen verrückt machen lassen, dann sind wir verloren." „Deine Genossen haben Dich schon gewarnt, auf die hörst Du doch auch" sagte Robert vorwurfsvoll.

„Was soll ich tun, leben wie eine Nonne, nicht mehr aus dem Haus gehen? Genau das wollen die doch."

„Nein, das sollst Du allerdings nicht tun, nur, etwas Vorsicht wäre sicher angebracht. Du siehst alles in Deiner humanen Art, willst niemanden an den Wagen fahren, siehst einfach nicht das Schlechte in dieser Welt."

„Die Welt ist nicht schlecht Robert, es sind die Menschen, die manchmal nichts dafür können, dass sie schlecht sind."

„Ganz genau so ist es meine Genossin, kapiere es also endlich" konterte Robert.

„Die Burschen sind nur zusammen stark, und was soll mir hier in Amerika passieren?" setzte Kyra hinzu.

„Kyra, ich will nicht mit Dir streiten, nehme diese Angelegenheit nicht auf die leichte Schulter, ich bitte Dich darum". Kyra kam auf ihn zu und küsste ihn. „Ich küsse Dir Deine Angst weg!" sagte sie und schmiegte sich an ihn. Und wenn wir in Deutschland sind müssen wir umziehen, wir werden uns ein kleines Häuschen kaufen am Meer und da werden wir fortan leben in friedlicher

Umgebung, ohne Feinde." „Ja, in friedlicher Umgebung, ohne Feinde" murmelte Robert.

Robert sagte sich, dass Genossen wie Kyra immer Feinde haben würden in Deutschland, ehe er das Thema wechselte und den Grill anschmiss. Beide saßen bis in die Nacht draußen, freuten sich an einem herrlichen orange-roten Sonnenuntergang am Ohio River. Die Leuchtkäfer schwirrten, ein Eichhörnchen holte sich ein paar letzte Körner vor der Nacht und ein Skunk ging am Ende des Grundstücks wackelnd ins Dickicht. Der Rotwein machte Kyra anlehnungsbedürftig, was Robert gefiel. Es schien als wenn alles von ihr abfiel, sie war locker und himmelte ihn an. Er geleitete seine leicht beschwipste Genossin, die nicht aufhörte zu reden, ins Haus und schloss die Türen ab. „Vielleicht bilde ich mir auch ein bisschen zu viel ein" sagte er sich. „Ich wünschte ich könnte so positiv denken wie Kyra. Nie sieht sie den Teufel in andere Menschen, immer versucht sie Frieden zu wahren und das gute im Menschen zu suchen." Robert fühlte sich wohl. Die Zeit mit ihr in Amerika tat ihm gut, er war erholt und braungebrannt. Seit einigen Wochen war kaum etwas geschehen. Anrufe bei seinem Nachbarn in Deutschland brachten auch nichts Negatives in der Postzustellung zutage, der mit ihm alle paar Tage die ihm zugestellten Briefe durchging. Es gab nichts, dass auf etwas Negatives in ihrem Leben zeigte, vor allem nichts in Kyras Leben. Die ‚kleine Hexe aus dem Osten' war in den USA überall beliebt und gern gesehen, wohin sie auch ging.

Robert liebte Kyra inzwischen, so wie er es nie für möglich gehalten hätte. Alles an ihr gefiel ihm, ein kaum merklicher Kratzer blieb, dass ihre Ideologien so weit entfernt waren wie die Sonne zum Mond. Auch damit konnte er leben, wie er mit vielen anderen Dingen klargekommen war in seinem Leben. Diese Tatsache war absolut nichts von Bedeutung für ihn. Kyra liebte und hing an ihm, auch wenn sie ihre kleinen Eigenarten hatte, die jeder Mensch so mit sich bringt. Sie nahm ihn mit in die Stadt, kaufte ein, bis das Fahrzeug gerammelt voller Lebensmittel war und brachte diese guten Dinge dann in die Wayside Mission der Stadt, das Haupthaus einer Obdachlosenunterkunft. Robert verzeichnete, dass sie förmlich aufblühte bei dieser Aufgabe. Auf der Rückfahrt konnte sie nicht genug davon bekommen, Robert dann auf diese kapitalistische Niederträchtigkeit aufmerksam zu machen, dass Menschen nicht nur auf der Strasse leben mussten, der Staat nicht für diese sorgte und dass diese Missionen nur auf private Zuwendungen angewiesen waren. Robert hörte sich ihre Aussagen schweigend an, er hatte aufgegeben sie wütend zu machen, wenn er in solchen Situationen konterte. Es gab nicht viel, dass er dagegen sagen konnte. Und die angenehmen Tage mit ihr wollte er nicht mehr missen, so verlief alles in ruhige Bahnen auch wenn pikante politische Aussagen nicht ganz ausblieben. Robert liebte es wenn Kyra nach Tage voller Tatendrang ihre Schuhe auszog, splitternackt in den Pool sprang, um dann kurze Zeit später auf der Couch beim Fernsehen, auf seiner Brust liegend fest einzuschlafen, nachdem er ihre Füße eine Weile massiert hatte. Er beobachtete ihr entspanntes Gesicht und wollte es nicht wahrhaben, was sie alles durchgemacht hatte im Leben. Ihre Ideologie, die er am Anfang stets auf seine Art und Weise bekämpft hatte, war keine unüberwindliche Grenze mehr. Wenn sie aufwachte bugsierte er sie ins Bett, wo er sie beglückte und in weiteren Tiefschlaf versetzte. Es war bei ihm nur noch eine Spur der Angst vorhanden, dass ihr durch die Hand anderer etwas zustoßen könnte, weil er sich vorstellte sie immer beschützen zu können, als der verhängnisvolle Sonntag nahte.

Am Samstagabend vor dem Sprungtag war Kyra die Ruhe selbst. Robert erinnerte sich später an eine herrliche gemeinsame Nacht, in der besonders die Gefühle gegenüber dem anderen ausgekostet wurden. Stets zu Späßen aufgelegt, hatte sie eine Mauer aus Kissen durch das Bett gezogen, die Robert erst überwinden musste. „Ich liebe Dich so“ sagte Kyra. „Ich kann ohne Dich nicht mehr leben, aber ich bleibe Genossin Herr Nichtgenosse, und eines Tages wirst Du ganz auf meiner Seite sein“ sagte sie lachend. „Nein, das werde ich niemals sein mein Schatz“ versicherte Robert ihr kopfschüttelnd. Nach der Hitze des Gefechts streichelten beide einander, küssten sich, bis sie über ihre Liebkosungen fest und entspannt einschliefen. Keine Sorgen um Politik oder Ideologien gab es in diesen Stunden, nur das warme weiche Rauschen in einem weit entfernten Universum, in dem sich beide aneinander klammerten.

Am Sonntagmorgen war sie gut gelaunt wie immer, wollte aber nicht frühstücken. „Wir nehmen nicht viel mit, nur den Kuchen, ich esse nie viel bevor ich springe, esse nur meine Haferflocken mit Milch“ rief Kyra aus dem Wintergarten, wo sie ihre ‚Flugtasche‘ gerade packte. „Robert hörst Du mir eigentlich zu?“ „Höre Dir immer zu Liebling!“ sagte er als er den Raum betrat. „Und nachher gehen wir den dicksten Steak essen, den das Texas Roadhouse uns anbieten kann“ sagte sie lachend als sie ihre Rolltasche zur Tür zog. „Jumpsuit und alles andere habe ich im Skydive in meinem Container.“ Kyra war inzwischen freudig aufgeregt und Robert machte widerwillig mit, wollte ihr auf keinen Fall den Spass verderben.

Später dachte er immer wieder an seine eigenartige Vorahnung, dass der Tag nicht gut verlaufen würde. Er dachte zunächst nur an ihr lädiertes Knie, das ab und zu schmerzte, wahrscheinlich öfter schmerzte, sie gab es nur nicht zu. Es war nicht gut für sie, diesen Knochen weiteren Belastungen auszusetzen. Und er war ganz einfach um sie besorgt mit dieser Springerei. „Einmal noch, nur noch einmal“ hatte sie ihm ins Ohr gehaucht ` in der Nacht vorher. „Einmal noch, hatte er erwidert, einmal noch, will ich Dich lieben…“ Völlig unbewusst war ihm, wie sehr diese Aussage zutreffend war.

In der Skydive Schule angekommen wurden beide begrüßt… “Kyra, unsere kleine Hexe aus dem Osten“ schallte es von hinten aus dem Hangar des kleinen Flughafens, wo die Fallschirmspringer untergebracht waren. Danach folgten viele herzliche Umarmungen. Sie stellte Robert vor, der sofort von den übrigen Springern und den Sprunglehrern artig begrüßt wurde. Einige versuchten Deutsch mit ihm zu reden. Roberts Englisch war leidlich, er konnte sich einigermaßen unterhalten. Der Hangar war gut besetzt. Alle verfügbaren lizenzierten Ausbilder waren nachfolgend mit Tandemssprünge und Gäste beschäftigt, die sich über Stunden hinwegzogen, mit Vorbereitung, Einarbeitung, Flug und Sprung. Zwischendurch konnten die lizenzierten Springer mit aufgenommen werden wenn es gerade passte. Zwei Flugzeuge, eine Cessna 206 und eine 208 standen zur Verfügung und es gab kaum Pausen in der Ausführung des geschäftlichen Treibens. Kyra musste warten, war aber weiterhin glücklich und aufgeregt. Sie sprach und lachte mit ihren Springerkameraden und achtete kaum auf Neuzugänge, die als Solospringer ebenfalls auf eine Chance warteten, ins Flugzeug zu kommen. Meistens waren es befreundete Springer, die zum Club gehörten, oftmals kam aber auch Fremdspringer aus anderen Regionen hinzu. Kyra führte Robert durch die Halle, zeigte ihm alles, ging dann auf ihren Container zu, den Robert für sie aus der Verwahrwand holte. Er blieb bei ihr und half ihr in den dicken rot-weiß-blauen Jumpsuit. „Nr. 17 hatten wir Kyra, richtig?" fragte ein junger rothaariger Packer und holte den für sie vorgesehenen rot-schwarzen Fallschirmrucksack vom Haken der Aufbewahrungswand. Der überwiegende Anteil der Fallschirme waren ihr zu groß, was das Fassen der Bremsschlaufen anbelangte. Er nahm die Packnotiz, las und steckte diesen in eine dafür vorgesehen Schublade, überprüfte den Fallschirmpack von hinten und vorne, und sah zu, wie Kyra selbst die erforderliche Überprüfung des Packs von beiden Seiten noch einmal durchführte. Dann half der junge Amerikaner ihr, das schwere Pack auf den Rücken zu hängen. Sie holte sich Brille und Höhenmeter, hängte die Brille lose um ihren Hals, zog ihre alten russischen Halbfingerhandschuhe aus Leder ueber und schnallte den Höhenmeter über die Handschuhe um ihr Handgelenk. Den Helm hielt sie noch in der Hand. Dann strahlte sie Robert an, der vor ihr stand und alle Handgriffe beobachtete. Einer der versierten Ausbilder, ein Sgt. Major aus Fort Knox, half ihr alles richtig festzuzurren und überprüfte nochmals die Technik des Schirms in dem er die zwei Klappen öffnete und alles einer erneuten Überprüfung unterzog. „Ich bin gleich noch mit Dir draußen am Flugzeug, machen wir dann noch einmal“ sagte er und wandte sich einem anderen Springer zu. Das war die übliche Prozedur, diverse Kontrollen, mindestens drei bis der Springer ins Flugzeug kam. Es war heiß, Kyra schwitzte. Inzwischen waren mehrere neue Tandemgäste eingetroffen, die aufgeregt dem Treiben im Hangar zusahen und auch auf ihren Sprung vorbereitet wurden. Eine Gruppe Solo Springer saß in der äußeren Ecke des Hangars und verfolgte einen Film, den einer bei einem früheren Sprung mit einer Helmkamera aufgenommen hatte. Überall war geschäftiges Treiben. Kyra hatte keine Ahnung mit welchem Flugzeug und mit welcher Gruppe sie gehen würde, sie war wie immer unbefangen und schien sehr glücklich als sie sich neben Robert setzte.

„Robert“ hauchte sie ihm ins Ohr. „Ich liebe Dich, ich liebe Dich so sehr“ sagte sie und küsste ihn auf den Mund. „Ich muss mich hinsetzen, das Ding auf meinem Rücken ist schwer“ sagte sie noch. Sie musste sich aufrecht setzen, damit ihr Schirmpack nicht mit dem Stuhl in Berührung kam. Der Schirm musste einmal von ihr selbst, dann wurde dieser nach dem Anschnallen vom Jumpmeister überprüft, vor dem Einsteigen ins Flugzeug. So war Vorsicht angesagt, wenn man warten musste und sich hinsetzte. Robert saß neben ihr, legte seine Hand lose um ihren Hintern, damit er nicht mit dem Pack auf ihrem Rücken in Berührung kam. „Ich liebe Dich auch Schatz, aber ich kriege hier Bauchschmerzen in dieser ganzen Aufregung und in dieser Hitze hier, es geht mir nur darum, dass Du gut wieder unten ankommst.“ „Ich komme doch gut runter mein Schatz, ich werde aufpassen.“ Plötzlich hielt sie inne als ihr Name aufgerufen wurde. „Kyra, einsteigen, es geht los, brüllte einer vom anderen Ende des Hangars, move your ass girl!" „Endlich" sagte sie freudestrahlend und stand sofort auf. Robert stand ebenfalls auf und ging mit ihr hinaus. Eine Gruppe von Menschen stand draußen und beobachtete zwei Tandems, die nacheinander sicher auf der grossen Landezone ankamen. Draußen sah Robert auf die anderen Springer dessen Namen er nicht gehört hatte, die aber auch einsteigebereit vor dem Flugzeug standen. Sein Blick ging kurz zu einem jungen Mann mit schwarzem Helm, der die meiste Zeit alleine vor dem Bildschirm im Hangar gesessen hatte. Einen Teil seiner Tätowierungen am Unterarm war ihm lediglich kurz aufgefallen, Nummern, insbesondere eine 8 und die Worte Blood and Honour waren ihm kurz aufgefallen.

Kyra setzte ihren Helm auf und wollte sich gerade ins Flugzeug begeben, als der schwarzbehelmte zuerst eingewiesen wurde. Als dieser seinen Arm hochhielt konnte Robert die Tätowierung etwas besser sehen. 18, 88. Seine Aufmerksamkeit war allerdings weiterhin mehr auf Kyra gerichtet. Aufgeregt beobachtete er, als sie sich nach dem jungen Mann auf den Boden der Cessna setzte und sich von der Hatch rückwärts nach hinten ins Flugzeug schob. Sie winkte Robert noch kurz zu, zeigte Daumen hoch und mimte ‚I love you!' dann verschwanden ihre Beine in der Cessna. Alles ging zügig vonstatten. Es war die kleine Cessna 206, die außer mit den beiden mit vier weiteren Solospringern vollgerammelt wurde und die wie die Sardinen aneinandergepresst wurden, da die letzten vier nicht gerade von kleiner körperlicher Gestalt waren. Kyra saß ganz hinten vor dem schwarzbehelmten Unbekannten. Bevor sie eingestiegen war hatte sie Robert inniglich geküsst, er durfte dann nicht mehr hinter die gelbe Absperrung. Robert blieb draußen im Schatten des Neben-Hangars stehen und sah dem Flugzeug nach, das sich mit knatterndem Propeller entfernte. Irgendetwas stimmte nicht, er hatte ein ungutes Gefühl. Plötzlich wurde ihm speiübel. „Nein“ hauchte er nur. Er fasste sich mit beiden Händen an den Kopf. Dann schrie er immer wieder: „Nein! Nein! lasst das Flugzeug nicht aufsteigen. Die Cessna stand bereits auf der Warteschleife, meist dauerte es nicht lange, da nur die beiden Cessnas der Fallschirmspringer an diesem Sonntag in Betrieb waren. Wie immer zog die Maschine parallel zum Hangar auf der Bahn. Robert war außer sich zwischen der Gruppe der amerikanischen Zuschauer, die absolut nicht verstanden was der aufgeregte Mann ihnen sagen wollte. Alle sahen ihn mit großen Augen an. Einige der anderen Jumpmeister kamen aus dem Hangar, als sie die Aufregung draußen hörten, versuchten ihn zu verstehen, standen verdutzt vor ihm, hatten auch keine Ahnung was los war. Robert verlor langsam die Beherrschung, wollte hinter der Absperrung auf die ca. dreihundert Meter entfernte Maschine zulaufen. Man hielt ihn fest. Im abgebrochenen Englisch wies er konstant auf das Flugzeug, das in diesem Moment zum Flug ansetzte. „No, no, the plane must come down, the plane must come down“ sagte er immer wieder.

Robert war siedend heiß eingefallen, wo er schon einmal eine solche Tätowierung gesehen hatte – in der Naziszene. Es war das Zeichen der internationalen Nazibewegung – 88, H der achte Buchstabe im Alphabet, die Rune, 28 die Internationale Nazibewegung, 14, das Glaubensbekenntnis der Nazis.

„You must, you must get down the plane, the plane must not go up." Er schrie es dermaßen hinaus, als das Flugzeug abhob, dass seine Stimme sich überschlug. Er wurde in den Hangar eskortiert, konnte sich kaum noch auf den Beinen halten. Alle waren perplex. Eine junge Studentin, die der deutschen Sprache einigermaßen mächtig war, meldete sich und versuchte, ihm zuzuhören. „Sage ihnen, sage ihnen, die dürfen nicht springen, Kyra darf nicht springen. Es ist einer im Flugzeug, der ihr schaden will." Das Mädchen verstand nicht sofort. Er wiederholte weinend seine Bitte, warf englische Brocken mit hinein. „He want to hurt Kyra, she must not jump, he is a bad man, a Nazi." Er zitterte am ganzen Körper, hielt seine Hände vor dem Gesicht. Das Mädchen übersetzte, fing zu kapieren, was er sagen wollte. Als endlich klar wurde, was er ihnen zu sagen versuchte, war es zu spät. Das Flugzeug war am blauen Himmel nur noch zu hören, kaum noch zu sehen. Die Springer sollten bereits aus einer Höhe von sechstausend Fuß clear and cut springen, wenige Sekunden nach Absprung sofort die Reissleine ziehen, und diese Höhe war schnell erreicht. Als die Bodenkontrolle versuchte, den Piloten über Radio Control zu erreichen klappte es nicht, wahrscheinlich war die Tür inzwischen längst auf und der Geräuschpegel in der kleinen Maschine uebertönte alles andere. Lediglich einer der Springer, der mit einem Radio Control ausgerüstet war konnte angesprochen werden. Dieser hörte durch das Motorengeräusch kaum, was man versuchte mitzuteilen, nahm an, dass der Sprunglehrer unten nur einen Test durchführte. Der Pilot schaltete Sekunden später sein Radio Control ein und war bereits dabei über Funk den Absprung durchzugeben, was unten klar und deutlich ankam. „First jumpers in the sky". In dem Moment wurde das Abdrehmanöver des Flugzeugs hörbar, ein sicheres Zeichen, dass einige Springer bereits die Maschine verlassen hatten. Mittlerweile waren durch die Aussagen von Robert alle unten in helle Aufregung versetzt. Die Verantwortlichen mussten und wollten dem nachgehen, ob sie Robert glaubten, war zu dem Zeitpunkt nicht wichtig. Stets ging es immer um die Sicherheit der Springer. Wenn auch nur etwas nicht in Ordnung zu sein schien, wurde abgebrochen oder die Springer gar nicht erst ins Flugzeug gelassen. Alle Versuche, noch in letzter Minute den Piloten zu erreichen, schlugen fehl. Es war üblich, dass lediglich der Pilot den Absprung durchgab. Der Springer mit dem Radio Control Gerät vor seiner Brust würde erst nach Absprung unter seinem Fallschirm den Sprungmeister hören können, der ihm voraussichtlich bei der Anpeilung und Landung Instruktionen geben würde. Die Meldung der schnell aufeinanderfolgenden Sprünge kam vom Piloten klar und deutlich unten an. „Cessna 206, Skydivers in the air". Vier der Springer hatten die Cessna bereits verlassen. Nach und nach poppten die Schirme auf und füllten sich oben am blauen Himmel sichtbar auf. Ein herrlicher Anblick.

Kyra saß bis kurz vor ihrem Absprung direkt vor ihrem Häscher, der ihr bereits mit was auch immer, den Ripcord mit einem Griff gekappt hatte, und zwar so, dass sie nur noch den völlig nutzlosen Griff würde greifen können. Selbst als sie noch einmal wie üblich mit der flachen Hand vorsichtig nachfasste zum Probegriff, konnte sie nichts Nachteiliges feststellen. Wie gelernt, fasste sie vorsichtig nach hinten und schlug leicht mit der flachen Hand auf den Plastikgriff. Der Unbekannte hatte zu diesem Zeitpunkt die Technik ihres Reserveschirms ebenfalls manipuliert. Kyra hatte nichts bemerkt. Alles war schnell und lautlos beim Einstieg vor sich gegangen. Sie hatte nach hinten gesehen, ihn angeschaut und sich mit einem strahlenden Lächeln höflich bei ihm entschuldigt, weil sie sich fast auf ihn gesetzt hatte als die anderen Springer nachrückten. Von den vier anderen Springern, die nach ihr eingestiegen und enggedrängt Platz finden mussten, wurde sie somit weiter an den Mann hinter ihr gedrängt, der nichts Gutes vor hatte und sein Werk ungehindert vollenden konnte. Fast reglos und ohne Anzeichen hatte er sein Tageswerk an Kyras Fallschirm beendet. Keine der Bewegungen, die er ausführte an ihrem Schirmpack fielen auf. Ohne Regung sah er zu wie Kyra als Vorletzte vom Piloten das Okay bekam, zu springen. Kyra rutschte nach vorne auf dem Boden der Cessna, als sie sich in die offene Hatch setzte, baumelten ihre Beine mit den dicken Stiefeln im Flugwind des Flugzeugs während sie sich an den Seiten der Hatch festhielt. Zum Sprung musste sie nur loslassen und mit einer leichten Linksdrehung rausrutschen. Einmal zog sie noch an ihrem Augenschutz und zog die Gummis stramm. Der Pilot gab Zeichen, Daumen hoch. „Good jump, Kyra“ rief der irische Pilot ihr laut zu. Kyra drehte sich ihm halb zu, gab ihm Daumen hoch und sprang. Bei dieser nicht allzu großen Höhe sollte kurz gefasst und gezogen werden nachdem die vorgegebene Körperposition ausgeführt war, um ein Leinentwist zu verhindern. Bruchteile von Sekunden hielt sie vor dem Griff zum Zug eine herrliche Position, die der Pilot wieder einmal, wie so oft zuvor, fotografierte.

Der, der hinter ihr gesessen hatte sah kaltblütig zu, wie sie mit dem lädierten Fallschirm aus dem Flugzeug sprang. Er selbst sprang sechs Sekunden später und beobachtete in aller Ruhe unweit am Himmel unter geöffnetem Schirm Kyras Fall.

Der erste Zug, den Kyra mit dem üblichen Ruck versah, brachte bereits Entsetzen hervor, als sie den Plastikhebel in der Hand hielt und nichts geschah. Sie sah nicht auf auf den orangefarbenen Plastikgriff, warf ihn wie immer, weit von sich. Als sich nichts tat, fasste sie noch im Affekt nach, um zu versuchen, das verlorene und was sie nicht wusste, abgeschnittene Ende zu fassen, was ihr natürlich nicht gelang. Die nächste Reaktion kam spontan, wie sie es gelernt hatte. Sie fasste beherzt und ohne Panik an den metallenen Reservehebel unter ihrer linken Schulter, schob ihren rechten Daum in die dicke Metallschnalle, fasste mit der linken Hand auf ihre rechte Hand und zog hart mit beiden Armen so weit sie konnte durch, um den Reserveschirm zu öffnen. Kyra hatte auch hier Bruchteile von Sekunden später nichts als den Metallgriff in der Hand, nichts passierte. Verzweifelt warf sie auch diesen von sich und schlug sofort mit den Ellenbogen so weit sie konnte auf den Fallschirm hinten, um die Falte manuell zu öffnen, ein letzter verzweifelter Akt in ca. 1000 Fuß Höhe, der ihr beim Sicherheitstraining beigebracht worden war. Mehr konnte sie nicht tun. In etwa sechshundert Fuß Höhe öffnete sich der Reserveschirm tatsächlich halb, konnte allerdings den Aufprall nur Sekunden später nicht sonderlich abfangen. Kyra schlug hart in der Lichtung eines Waldstücks neben dem Flughafen auf. Nur wenige Meter weiter war dichter Wald im gesamten Umkreis der Lichtung, wäre sie in die Bäume gestürzt, hätte sich unter Umständen, wenn es auch wahrscheinlich nicht ohne Verletzungen ausgegangen wäre, in den Ästen abfangen können. Ein kleiner See befand sich ebenfalls in unmittelbarer Nähe ihres Absturzes.

Während der Springer, der ihren Absturz verursacht hatte, sich seelenruhig zunächst mit einem gezielten Flug mit seinem eigenen Schirm aus dem Staub machte und es kaum auffiel, als er einige Kilometer entfernt vom Flughafen landete und abgeholt wurde, war auf dem kleinen Fliegerhorst der Teufel los. Fluggäste, die den Fall der Springerin Kyra mit ansehen mussten weinten, einige sammelten Familienmitglieder und verstörte Kinder ein und verließen das Gelände. Flugschüler und Ausbilder fuhren und rannten in Richtung Kyras Fallposition. Robert konnte gerade noch auf einem der Jeeps aufspringen. Mit Tränen in den Augen und hämmernden Herzen war ihm vollkommen bewusst, was ihn erwartete.

Es war nicht schwer Kyra zu finden. Immer wieder hatte Kyra diesen kleinen See im Auge gehabt, wenn sie am Himmel segelte. Hinter dem Waldstück und dem See lag ein idyllischer Bauernhof mit einer riesigen alten amerikanischen Barn, rot mit weißem Holz. Dieser Hof war immer Ansatzpunkt und Anflugpunkt bei den Springern wenn der Wind aus westlicher Richtung wehte. Weit über diese herrliche Landschaft hinaus hatte sie oftmals oben am Himmel unter dem Fallschirm Sonnenuntergänge beobachtet und geschwärmt, wie schön doch die Erde wäre und wie schlimm es wäre, dass die Menschen sich nicht mehr Gedanken um die Natur machten. Einmal hatte sie gesagt, sie würde so gerne mal den Bauernhof besuchen, was nur Schmunzeln unter den anderen Springern hervorgerufen hatte. Die Bauern in der Umgebung waren nicht immer sehr erbaut, wenn die Springer in ihren Weiden oder in den dichten Maisfeldern landeten.

Der halboffene helle runde Reserveschirm hing wie ein riesiger schlaffer Beutel zwischen den Bäumen am Rande. Die Leinen des Schirms hingen lose aufsteigend zum Schirm von ihrem leblosen Körper. Wie eine kaputte Puppe lag sie mit verdrehten Gliedmassen auf dem vom Sommer ausgetrockneten harten Boden. Der Aufprall war so stark, dass ihr Helm gespalten war und sich von ihrem Kopf gelöst hatte. Eine im Hangar anwesende Krankenschwester war zuerst bei ihr, begleitet von zwei der Jumpmeister, die versuchten sie sachte aufzurichten und mit ihr zu sprechen, andere kamen hinzu. Vorsichtig schnitten sie Kyra den Fallschirm vom Rücken, durchschnitten das restliche Gurtwerk von ihrer Brust und ihren Beinen. Robert war kaum noch Herr seiner Sinne. Als das Fahrzeug mit ihm die Lichtung erreichte, war ihm alles egal, als er auf seine leblose Kyra mehr stolperte als lief. Er fiel neben ihr auf die Knie und ließ sich nicht davon abbringen, sie vorsichtig in die Arme zu nehmen. Sie atmete schwer, eine dunkle Blutlache hinter ihrem Kopf wies auf eine schwere Schädelverletzung hin, Blut sickerte aus ihren Ohren.

„Robert, mein Robert, da bist Du ja." Ich habe aufgepasst Robert, nicht mit mir schimpfen, bitte nicht schimpfen, ich habe nichts falsch gemacht" sagte sie und verschluckte sich dabei am Blut in ihrem Mund. Einer der Sprungmeister kam mit einem Tuch und wischte ihr Mund und Nase vorsichtig aus, damit sie nicht am Blut erstickte.

„Du bist ganz ruhig, nichts hast Du falsch gemacht, nichts gar nichts, alles wird gut“ versuchte Robert ihr weiszumachen, als er sie vorsichtig etwas weiter anhob und ihren Kopf vorsichtig an seine Brust drückte und sachte hin und her wiegte.

Der Himmel war strahlend blau. Aber Kyra sagte: „Robert, schau mal, die Sonne geht unter, alles rot am Himmel, weißt Du noch am Meer wie es war, so schön war das mit uns“ Sie redete durcheinander und schien an ihm vorbeizusehen. „So gerne wollte ich Dir noch die Burg zeigen, die Burg im Meer ... Nie kann ich diese schönen englischen Burgen zeigen...ihm nicht, Dir nicht ...“

„Bleib ruhig, Du sprichst nicht mehr, gleich kommt der Krankenwagen, alles wird gut, alles wird gut“ versuchte Robert sie unter Tränen zu beruhigen. Kyra schien ruhig zu werden, sie lächelte ihn an.

„Warum weinst Du Robert? Was ist passiert? Ich habe Kopfschmerzen. War ich doch eine gute Genossin, aber war ich doch auch ein guter Mensch, denkst Du nicht Robert? Ich liebe Dich so, bitte küsse mich Robert, mir ist so schrecklich kalt, es ist so dunkel hier ... bring mich lieber nach Hause“. Sie lächelte ihn an und es schien als wenn eine gewisse Ruhe sie erfasst hatte als sie sagte: „Küsse mich bitte Robert, lasse mich nicht los, ich muss nach Hause ...“

Robert küsste sie fest auf den Mund. Als ihre Arme schlaff wurden, weinte er bitterlich, sagte immer wieder „nein, nein“ drückte ihren leblosen Körper an sich. Er sah ihr noch einmal in ihre braunen Augen und schloss diese dann mit einer kurzen sanften Handbewegung. Alles was danach geschah bekam er nur noch wie in einem Schleier mit. Die Sirenen der Krankenwagen, die durch das unwegsame Gelände preschten, und die Fahrzeuge der Polizei brachten ihn in die Wirklichkeit zurück. Seine Kyra hatte keine Schmerzen mehr. Er hielt sie so lange im Arm, bis er gewaltsam von ihr getrennt werden musste. Ein Leichenwagen übernahm alles Weitere. Die sich drehenden Lichter der Polizeifahrzeuge, Abmessungen, Fotografieren, alles was durchgeführt wurde, bekam er nur noch wie durch einen Schleier mit. Ihr Fallschirm wurde konfisziert und mitgenommen. Mehr konnte nicht getan werden. Der letzte Jumpmeister, der ihren Fallschirm begutachtet hatte bevor sie einstiegen war, war außer sich und nicht zu beruhigen, er beteuerte immer wieder, dass alles in bester Ordnung gewesen wäre mit ihrem Fallschirm.

Erst nach Stunden der Aufregung bemerkte man das Fehlen des sechsten Springers, der inzwischen über alle Berge war. Dieser meldete den Tod einer ‚verfluchten Kommunistin' in einem ‚so tragischen Unfall' – eine Nachricht, die in einem Untergrundlokal in der Hamburger Innenstadt und in einem Kaff in der Nähe von Jemison, Alabama in Versammlungen begossen wurde.

Robert meldete Kyras Ableben noch in der gleichen Nacht ihren Kindern, dann ihren Genossen, die zutiefst bestürzt waren.

Kyra und Robert hatten sich auf ewig miteinander verbunden. Über alle Grenzen hinweg hatten diese beiden ihr Leben herumgerissen und eine Kehrtwendung gemacht, um dem anderen zuzuhören. Beide haben dem Andersdenkenden einen Freiraum gewährt, und versucht diesen zu verstehen, beide haben die Wege des anderen verstanden. Auch wenn sie nie in allen Punkten auf einen Nenner kamen, und nie vergessen konnten was in ihrem deutsch-deutschen Leben geschehen war, gab es doch so unglaublich viele Übereinstimmungen, die beide vorher nicht für möglich gehalten hätten. Am Ende hat ganz einfach die Menschlichkeit gesiegt. Denn am Ende, gleichgültig wofür der eine oder der andere gekämpft oder gelitten oder sein Leben eingesetzt hatte, am Ende waren es nur zwei Menschen mit verschiedenen Ideologien, die gemeinsam gelernt hatten zu träumen.

Robert brachte am Ende seine Kyra, seine einst ungeliebte Genossin, nach Hause. Sie flog mit ihm nach Europa zurück. Von Deutschland aus brachte er ihre Urne in die Russische Förderation, das hatte er ihr früher einmal versprechen müssen. Diesen Wunsch wollte er unbedingt erfüllen, auch wenn er sie gerne in Deutschland behalten hätte. Er selbst hatte immer von einer Reise nach Moskau geträumt. Zwei Tage musste er warten, bis ihre Urne neben ihrem geliebten Russen zur Ruhe gesetzt wurde. Es waren einige Genossen zur Stelle, die ihrer ‚Lenina' das letzte Geleit gaben. Abends ging Robert auf den herrlich beleuchteten Roten Platz und war insgesamt überwältigt vom Zentrum der geschichtsträchtigen Metropole und von der Schönheit des Roten Hauses und der Basiliuskathedrale. Kyra zu Ehren ging er vor das Lenin Mausoleum. Er stand davor und konnte kaum einen klaren Gedanken fassen. Immer hatte er sich vorgenommen mit ihr in diese Stadt zu fahren, nicht jedoch auf diese Art und Weise. Vor dem Museum stehend rollte eine riesige Welle der Erkenntnis über ihn. Nie hätte er es jemals geschafft Kyra ihre Ideologie auszureden. Nicht in einhundert Jahren, nicht in tausend Jahren, niemals wäre das möglich gewesen! Hier war ihr Zuhause, hier war ihre Sehnsucht, die manch einer nicht verstehen konnte. Hier hatte sich ihr Ansinnen verfestigt, der Theorie von Lenin zu folgen, und sie hatte so versucht diese in die Tat umzusetzen, nicht in politischer, dazu gab es fuer sie nie die Möglichkeit – aber in menschlicher Form.

Kyra war in seinen Gedanken auf ewig bei Robert. Er redete mit ihr, stritt mit ihr, liebte sie und vermisste sie, und trauerte unendlich um den Verlust. Morgens wenn er nicht ganz wach war hörte er sie lachen, sah ihr Gesicht, wenn sie sich zu ihm beugte und ihn küsste und sagte, „na, mein geliebter Nichtgenosse, was stellen wir beiden so verschiedenen Menschen heute an?!"

Robert war lange nicht ansprechbar, wollte vom Geschehen in der Welt kaum noch etwas hören. Dann besann er sich auf Kyras Worte. In einem ihrer ersten Emails stand:

„Das Leben ist ein Geschenk Robertchen, lasst es uns nehmen das Geschenk, lasst uns gutes Tun! Lasst uns nicht hinnehmen, was wir nicht hinnehmen müssen. Wenn wir auch nur einen einzigen Menschen darauf aufmerksam machen können, dass es sich lohnt, auf den anderen zuzugehen, dann haben wir nicht umsonst gelebt! Dann wird diese Welt besser …"

Robert nahm seine Aufgabe als Zeitzeuge wieder auf, erzählte weiterhin von seiner damaligen Flucht aus seiner Heimat DDR. Allerdings fügte er Wesentliches seinen Vorlesungen hinzu. Er erzählt seit dem Tod von Kyra immer ihre Geschichte zusätzlich, die Geschichte einer jungen Genossin die ausgezogen war, die Welt zu verbessern und die den umgekehrten Weg als er gesucht hatte und in die DDR geflüchtet war. Diese Geschichte kam nicht nur bei den staunenden jüngeren Zuhörern gut an, meist waren es die älteren Semester, die genau wussten was er damit erzählen wollte. Somit ist Robert nie ohne seine einstige ungeliebte Genossin, die für ihn zur geliebten Genossin wurde, und die er vermisst, die ihn aber weiterhin begleitet in seinem Vorhaben, die Menschen, besonders in Deutschland, einander näher zu bringen.

Nicht alle, die in die vermeintlich falsche Richtung gingen, wollten einem anderen Schmerzen zufügen. Zeitgeschehen und Politik in Deutschland unter Besatzung der USA und der Sowjetunion haben den Menschen oftmals übel mitgespielt und sie hinweggespült im Zeitgeschehen und sie auf sehr verschiedene Pfade wandeln lassen, im ewig währenden Kampf auf der einen und anderen Seite der deutsch-deutschen Grenze, einer Systemgrenze, die zwei Welten voneinander trennte.

Die Träume der Menschen sind am Ende gar nicht so sehr weit von einander entfernt, wie sich am Werdegang von Kyra und Robert zeigt.

NACHWORT

Die Geschichte von ‚Robert' und ‚Kyra' beruht auf tatsächliche Begebenheiten im Leben des Republikflüchtigen Peter Knauth und der Genossin Marleen Powell. Dieser Roman, aus den unterschiedlichen Lebenswegen zweier Menschen im geteilten und später vereinten Deutschland zusammengefasst, ist nicht nur spannend und gut lesbar, sondern ein aussagefähiges Werk zur jüngsten deutschen Geschichte.

Peter Knauth ist heute 65 Jahre alt, verheiratet und lebt in Norderstedt. Peter ist als Zeitzeuge zur jüngsten deutschen Geschichte tätig und schreibt in verschiedenen Foren, in denen er immer zu Respekt und Verständnis für den Andersdenkenden aufruft. Sein noch auffälliger Leipziger Dialekt ist unverkennbar, er ist er ein humorvoller Mensch, der aber auch sofort die Ernsthaftigkeit einer Situation erkennt und stets freundlich, aber auch mahnend auf Menschen zugeht. Peter hat es nie bereut, Republikflucht begangen zu haben. Er hat sich einen Grossteil seiner Wünsche erfüllt, dennoch musste auch er erkennen, dass einiges auf der anderen Seite nicht ganz seinen Vorstellung entsprach. Nach der Amnestie zum 23. Jahrestag der DDR konnte Peter erstmals wieder unbehelligt in die DDR reisen.

Die Autorin Marleen Powell, ist heute 62 Jahre alt, war mit einem Sgt. Major der US Army verheiratet, der 2011 nach langem Krebsleiden verstarb. Marleen lebt seit zehn Jahren in den USA. Sie ist aktive Fallschirmspringerin, Schützin und Malerin, und hat neben der Musik und der Restaurierung alter Spielzeuge, das Schreiben für sich entdeckt. Nach dem Mauerfall und ihrer Verurteilung als Ost-

Spionin ging sie zunächst in die noch bestehende Sowjetunion, danach folgte sie ihrem Ehemann in die USA. Marleen scheute über zwanzig Jahre das Rampenlicht und hielt sich bislang bei allen politischen Aussagen zurück. Sie ist ihrer Ideologie jedoch stets treu geblieben, und pflegt mit ihren Genossen in Deutschland eine enge Verbindung.

Bei allem zunächst vorgeschobenem Wohlwollen fand zunächst kaum eine Annäherung in Gesprächen zwischen Peter und Marleen statt. Peter stand auf der anderen Seite des Spektrums, hatte die Sperranlagen nach einem zweiten Versuch und nach langer Inhaftierung und Erziehungsmaßnahmen in verschiedenen Zuchthäusern der DDR als Republikflüchtiger überwunden. Konstant stand in den Gesprächen der Kontrahenten das 'andere Leben' und der 'andere Weg' im Vordergrund. Was beide letztendlich erkannten war, dass zwar immer von einer Annäherung und von Verständnis gesprochen wurde, diese Tugenden jedoch immer wieder wegen der verschiedenen Ideologien zu keinem positiven Resultat führten, und das Streitgespräche zusammen mit dem Unverständnis für die Ansichten des anderen meist in eine Sackgasse führten. Beide besannen sich auf den Menschen, entdeckten eine Menge Übereinstimmungen als sie begannen, das Leben des anderen von der Kindheit an zu durchleuchten. Das Ergebnis dieser zeitweilig langwierigen Gespräche führte zunächst immer wieder zu Frustration auf beiden Seiten, wobei beide einige Male fast das Tuch warfen, später dann zu Einsichten, die beide vorher nie für möglich gehalten hatten. Alles zusammen ergab Erkenntnisse, die zu dem Projekt:

Die (un) geliebte Genossin

führten. Knauths Vorliebe für die Dokumentation seiner tatsächlichen Erfahrungen, mit seiner durchlebten Flucht und Erziehung in der DDR, stehen den tatsächlichen Erlebnissen von Powell gegenüber, die eine flüssige und spannende Schreibweise einbringt. Am Ende ergänzten sich beide und machten einander Mut, diese schwierige und unbeliebte Thematik anzugehen.

Knauth und Powell lernten sich erst nach dem Abschluss des Projekts im Herbst 2011 persönlich kennen, unterhalten weiterhin aber eine rege Korrespondenz zu verschiedenen Themen.

Von Marleen Powell bereits erschienen:

Die Englische Dewushka
ISBN 978-3-8391-7355-8